日経新聞の黒い霧

大塚将司

講談社

日経新聞の黒い霧　目次

目次

第1部

第2部　サラリーマン記者――145

日経新聞の黒い霧

カバー装幀・山口至剛デザイン室

第1部

汚れたカネ

1　スクープ

日本経済新聞編集委員に、竹山敏男という男がいる。土佐っぽで、不器用な硬骨漢である。私の五年先輩で、米国通のジャーナリストだが、少し気弱なところもある。その彼が酔っ払うと、いつも言うことがある。

「わが愛する日経新聞が堕落したのはお前の責任でもあるぞ！」

話は一五年前に遡る。

一九九〇年九月一五日、土曜日。東京は時々雨の降る曇天だった。目覚めたのは昼少し前だった。前夜、東品川のマンションに帰宅したのが午前二時前で、就寝したのは午前四時半。気持ちが高ぶっていたせいか、よく眠れなかった。

「よし、書こう」

遅い朝食をとると、書斎のワープロに向かった。

記事は、闇の勢力に蝕《むしば》まれた中堅商社、イトマンに止《とど》めを刺す引き金を引くことになる大特ダネだった（九〇年末までイトマンの社名は「伊藤万」だったが、「イトマン」で表記を統一する）。資料五枚を見ながら記事を書き始めたが、緊張のせいか思うように筆が進まない。私は資料を取り出して、ワープロの脇に置いてはいたが、あらためて見ることはなかった。

もうこの資料には何度も目を通して、そこに書かれている数字は空で覚えていたからだ。

〈過大な不動産投資が問題になっているイトマングループの主取引銀行の住友銀行が大蔵省・日銀に報告した同グループの今年六月末の資産・負債の内容が一五日、明らかになった〉

書き出しが決まると、あとは早かった。

〈報告によると、不動産・有価証券関連の投融資額は一兆三五〇〇億円強で、三ヵ月間で約二四五〇億円も増加した。特に、大平産業（本社、大阪市）など不動産業向けを中心とした貸付金は合計一兆円を超えた。その結果、有利子負債は約二〇〇〇億円増加、一兆四六〇〇億円を上回った。また、投融資のうち、旧杉山商事（現イトマントータルハウジング）に対する約一五〇〇億円の六割にあたる約八七〇億円が固定化しているのも分かった。これ以外にも固定化しているか、含み損を抱えた資産がある可能性もあり、住友銀行は資産内容の調査を急ぐ方針だ〉

リードは二四行。少し長いかなと思ったが、これ以上短くするとわかりにくくなると思い、そのままにした。

イトマンは、住友銀行系の中堅商社である。元々は繊維商社だったが、この一〇年前から、住友銀行常務から再建に乗り込んだ河村良彦社長が多角化・拡大路線を突っ走った。売り上げは大手総合商社の一〇分の一以下なのに、借入金などの有利子負債は一兆円を超え、四大商社の一角・住友商事のそれと変わらない額で、危うさのつきまとう経営だった。

イトマンは九〇年に入ってから不動産投資を急拡大させており、その膨張ぶりは異常というほかなかった。極秘資料はその異常な経営を財務データから示したものだった。

「今度はいける。絶対に山は動く」

戦後最大の経済事件になる――。私がイトマン問題の取材を始めたのはこの年の二月である。

約三ヵ月の取材を経て、イトマン問題の第一報を載せた五月二四日付朝刊から、さらに四ヵ月近くが経っていた。この間、イトマンの経営問題は顕在化することはなかった。今回、入手した極秘資料に山を動かすエネルギーがあるのは間違いなく、自信があった。だからこそ、私は「極力評価を避け、データだけで不動産投資の急増ぶりを浮き彫りにするように心がけねば……」と、自分に言い聞かせていた。

〈報告しているのはイトマン、イトマンファイナンス、イトマントータルハウジング、伊藤萬不動産販売の中核四社を連結した数字。投融資の内訳を見ると、旧杉山商事のほか、南青山の土地取得で八〇〇億円強、奥志摩の土地取得で約一四〇〇億円、大平産業で、不動産肩代わり約四六〇億円、貸付金約八二〇億円の合計約一二八〇億円。

また、この六月にイトマン常務に就任した伊藤寿永光《すえみつ》・協和綜合開発研究所代表取締役の関連でゴルフ場約七二〇億円、不動産約八三〇億円など約一七一〇億円ある。さらに、大口貸付先として大正不動産（本社、大阪市）四五〇億円弱、大和地所（本社、大阪市）四〇〇億円弱などがあり、その合計は三八五〇億円に上る。

一方、有利子負債の内訳は借入金が三月末比一九〇〇億円増の一兆二三〇〇億円、CP（コマーシャル・ペーパー＝企業が発行する無担保約束手形）が一五〇〇億円増の一四〇〇億円。このほか、イトマンによる保証の予約も二六〇億円弱あるという。

イトマンは繊維中心の中堅商社だが、多角化の一環として不動産事業に進出。ここ二、三年で、不動産投資を急拡大させており、それに伴う借入金が急増している。連結ベースの一九九〇年三月末の財務内容をみると、不動産・有価証券関連の投融資額が一兆一一〇〇億円弱、そのうち不動産関連中心の貸付金が七六〇〇億円。原資となる有利子負債は一兆二六〇〇億円強で、三〇〇〇億円強も増えた。

こうした負債と資産の急膨張が四月以降も続いているわけだが、今年に入ってからの金利の急上昇で、金利負担が重くのしかかっている。しかも、取得した不動産の大半が商品化に時間のかかるものばかりなのが実情。また、資本参加した雅叙園観光との取引関係など、不明の点もある。このため、住友銀行は不動産投資の圧縮による借入金の削減が必要と判断、資産内容の調査をしているもの。

また、大蔵省・日銀は地価抑制策の一環として不動産業向け融資の総量を規制、ノンバンク向けなどの融資実態の報告も銀行に課している。イトマングループの不動産投資の内容にも重大な関心を寄せており、住友銀行がその内容を報告したのも大蔵省・日銀の要請による〉

リードを含め一四字七八行の記事は、三〇分ほどで出来上がった。

もう一度読み直して、冒頭に見出しを付けた。

〈イトマングループ、四―六月も不動産関連の投資急増／住友銀行、資産内容の調査急ぐ／貸付金は一兆円突破、有利子負債も二千億円増加／旧杉山商事関連では八七〇億円が固定化〉

「よし、できた。どんなことがあっても今日載せよう」

私は自分を励ますように独り言《ご》ち、記事をフロッピーに落とした。そのフロッピーをショルダーバッグにしまうと、書斎を出て、背広に着替えた。

外に出ると、もう雨はあがっていた。曇天のなかを駅に向かって歩いた。青物横丁駅で京浜急行に乗り、品川駅でＪＲに乗り換え、東京駅で降り、後は徒歩で大手町に向かう。これが私の通勤経路だった。

京浜急行の線路沿いの海岸寄りに北品川駅から鮫洲駅まで狭い道路が走っている。旧東海道である。今は商店街になっていて、車がようやくすれ違えるくらいの幅だ。昔日の面影はとどめていないが、それでもわずかに昭和三〇年代頃までの風情を残している。

私の住むマンションは旧東海道よりさらに海岸寄りの埋め立て地にあった。新馬場駅にも青物横丁駅にも一〇分ほどの距離だったが、急行や特急が停車する青物横丁駅が便利なので、こちらの駅を利用していた。夕刻の買い物時で、人通りが多かった。駅まで旧東海道を通らずに行くこともできたが、私はいつもこの道を歩くことにしていた。

夏ごろから、周囲に不穏な雰囲気を感じることがあり、ホームでは線路近くに立たないように気をつけていた。その日も青物横丁駅の高架上のホーム、品川駅、東京駅と、細心の注意で歩いた。

本社の編集局に着いたのは、午後五時半過ぎ。一月から経団連など経済四団体を取材する財界担当になっていたので、平日なら日経新聞社本社ビルの隣にある経団連会館一階にある財界記者クラブに行くのだが、土日だとクラブには立ち寄らず、本社の編集局に出勤することが多い。

部長クラスはほとんど出て来ていないようで、編集局は普段より閑散としていた。経済部のブロックにある、日々の紙面を編集する当番デスクの席には竹山敏男次長が座っていた。

「竹山さん、ちょっと一本お願いしたいんですけど」

「なんだよ。一面か」

竹山デスクは期待に満ちた眼差しで私を見上げた。

「経済面のワキで載せてほしいんです」

「遠慮するなよ。今日はあまり生きのいいニュースがないんだよ。特ダネなんだろ？」

「特ダネは特ダネです。ちょっと、事情があって……」

「じゃ、早く出せよ。みるから」

「例のイトマンの記事です。もうできているので、今、印刷しますよ」

プリンターはデスク席の後ろにあった。印刷した記事を受け取り、読み終わると、右隣の席に座った私に向き直った。

「おい、これは一面トップにするニュースじゃないか」

ちょっと困ったな、と思ったが、それを気取られないように言った。

「そういう見方もできるでしょうが、僕はニュースは扱いじゃないと思っているんです。大きなインパクトがあるのは間違いないですよ。でも、とにかく、経済面のワキで載せてくれませんか」

「おい、屁理屈言うなよ。ニュースの価値判断は俺の仕事だぞ。『経済面のワキにしてくれ』

って言われて『ハイ、わかりました』って、その通りにしたら、それが俺のニュースセンスということになるんだ。それじゃ駄目なんだ」

「それはわかっていますよ。でもこれ、事情があるんです。竹山さんも少しはご存知でしょうが……」

「君が新井（淳一部長）さんや平田（保雄次長）さんとイトマンでこそこそやっているのは知っているよ。でも、どういうことになっているのか、聞かされていない」

「五月から取材チームを作ってやっているんですけど、イトマンの河村社長や住友銀行の磯田（一郎）会長がすごくナーバスになっているんです。僕にも陰に陽に圧力がかかっていましてね。特に、編集局の上のほうはみんな尻込みしているんです。多分、竹山さんの言うようにすると、新井部長が四の五の言って掲載見送りになりますよ」

「ふうむ……」

竹山デスクはうなった。そして、タバコの火をつけ、考え込んだ。

「ニュース判断としては竹山さんが正しい。僕もそう思いますよ。でも、やはりニュースは扱いじゃないいんじゃないかと……。極端な話ベタ記事だって、中身次第じゃ、一面トップより大きなインパクトを与えると思うんです」

「じゃあ、ベタでもいいのか？」

「そんなこと言わないでくださいよ。ベタじゃ、うなぎの寝床みたいな記事になってしまうじゃないですか。読めばわかるでしょう。このニュース、数字なんです。短くできないんですよ。とにかく、ワキでお願いします。それに僕、明日から中国に出張なんです。ぜひとも、今日組みにしたいんです」

「なんだ、中国か。何しに行くんだ？」

「日中経済協会の訪中団に同行するんです。二一日には帰ります。デスクの引き出しに予定があるはずです」

「ああ、あったな」

竹山デスクはタバコを灰皿に押し付けた。そして、机上に置いた原稿に目をやったまま、腕組みした。そして天を仰いだ。

「……そうね。じゃあ、いいか。……まあ、とりあえず、君の言うようにするよ」

腕組みをとき、竹山デスクは原稿を見始めた。私は原稿が整理部に出稿されるのを見届けて、一人で食事にでた。土曜日なので、大手町周辺の飲食店はもうほとんど閉まっている。

「神田もだめだろうな――」

私は東京駅の八重洲地下街に足を延ばすことにした。食事を終え、社に戻ると、午後八時過ぎだった。

出稿を終え、手持ち無沙汰にしていた竹山デスクから声を掛けられた。

「まだ大刷りは出ていないぞ。でも本当にいいのか。俺はやはり一面だと思うがな。まだ間に合うぞ」

大刷りとは、見出しを付けた記事をレイアウトした一ページの版下を印刷したものだ。デスクと記者は大刷りの見出しや記事をチェックし、紙面を完成させる。大刷りができるのは午後九時前だ。まだ、時間があるので、経済面から一面への記事の入れ替えは可能だった。

「色々難しい問題が起きますよ。竹山さんだって新井部長がどんな人か知っているでしょう」

私は首を横に振って、竹山デスクの前の席に腰を下ろし、タバコに火をつけた。

「それは知っているけど、平田デスクがいるじゃないか」

「平田さんも駄目です。『君子、危うきに近寄らず』という人ですから。夏ごろから関与したくないって言い出しているんですよ」

「そうかね」

「それに、一面トップなんかにしたら、イトマンと住友銀行の担当ということになっている大阪経済部が変な動きをしかねませんから」

「わかったよ。でも、策士策におぼれるということだってあるぜ」

竹山デスクとこんな会話を繰り返しているうちに、大刷りができて、整理の担当記者が数枚持ってきた。竹山デスクは自分のデスクに一枚を広げ、もう一枚を私に渡した。

見出しは〈イトマングループ／不動産業などへの貸付金／1兆円を超す／住銀、資産内容の調査急ぐ〉となっており、私の付けた仮見出しとは違っていたが、本文はほぼ私の原稿そのままで、全文が掲載されていた。

大刷りを見つめていた竹山デスクがまたつぶやいた。

「これでいいのかな。相当インパクトあるぞ。俺のニュース判断が問われるな」

竹山デスクが迷う気持ちはよくわかった。ジャーナリスト精神の旺盛な人で、自分のニュース判断を捻じ曲げて報道することに釈然としない気持ちになるのは当然だった。しかし、経済面ワキという扱いを変えてもらうわけにいかないし、『政治的に考えて動く男だ』と思われたとしても、この際仕方がない。

「もういいじゃないですか。その話はよしましょう。これで十分ですよ。一気に火を噴きますよ」

「そうだよ。一気に火を噴くと俺も思うから言っているんだ」

「とにかく、相手に記事が出ることを悟られたくないんです。扱いを大きくすれば悟られてしまいます」

「いいよ、わかったよ。それで、速報解禁はどうする。一応午前二時にしておいたけど」

「指定しないと、午後一〇時頃からクイック（ＱＵＩＣＫ）の情報端末で流れるんですね」

「午後九時半には流しちゃうんじゃないか」

「資料を入手しなければ追いかけられないので、速報に流しても、すぐに他紙が追いかけてくることはできないでしょうけど、やはり、解禁指定を付けてもらったほうがいいですね。住友銀行やイトマンがみて大騒ぎになっても困りますから……。土曜日だから、午前一時でもいいですが、午前二時でお願いします」

　クイックは日経新聞社グループの証券金融情報会社で、専用端末で株価・金利などに加え、日経新聞の集める世界中の政治・経済情報をリアルタイムで提供している。原則として翌日の日経新聞の記事を、出稿した段階で読むことができることを売り物に、銀行や証券会社に端末を売り込んでいた。

　しかし、すべての記事を前日の午後九時半頃から読めるようにしてしまっては、新聞の販売にマイナスになる恐れがあるし、特ダネが他紙に漏れてしまう。真偽のほどは定かではないが、「読売新聞はクイックの端末で常時、日経新聞の翌日の朝刊記事をチェックして、ニュースと判断すれば掲載する態勢を取っている」という噂が流れたこともある。時々、速報解禁の指定をせずに垂れ流しにした一面トップの記事が、読売新聞の経済面に小さな扱いで載っていることがあったからだ。それを避けるため設けているのが速報解禁時間だ。朝刊の締め切り時間（午前一時二〇分）より遅くすれば、その時間まで情報端末には流れない。

「じゃあ、このままにしておくぞ」

「それでお願いします。僕は明日早朝に成田に行くので、もう失礼します」

「連絡先などは大丈夫だろうな？」

「そりゃ、大丈夫ですよ。デスクの引き出しにある予定表に宿泊先のホテルの電話なども書いてあります。中国も電話事情がよくなっているので、取材は向こうからでもできますから、安心してください」

「ああ、そういえば、さっき予定表をみたとき書いてあったな。じゃあ、いいよ。色々、動きがあるだろうから、向こうからよく連絡しろよ」

「わかりました」

記事が出た後の展開は、予想通りだった。

九月一七日月曜日、イトマンの株価が急落。一八日からは在日外国銀行や地方銀行中心にイトマンに対する融資引き揚げの動きが出て、イトマンの資金繰りに影響が出た。私が中国にいる間に住友銀行も新たな対応を迫られた。

一九日には巽外夫《たつみそとお》・住友銀行頭取がイトマンの債務圧縮計画を意図的にリークし、資金引き揚げの動きの鎮静化に乗り出した。二五日には大蔵省が住友銀行に検査に入った。報道を控えていた日経新聞以外の各紙も、いっせいに動き出した。

私は中国から帰国して二週間ほどあとの一〇月四日、経団連の東欧ミッションに同行してドイツのフランクフルトに旅立った。フランクフルトからボン、デュッセルドルフ、ワルシャワ、プラハ、ベルリン、ブカレスト、ウイーンと回り、一八日に帰国する旅程だった。

私がボンに滞在中の日本時間一〇月五日夕、東京では新たな事態が起きていた。

東京地検特捜部が住友銀行の山下章則元青葉台支店長を出資法違反（浮き貸し等の禁止）の疑いで逮捕したのだ。株価操縦で逮捕された仕手集団「光進」の小谷光浩代表などから融資を仲介するよう依頼され、銀行の顧客から総額約二二九億円もの融資話をとりまとめていたというのが逮捕容疑だった。

一〇月七日、日曜日午前には住友銀行の磯田会長と巽頭取が東京本部で緊急記者会見。山下元支店長による不正融資事件の責任をとって磯田会長が近く辞任すると発表した。私はこの話をデュッセルドルフのホテルで聞いた。

磯田会長辞任の理由は表向き「不正融資事件の責任をとる」としていたが、本当はイトマン問題というのが衆目の一致するところだった。これをきっかけにイトマン問題の集中豪雨的な報道が始まった。イトマンの伊藤寿永光常務と河村良彦社長の解任、住友銀行主導の再建計画策定、大阪地検特捜部と大阪府警の強制捜査と続き、文字通り戦後最大の経済事件に発展した。

ニュースは扱いではない。小さくても、情報にインパクトがあれば、大特ダネになる。そのことを立証できたのである。

経済記者になって一五年、私は自信満々だった。

私が日経新聞社に入社したのは一九七五年四月。証券部記者として企業の財務の取材を手がけたのがスタートであった。それから証券会社、株式市場、債券市場などの担当を経て、八年目に経済部に異動になり、通産省、日銀、大蔵省を担当した。周囲からは金融の専門記者とみられていたが、私にはそんな意識はまったく無かった。造船不況に端を発した七八年の佐世保重工業の救済劇、八四年のリッカー倒産、八〇年代半ばの大協石油と丸善石油の合併、八五年の三光汽船の倒産や住友銀行による平和相互銀行の救済合併、八〇年代後半の日本興業銀行主導の海運大手、ジャパンライン再建などの取材を手がけた。そうした取材を通じて自分なりのスクープ取材の手法を確立できたという自負を持っていた。

断片的な事実を寄せ集め、推論を交えたグランドデザインを描く。そして、そのデザインの正しさを刑事コロンボのような手法で実証し、最後はリスクを取って記事にする。取材相手と対等の立場で渡り合い、リークには頼らない。時には相手の裏をかき、スクープをものにする。常に一割くらい、場合によっては三割くらいの確率で誤報になるリスクを覚悟で記事にする。取材相手から完全に独立したスクープとはそういうものであり、ほかの記者がどうであれ、自分はそのスタンスを貫く——そんな思いで取材し続けた。

イトマン問題の取材はその集大成のように思っていたのだ。

それが思惑通りの展開になったのだから、内心ほくそえむのは当然だった。〈イトマングループ／不動産業などへの貸付金／1兆円を超す／住銀、資産内容の調査急ぐ〉という私の記事が、イトマン事件のマグマを地上に噴出させたのだ。

しかも、取材相手との緊張感を持ちながらモノにしたスクープなら、影響力は扱いの大小に関係がないという考えまで実証されたのだから、なおさらである。

しかし、日経新聞社という言論報道機関のあり方という視点に立つと、私の判断は果たして正しかったのか。

「あのとき、お前が『一面トップにしたい』と言っていれば、日経新聞社の言論報道機関としての退廃はなかった。イトマンを巡るスキャンダルが日経の退廃の出発点だ。お前にも大きな責任がある」

竹山デスクは一五年経った今も、私と会うたびにそう言うのだ……。

2　闇に食われたイトマン

一九九〇年に表面化したイトマン事件は、バブル崩壊を象徴する、戦後最大の経済事件である。

当時、イトマンは「住友銀行の商社部門」「住友銀行の別動隊」などと言われた。河村良彦社長は住友銀行のドン磯田会長の側近中の側近で、イトマンは住友銀行の不良資産の処理にも使われていたからだ。それが河村社長の暴走を許す結果になり、八〇年代後半のバブル経済のなかで、イトマンは株価上昇と地価高騰の中で浮利を追った。だからバブルが崩壊すれば、即座にその直撃を受け、イトマンが経営危機に陥るのは当然だった。

その後の一〇年をみれば、株式や不動産投資の失敗で経営危機に陥ったバブル企業は枚挙に暇がない。イトマンの経営危機がいち早く表面化したのは、その不動産投資の突出ぶりが常軌を逸していたからだ。しかし、イトマンは他のバブル企業の経営破綻とは決定的に違う側面がある。

それは東証一部上場企業が闇の勢力に食い物にされた嚆矢《こうし》となる事件だった点である。イトマンの投融資は在日韓国人実業家、許永中氏との絵画取り引きや、常務としてイトマンに入り込んだ協和綜合開発研究所代表の伊藤寿永光氏のゴルフ場開発向けが中心ということになっている。しかし、実際には絵画の時価や、ゴルフ場開発に必要な事業費の何倍もの資金が注ぎ込まれており、余分なカネはどこに行ったか分からない。一〇〇〇億円以上のカネが闇に消えてしまったのである。マフィアが隠然たる力を持っているイタリアや米国ならいざ知らず、当時の日本では考えられない事件だった。

私が最初にイトマンの経営に漂うきな臭さを感じたのは八八年一〇月中旬である。住友銀行の関係者から自宅に呼ばれ、イトマンについての情報提供を受けた。「南青山でイトマンの手掛けている地上げが八〇〇億円もつぎ込んだのに上手くいっておらず、早く止めさせたい。ついては、記事にしてほしい」と依頼されたのだ。だが私は、「地価と株価の上昇が続く限り、記事にしても、暴走を止めるのに役に立たない。地価が下落し始めれば大変なことになるだろうが、今は無理」と答えるしかなかった。

それから一年三ヵ月後の九〇年一月二三日、旧知の信用情報調査会社幹部から電話があった。「イトマンがきな臭いよ。取材したほうがいい」というのである。その日の夕刊には「イトマンが雅叙園観光の第三者割り当て増資を受けて、宅地開発や貸しビルなどの不動産事業に進出する」という記事が載っていた。

雅叙園観光は下目黒で「雅叙園観光ホテル」を経営する東証一部上場の企業だが、業績はいつも不振だった。しかし、隣にある老舗の旅館「目黒雅叙園」と混同されることが多く、それを利用して魑魅魍魎《ちみもうりょう》たちが暗躍し、何度も詐欺まがいの事件の舞台になった、曰く付きの会社だった。実際、八〇年代後半には、兜町を賑わせた仕手集団、コスモポリタンが雅叙園観光株を買い占めた。コスモポリタンは八八年夏にリーダーの池田保次会長が失踪、同年一一月に破産し、雅叙園観光株を含むコスモポリタンの持ち株は裏社会に流れた。そして、行き着いた先が協和綜合開発研究所代表の伊藤寿永光氏だったのである。

しかし、伊藤氏は雅叙園観光株で多額の含み損を抱えており、株価を上げる必要に迫られていた。イトマンへの第三者割り当て増資はそうした伊藤氏の思惑を受けたもので、伊藤氏が何らかの形でイトマンに入り込んだ証拠でもあった。

〝伊藤〟というのは初めて聞く名前だった。電話をしてきた幹部によれば、口八丁手八丁の男で、長身の美男だという。一九四四年生まれ、高校野球で有名な中京商業の卒業。七七年に表向き建設コンサルタントを標榜する協和綜合開発研究所を設立した。地上げのプロで、宗教法人や冠婚葬祭会社なども手掛けている。裏社会につながる胡散臭い人物で、証拠はないが、山口組系暴力団の企業舎弟の可能性もあるというのだ。話をきいて、「これはスクープのグランドデザインが描ける」と直感した。

暴力団とのつながりがあるからというだけではない。住友銀行関係者からイトマンを取り上げてほしいと頼まれて以来、一年三ヵ月が経過、その間に経済環境は大きく変わっていた。八九年末をピークに株価は下落に転じ、地価も上昇のピッチが鈍っていた。

イトマン問題が、バブル経済の崩壊を象徴する事件に発展する可能性があると思ったのだ。理由は二つある。

一つは円高防止に重点を置き低金利政策をとっていた日銀が百八十度方針を転換したことだ。地価の高騰や株価の過熱を抑えるため、八九年五月から利上げに動き出していた。

もう一つは地価高騰の元凶として金融機関の不動産融資に対する批判が強まり、大蔵省が規制強化を検討していたことだ。

私は八九年末までの四年間、大蔵省の記者クラブである財政研究会（通称＝財研）に所属、土田正顕銀行局長と頻繁に懇談する関係を築いていた。九〇年一月に財研を離れたものの、その後も週一回は会って土田局長から不動産融資規制の是非について相談を受け、四月から融資規制を実施するとの確証も得ていた。

株価が下落を続け、地価も下落に転じれば、イトマンは重大な危機に直面する——。私は、本格的な取材に取り組むことにした。

取材はグループ会社や取引先の不動産会社の財務内容を調べることから始めた。グループ会社ではイトマンファイナンス、伊藤萬不動産販売、イトマントータルハウジングの主要三社、取引先では大平産業、大正不動産、大和地所などについて東京商工リサーチや帝国データバンクから調査資料を入手した。八九年九月中間期までのイトマンの有価証券報告書を使って財務分析もした。その結果、イトマンの財務内容がこの一年で急速に悪化している可能性があることがわかった。

しかし、それを財務面から立証するには、九〇年三月期末のデータがないと無理だ。そこで、住友銀行以外の取引銀行に依頼して九〇年三月期末の財務データをできるだけ早く入手する工作を始めた。イトマンが五月下旬に決算発表するまで、公式には入手できないデータを事前に入手しようというのだから、工作は難航したが、ようやくある長期信用銀行の幹部がやってくれることになった。

通常、企業は期末が過ぎて半月くらいで決算をまとめ、それから公認会計士の監査を受けて発表するという段取りになるが、取引銀行に求められれば、決算の概略を説明せざるをえない。イトマンの場合は三月期決算なので、取引銀行なら四月下旬には決算データの入手が可能なのである。

長信銀幹部から電話があったのは四月二〇日夕方だった。

「五月二日の、午後六時に来てほしい」

この間、私は、三回（二月七日、三月二〇日、三月二九日）、住友銀行の磯田一郎会長に会って、イトマンが広域暴力団・山口組に深く食い込まれていることを確認していた。とくに、三月二九日に取材したときの磯田会長の言葉が耳から離れなかった。

「河村（良彦社長）は伊藤（寿永光代表）に抑えられて身動きできないのか。俺はここ何年かあいつには相当迷惑している。でも、何も言わん。それにしても、雅叙園観光だけは余計だった。どうしてこんなことになったのか。河村が伊藤を副社長にするなど、素っ頓狂なことをやらんでくれればいいが……。連中は甘い汁を吸い尽くす。そう簡単にはいかない。一〇〇〇億円くらいやれば縁を切るだろうが、それと金繰りの見合いだ」

イトマンの経営問題は、住友首脳にとって頭痛のタネになっている。あとはイトマンの決算データを入手できれば、記事にする材料はすべて揃う――。私は色めきたった。

五月二日、経団連会館から五分ほどのところにある長期信用銀行本店に行った。その幹部は応接室に現れると、資料を見ながら説明してくれた。借入金、貸付金、販売用不動産などのバランスシートの主要項目、金融機関別の借入金残高、グループ三社の借入金残高など、三月末時点の数字を読み上げ、私はそれをメモした。さらに、イトマンの不良資産を独自に試算し、六〇〇〇億円に上ると教えてくれた。

五月三日からの連休中、私は自宅でこれまでに得た材料をもとにイトマンの経営の現状や報道の仕方などについて考えをまとめた文書を作成した。これとあわせて、どういう手順で報道にこぎつけるか考えた。せっかく事前にイトマンの三月期末の財務データを入手したのだから、それが発表される前に報道するのが筋だ。

「五月下旬の決算発表前に第一報を書くのがいい」

それが私の結論だった。当然、第一報の目玉は「不良資産六〇〇〇億円」になる。

しかし、私が第一報を書く時期や中身を勝手に決めてもその通りになる保証はない。

その理由としてまずあげられるのは、日経新聞内で経済分野を担当するセクションが一般紙と違って細分化されていることだ。朝日新聞などの一般紙では経済分野はすべて一つの部、つまり経済部がカバーしているが、日経では、財界のほか、経済官庁、銀行、保険を経済部がカバーし、電機、自動車などの製造業と商社などは産業部、デパート、スーパーなどの流通業は流通経済部、銀行を除く上場企業の財務や業績は証券部の担当となっていた。ただ、大阪は経済官庁がないので、東京の経済部と産業部がカバーする分野を「大阪経済部」というひとつの部で担当していた。

大阪に本社のあるイトマンは、本来は東京経済部の財界担当である私の守備範囲ではない。一般紙であれば、東京、大阪の違いはあっても同じ経済部の同僚同士の調整でどうにでもなるが、日経新聞では大阪本社経済部を無視できないのはもちろん、商社を担当する東京の産業部や証券部も関係する。記者同士で勝手に調整するわけにはいかない。それぞれの部長に了解を取って動くしかないのである。

また、事の重大性や、闇の勢力が関与していること、河村社長という人物が一筋縄でいく男ではないことなどを考えると、各部長の了承を得ただけでは事足りず、編集局長マターの案件になる可能性が高い。

熟慮の末、五月半ばに経済部長とデスクに相談して取材チームを発足させ、東京の産業部なども交えて取材し、決算発表直前に第一報を書く、という段取りを想定した。

五月一一日の夜、私は財界クラブで思案をめぐらせていた。この日、経済部の新井淳一部長と筆頭デスクの平田保雄次長にイトマン問題について報告し取材チーム作りを要請しようと思っていた。山口組まで絡んでいると説明したら多分、二人とも尻込みするだろう。新井部長も平田次長も景気動向などマクロ分野が得意で、暴力団の絡んだ経済事件などはなるべく避けて通りたいタイプだ。とくに新井部長は、日経社内の〝内務官僚〟として高い評価を得ている。シュリンク（萎縮）させないようにするにはどうしたらいいか。かといって報告せずに動き出しても、すぐに知れてしまう。

結論が出ないまま、午後一〇時半に本社の経済部に向かった。この時間なら二人とも在席していて、手がすいた時間だと思ったからだ。

予想通り、新井部長も平田次長も在席していた。私は平田次長の席に近づき、小声で、「ちょっと、ご相談したいことがあるんですけど」と話しかけた。

「部長と一緒に三〇分ほど時間を頂けませんか」

平田次長は黙って頷き、新井部長に声を掛けた。二人は立ち上がり、私もそれに従って編集局を出て、社員食堂に向かった。

製作関係の職場の休み時間が終わったこともあって、食堂は人がまばらだった。近くに人のいない席に着き、私がお茶を入れて運んだ。

「おい、なんだい」

新井部長が口を開いた。

「ちょっと大きな案件がありまして、かなり取材はできているんですが、その後の展開なども考えて、取材チームを作りたいんです」

「どんな話なんだい？　合併か」

「いや、合併じゃありません。実はイトマンのことです」

二人は「イトマン」と聞いて少しがっかりしたような顔をした。話題性はあってもイトマンは中堅商社に過ぎず、大スクープにならないと思ったのだろう。

「多分、戦後最大の経済事件になると思います」

「それだけじゃあ、わかんないよ」

新井部長が口を挟んだ。

「実は、イトマンはここ一年で常軌を逸した経営になっているんです。これまでの取材で、不良資産は六〇〇〇億円という巨額になっているんです。ゴルフ場開発や不動産投資に巨額の資金をつぎ込んでいる。それに暴力団も関係していることが判明しています。一年以内に住友銀行にとって第二の安宅《あたか》産業事件になります」

安宅産業事件はこの一五年前に起きた経済界を震撼させた事件である。綜合商社九位の安宅産業がカナダの石油精製事業の失敗で多額の不良債権を抱え込み、行き詰まったのだ。危機が表面化したのは一九七五年一二月半ば。安宅の年商は二兆円、従業員数は三六〇〇人。取引先は約三万五〇〇〇社、国内の取引金融機関は二二三行に及んだ。関連企業も含めた負債総額は一兆七〇〇〇億円に達し、倒産すれば日本発の信用恐慌の発生の恐れすらあった。このため、連日新聞をにぎわせたが、一九七七年一〇月一日、伊藤忠商事に吸収合併させることで決着した。この安宅救済に奔走し危機を回避させたのが安宅のメインバンク、住友銀行の磯田副頭取である。その手柄を土産に頭取に就任した磯田氏が記者会見で吐いた文句、「一〇〇〇億円をどぶに捨てた」は有名だ。

「本当かね」

新井部長は半信半疑の様子だった。企業取材の経験はほとんどないし、現役時代は企画ものの記事が得意な記者だったから当然と言えば当然の反応だ。

「これから、地価は下落のトレンドに入ります。そうなれば、イトマンは間違いなく経営危機に陥ります。不良資産を分離して、最後は健全な商社に吸収合併してもらう、というシナリオで動くと思います」

「地価の高騰は問題だよ。でも本当に地価は下がるかい？　これまでだって地価高騰防止の政策は取られたし、うちだって土地問題でキャンペーン企画を打ったじゃないか。でも止まらなかった。君は本当に下落すると思っているのか？　下落しなきゃ、イトマンだって経営問題にならないんだろ」

世間はバブルの余韻のなかにあった。都心部では地価の上げ幅が小さくなっていたが、地方ではいまだ高騰が続いていた。景気は拡大しつづけ、一九六〇年前後の「岩戸景気」（四二ヵ月）に並び、追い抜くのは確実と思われていた。

しかし私は、大蔵省が三月二七日に打ち出した不動産融資規制（四月から実施）は効果があると確信していた。その内容は金融機関の不動産業向け融資残高の前年同期比の伸び率を総貸出残高の伸び率以下に規制する「総量規制」というもので、列島改造計画で地価が高騰した一九七三年以来一七年ぶりだった。これとあわせ、大蔵省は不動産業、建設業、ノンバンクの三業種向けの融資状況の報告も四半期毎に求め、ノンバンクを通じた迂回融資も厳しくチェックすることになっていた。

「今度の融資規制は効きます。株価はすでに下がり出しています。金利引き上げの金融政策と相乗効果もありますし、土地保有についての新規課税の検討も始まっています」

「そうかね。そんなにうまくいくかね」

「日銀はまだまだ、金利を上げますよ。去年五月から四回の利上げで公定歩合は年二・七五％も上がっているんです。イトマングループの借金は一兆円を超えています。一年で金利負担は二〇〇億円以上増える。今後もまだ、金利は上がります。三重野（康・日銀総裁）さんは平成の鬼平って言われているらしいですから」

円高阻止へ下がり続けた公定歩合は一九八七年二月に年二・五％まで下がった。しかし、二年三ヵ月後の八九年五月から矢継ぎ早に四度も利上げされ、当時は年五・二五％に跳ね上がっていた。八九年一二月に日銀総裁に就任した三重野氏はバブル潰しに躍起で、実際に三ヵ月後の八月三〇日に年六％まで引き上げた。

「暴力団が関係あるって言ってたね」

平田次長が重い口を開いた。

「ええ、住友銀行の磯田会長はそんなことをほのめかしています。山口組のようですね」

山口組と聞いて、二人は暗い顔つきになった。私はこのとき、山口組の宅見勝若頭と親交のある在日韓国人実業家、許永中氏がイトマン問題に深く関与していることを知っていたが、その名前は出さなかった。

一九四七年、大阪市生まれの許永中氏は大阪工業大学を中退したあと、関西の闇の社会に入り込んで行った。大阪国際フェリー、関西新聞社などの事実上のオーナーで、韓国の政財界ともつながりがあった。巨体、入道のような風貌は一度見たら忘れられないと言われていたが、まだ、東京ではそれほどの知名度はなかった。

八四年に仕手集団三洋興産グループに、京都の老舗レース会社、日本レース株が買い占められるという事件が起きたとき、許氏は日本名の「藤田栄中」を名乗り日本レースに「京都本社営業所支配人」の肩書きで入社、収拾に乗り出し、関西でその名を轟かせた。神戸の土地購入費という名目で年間売り上げ（四二億円）を上回る五〇億円という巨額の手形を発行して日本レースの財務内容を悪化させ、三洋興産グループに手を引かせるという奇手を成功させたのだ。当時、私は三洋興産グループの買い占め問題を取材していたので、その名前を耳にしていた。新井部長も平田次長も知らないだろうとは思ったが、万が一知っていて尻込みされても困る。暴力団の話題にはそれ以上深入りしなかった。

「五月下旬の決算発表の前に記事にしたいと考えています。大きな事件になるので産業部や証券部、大阪経済部とも連携して取材する必要があります。資料を作りますから、担当デスクを決めて、関係部の記者と打ち合わせする会議を開いてもらえませんでしょうか」

「俺はよく知らないけど、住友銀行で磯田派対反磯田派のような派閥争いが起きているということはないのか。それに利用されるんじゃ困る。小松さんのことがあったからな」

住友銀行では磯田会長がドンとして君臨していた。三年前の八七年秋に小松康頭取を任期半ばで更迭して副会長に祭り上げ、巽外夫副頭取を頭取に昇格させるという荒業をやってのけた。

「確かに小松さんのことはありますが、彼はそんな派閥争いをする人ではありません。住友銀行は突き詰めればオール磯田派です。イトマン問題への対応を巡って住友内部で意見対立が生じているフシがありますが、イトマンはにっちもさっちもいかないところまできています。派閥争い的なムードが出ても、追っ付けそんなことは言っていられなくなります」

「じゃあ平田君、君がやってくれよ」

新井部長は渋々ＯＫを出し、脇の平田次長をみた。ドロドロしたニュースを手がければ、周囲との関係がギクシャクする恐れがあるし、返り血だって浴びかねない。〝君子危うきに近寄らず〟なのだ。これが、合併や提携のニュースなら飛びついたはずだ。自分の評価に直結するからだ。

新井部長はサラリーマン記者の優等生で、周囲と協調しながら上を目指すタイプ。よく言えば慎重、悪く言えば小心なのである。

「わかりました。いつがいいんだ」

平田次長もどちらかと言えばサラリーマン記者タイプだ。渋々、部長の指示に従った。

「来週にはやったほうがいいと思います。決算発表は二四日らしいですから。決めていただければ、いつでも予定をあわせます。僕の作った資料がありますから、部長とデスク限りということで読んでください。この後、コピーして渡します」

平田次長から連絡があったのは週明けの月曜日、五月一四日午後六時過ぎだった。

「明日、例の件午後一時から関係者を集める」

「資料はどうします？」

「まあ、初顔合わせということで、意見交換をするだけにしよう。まだ資料は出さないほうがいいんじゃないか」

「じゃあ、そうしましょう」

資料は一〇〇人中一〇〇人が驚愕するような内容だった。イトマンが胡散臭い会社だと思っていても、闇の勢力に深く蝕まれていて経営が破綻しかねないと知る者はほとんどいなかったからだ。

しかし、資料を見る前に個々の記者が自分なりの問題意識を持って取材する時間的な余裕が必要だというのも事実で、私は平田デスクの判断に納得した。

3　歪められた第一報

翌日午後一時からの会議に出席したのは経済部から私のほか、平田次長、日銀クラブキャップの小孫《こまご》茂記者。産業部から商社グループキャップの小林収記者、井口哲也記者、不動産担当の竹之内源市記者の三名が出席した。

「忙しいところ、集まっていただいたのはイトマンのことなんです。金利が上がってきているし、不動産融資規制もあるので、不動産投資にのめり込んでいるイトマンでこれから問題が噴出しそうだという見方が出ていてね」

平田次長は隣に座った私に一瞥を与え、続けた。

「各部が協力して取材したほうがいいだろうと。それで、まず意見交換をしておこうというわけで、集まっていただいた。大阪経済部からも記者かデスクに来てもらおうかと思ったが、急なことだったので、間に合わなかった。大阪経済部では窓口を海老原史智次長にするとのことなので、必要なら彼と連絡を取って取材を進めてほしい」

この後、私が口頭で説明を始めた。

「イトマンは中堅商社ですが、借入金などの有利子負債が一兆二五〇〇億円もあるんです。来年、一九九一年三月期の平均金利が七%とすれば、支払利息は九〇〇億円近くになります。八九年三月期の二五四億円の三倍以上になり、今のままではその利払いのために借金せざるを得なくなります。それから、保有不動産の大半は高値掴みのうえ、地上げ業者が金利を簿価に算入している物件です。含み損が多額なんです」

私は一息入れて、周りを見回した。金利の簿価算入について説明しようかどうか迷ったのだ。

金利の簿価算入というのは、たとえば、一〇〇億円の土地を年一〇%の金利で一〇〇億円借金して購入していれば、一年目の簿価は一〇〇億円だが、二年目からは毎年、金利分の一〇億円を上乗せして簿価を上げていく経理処理だ。毎年、地価が一〇%以上上昇していれば問題はないが、いったん下落に転じると、含み損が鼠算式に増えていく。不動産業界や金融機関を担当している記者なら、知っていなければならない知識である。

誰も口を挟むものはなく、そのまま続けることにした。

「政府が地価抑制に向け土地問題に本気で取り組んでいるので、向こう一、二年地価の上昇は期待薄です。僕は、下がるとみています。しかも、イトマンが保有している土地は虫食いが多く、開発も難しい。売れば、損が出ます。金利を簿価に算入していけば赤字にはならずに済むという考え方もできますが、それは含み損を膨張させるだけで、再建をいっそう難しくすることになってしまうんです。住友銀行が融資し続ければ問題は表面化せずにすみます。でも、それも限界が近いんです。大蔵省の不動産融資規制で、子会社のイトマンファイナンス、伊藤萬不動産販売、イトマントータルハウジング、イトマンビルディング等には融資できなくなるんですから。この三月にはイトマンファイナンスに対し都市銀行の多くが融資の返済を求め、イトマン本社も住友銀行以外からは借金できない状況になりつつあるんです」

私はここまで話して平田次長をみたが、天を仰いでいるだけなので、次に取材のポイントを話すことにした。老獪《ろうかい》な平田次長は、こういうとき自分で方向性を示すようなことはせず、部下にやらせ、それを追認する形にすることが多い。

「九〇年三月期決算の発表前にイトマンの財務内容の悪化を報道したいと考えています。この一年、無謀と言えるほど不動産投資を拡大させているのは間違いないので、それをデータで実証する記事を書けるように協力していきたいなと考えているわけです。私は、バブル経済の破裂を象徴するような問題になるんじゃないかとみています」

私の話が途切れたのをみて、平田次長が出席した各記者にイトマンをどう見ているのか聞いた。小林記者から順番に話したが、みなめぼしい情報はなかった。当然と言えば当然で、イトマンの危機を察知している記者は日経以外にも一人もいないと言っていい状況だった。

「イトマンの決算発表は二四日ということなので、それぞれ情報収集して一週間後に持ち寄ることにしてはどうかな。来週月曜日、二一日でどうだろう。時間は午後一時半、場所はここでいいな」

皆が頷くのを見て、締め括った。

「釈迦に説法みたいな話だけど、イトマンの経営陣にとっては極めてナーバスな問題だから夜回りに走り回るような取材は止めよう。まあ皆さん、ディープスロート（独自の情報源）があるだろうから、その辺を取材するのがいいんじゃないかな」

会議は一時間一〇分ほどで終わった。財界クラブに戻ってしばらくすると、本社の平田次長から電話があった。本社に行くと、平田次長が部の隅に私を呼び、三枚のコピーを渡した。

「これをみろよ」

一枚は宛名に「日経新聞社　新井明社長殿」とあるイトマンの社用封筒のコピー。速達で消印は『東京外苑前5月14日12－18時』とある。『東京外苑前』は南青山のイトマン東京本社近くの郵便局だった。残りの二枚はイトマンの社用箋で、イトマンの経営の実情が深刻なことを訴える内部告発だった。差出人はイトマン従業員一同となっていた。

手紙を読むと、「固定化資産が約六〇〇〇億円ある」と書かれている。

「六〇〇〇億円は僕が大手銀行に調べてもらった数字と少し違いますけど、大筋では一致しますね」

「急いだほうがよくないか」

「いや、抜かれる心配はありません。他のマスコミに同じ文書が送られてもそう簡単に確認できません。やはり、決算発表直前を狙うのがいいと思います」

「でも、誰が出したのかね、この手紙？」

「消印からみると、多分、イトマンの東京本社の人間ですね。それも、経理部の関係者が関与しているように思います。僕が調査を頼んだ某銀行の幹部は、どういうルートを使って調べたのか教えてくれませんが、イトマンの内部の経理担当者から数字を取っていないと、あんなに詳細な調査はできません。どっちにしても、取材の参考になりますね」

三日後の一八日、土田正顕銀行局長の秘書から電話があった。午後四時に大蔵省四階の銀行局長室に行くと、土田局長が手紙を持って、ソファーに腰を下ろした。

「こんなものが来てね」

「同じ手紙がうちにも来ました。新井社長宛でした。三日前ですよ」

「そうか。多分、こっちも同じだね。手紙は総務課でチェックして回ってくるから、見たのは昨日だ。きな臭くなってきたね」

「だから、前から言っているでしょう。調査したほうがいいですよ」

「そう簡単じゃないんだよ。銀行ならできるけど、イトマンはこっち（大蔵省）の管轄じゃない」

「でも、住友銀行を通じて調べることはできるでしょう。うちもそろそろ記事にすると思います。とにかく、イトマンはやばい会社です。検査でもなんだってできるでしょう」

「検査には一応、ルールがあるからそう簡単にはできない。まあ、銀行課を通じて、住友銀行から事情は聞かせ始めている。住友は『問題ない』と言っているそうだがね。こういうことになると、もう少しちゃんと把握しないといけないから、気を入れてやらせるよ」

「そうですよ。そうしたほうがいいですよ」

「情報が入ったら、教えてくれよな」

「わかっていますよ」

土田局長にまでイトマンの内部告発が来ていた。

やはり、すぐに動いたほうがいいのではないか。しかし、決算発表前日というタイムリミットまで五日もある。絨毯爆撃的な取材をすると、相手が記事をつぶしにかかる可能性が高い。そうなると編集局幹部が慎重になって、「もう少し様子を見よう」「他紙が動いていないならもう一日取材をして詰めよう」などとずるずる先送りにするのは見えていた。早く動きすぎると、イトマン経営陣などに工作する余裕を与えてしまう。やはり前日に動くのがいい——そう考えて、この件は一切報告せず、取材班の動きを見守ろうと決めた。しかし、イトマンの内部から告発まで出たことは、事態がそれだけ深刻で、闇の勢力とのせめぎ合いも激しくなってきていることをうかがわせた。

二二日までの五日間は長かった。会議の結果は大阪経済部の海老原デスクに報告しているので、大阪でも複数の記者が「イトマンがきな臭い」ということを知った。取材班やチームを作っても、その中で自分がいち早く記事になる情報を摑みたいと思うのが人情である。そうした記者の功名心から派手な取材に動かれることが心配だった。東京の記者たちとは、毎日電話で連絡を取り合えるが、大阪の記者の動きは摑みづらい。

心配は的中した。大阪経済部が私の意図に反して動き出していたのだ。会議の翌日、一六日に住友銀行の巽頭取、磯田会長はもちろん、イトマンの高柿貞武副社長や藤垣頼母《ふじがきたのも》副社長などの自宅に夜訪問する、いわゆる夜回り取材に走っていた。

イトマンと住友銀行は本社が大阪で、組織上は大阪経済部の担当ということになっていた。イトマンは東京・南青山にも本社があったが、基本的には大阪の会社で、大阪経済部からすれば、東京に勝手なことはさせないという気持ちになるのも無理からぬところがあった。暴力団まで絡んで、利害の錯綜した前代未聞の案件なので、できれば動いてほしくないと思っていたが、ちゃんと説明していない以上、仕方がない。

むしろ、ちゃんと説明しなかったことが不幸中の幸いだったかもしれない。一五日の会議で資料を出して私の考えている第一報の中身を詳しく説明していれば、大阪経済部が資料をもとに派手に取材してイトマンと住友銀行は大騒ぎになっていたはずで、決算発表前に第一報を書くというシナリオは破綻してしまっただろう。そうならずに済んだのは、資料を伏せたからだ。私がどういう記事を書こうとしているのか、相手に悟られなかったのだ。

五月二一日の月曜日は五月晴れ。私は武者震いするような気持ちだった。

「さあ、今日からが本番だ」

午後一時半から二度目の会議を開いた。一五日に集まったメンバーに、日銀クラブの西川靖志記者が加わったが、大阪からはこの日も記者は来なかった。

記者が集まると、私はコピーをしてきた資料を〝本人限り〟という条件付で配った。「イトマングループの経営問題について」と題した文書（B5）一八枚。

「一部の方はご存知でしょうが、先週初め、うちの新井社長のところにイトマンの社員から内部告発が来ました。やはり決算発表前に記事を書く必要があります。僕がこの三月から一人で取材をしてきました。現時点でわかっていることをまとめたのが、いま配った資料です。一〇枚目からはデータと参考資料です。一枚目から九枚目までが僕の取材結果で、AからOまで一五項目あります。まず、Aは『イトマングループの経営問題のニュースとしての意味と発展の方向』です。この間も話しましたけど、イトマングループの経営問題はバブル経済の破裂を象徴する出来事と位置づけられると僕は考えているんです。経営危機の原因は土地、株への投機の失敗に尽きるからです。安宅産業事件、平和相互銀行事件、リッカー事件という過去一五年間に起きた三つの企業事件を複合したようなものと言えるだろうとも思っています」

私は、喉に渇きを覚え、缶コーヒーを開けて一口飲んだ。

「イトマングループを再建するには安宅同様に解体して、大手不動産会社か大手商社に合併させる方法しかありません。安宅事件の一〇年後の一九八五年に表面化した平和相互銀行事件は、オーナーの小宮山一族の長年の私物化のつけが回った結果ですが、不動産向け融資の焦げつきによって行き詰まる点で同じです。今後の当局の出方によっては現経営陣の背任事件に発展しそうです。ミシンメーカーのリッカー事件は平和相銀事件の一年前の八四年夏です。やはりオーナーの平木証三会長の放漫経営の結果、長年売り上げを水増し計上し続けた粉飾決算疑惑が表面化、会社更生法の適用申請に追い込まれました。イトマンは、資本参加した雅叙園観光も含め粉飾決算の疑いが強い点でリッカー事件にも類似しています。株と土地の高騰を招いた投機に対する国民の反発が強い時期でもあり、一罰百戒の考えから当局が背任、粉飾とも厳しい対応をする公算が大きいとみられます」

ここまで説明して、私は一呼吸いれ、集まった記者たちを見回した。じっと資料をみつめているもの、資料をぱらぱらめくっているもの……。大事件に発展するという私の断定にとまどいを見せている様子だった。

「もう一つ、見逃せないのはトップバンクである住友銀行が大きなダメージを受けることです。安宅産業事件と平和相銀事件も住友銀行が主役でした。安宅は住友銀行がメインバンクとして収拾策の取りまとめを主導、平和相銀も住友銀行が吸収合併しています。しかも、その陣頭指揮をしたのが磯田現会長です。二件とも結果的には住銀のイメージアップや経営基盤強化に繋がりました。しかし、今回の事件はその正反対の結果になります。イトマングループは住友銀行の商社・不動産部門という側面があり、『住友銀行の別動隊』と言われ、『住友銀行の恥部』そのものという見方もあるくらいです。ゴホン」

私はちょっと咳払いをして声をひそめた。

「これは、極秘なんで資料には書かなかったのですが、イトマングループには暴力団、山口組が入り込んでいる可能性が高いんです。頭の片隅に入れておいてください」

韓国人実業家の許永中氏や山口組・宅見勝若頭が関係していることはここでも伏せた。ビビる記者が出ても困るからだ。資料の一枚目をめくり、声を元に戻して続けた。

「さて、次はB『報道の仕方について』についてです。決算発表前に第一報を書きたいという話はしましたが、その内容や扱いを、僕なりに考えました。本記を一面、受けや解説を経済面、産業面、企業財務面に載せたいなと……。本記は『イトマングループの経営悪化表面化／不良資産六〇〇〇億円に／住友銀行が再建計画策定へ動く』、という感じを考えています。それから、解説は産業面で『無謀な不動産投資で躓く／河村商法の破綻』、企業財務面で『グループの借金は一兆二〇〇〇億円／資金繰り急速に悪化／不動産向け融資規制も響く』、経済面で『はかりしれない住友銀行のダメージ』、こんな内容でどうかと思っています」

私は資料をめくって六枚目を開いた。

「ちょっと六枚目をみてください。なぜ不良資産が六〇〇〇億円なのか疑問に思われるといけないので、先に説明しておきます。グループの不良資産を案件別に数字で示したものです。資料には取引銀行二行の調査としてありますが、二つの銀行に調査を依頼したということで、実際はある長信銀一行の審査部が様々なルートを使って調べてくれたものです。六〇八二億円という数字からお分かりいただけるように、イトマンの経理から、かなりの情報を取っているようです。うちの新井社長に届いた内部告発の手紙にも不良資産は約六〇〇〇億円とあり、内訳は一致しませんが、総額はぴったり一致しています。

それでは元に戻って、第一報を書いた後、どんな展開になるか。私の予想を示したいと思います。

続報としては向こう半年から一年の間に『住友銀行、金利棚上げ・減免を検討』『河村社長解任へ』『住友銀行が新社長を派遣』『雅叙園観光、倒産へ』『不良資産棚上げ会社設立へ』『大手不動産会社に吸収を要請』『雅叙園観光に粉飾の疑い』『河村社長らを背任で告発』『磯田住友銀行会長が引責辞任へ』……などが予想されます。

Cの『第一報を書く根拠』は前回の会議でおおよそ説明していますし、D以下は読んでいただければいいでしょう。ここでは、二三日組で記事にするためにどうするか、皆さんの意見を聞きたいと思います」

私は全員を見回した。しばらく沈黙が支配した。誰も何も言わないのを見計らって、私が提案した。

「僕は明日、つまり二二日に一気呵成《かせい》に取材して、うまくいけば二二日組、駄目でも二三日組に記事を載せたいと思いますが、どうでしょう」

誰にも異論はなかった。

誰がどこに取材に動くかを話し合った結果、住友銀行の磯田一郎会長は引き続き私が取材し、巽外夫頭取と玉井英二副頭取は日銀記者クラブの小孫、西川の両記者に、西貞三郎副頭取、河村社長らイトマンの首脳陣は商社グループに担当してもらうことになった。

翌五月二二日、火曜日午後六時過ぎ、私は財界記者クラブで関係記者と連絡を取った。誰が誰を取材するか、予定を再確認したが、難題は河村社長らイトマン首脳陣だった。大阪経済部に頼むほかないが、部長を含め、東京の編集局への対抗心が強く、こちらの指示に従わず独自の判断で勝手な行動を取る可能性が高い。それでも、まったく無視するわけにもいかないので、デスクを通じ、大阪経済部に取材を依頼した。

私は午後九時に南麻布の磯田邸に行った。磯田会長は関西に自宅があるが、週の半分は東京の社宅住まいだった。慶応義塾大学塾長を務めた保守派の論客、故小泉信三氏の邸宅だったが、住友銀行が買い取り東京での首脳の住まい（社宅）にしていた。磯田会長はすでに帰宅していて、玄関を入って右手にある一〇畳ほどの応接間で一時間二〇分ほど話した。

磯田会長はいつも悠然と構え、少々のことでは動じない。少なくともそう装う人物である。記者とのやりとりでも口元に笑みをたやさず、自信満々に応対する。しかし、この日の磯田会長は「調べさせる。徹底的にやる」「絶対に安宅産業のようなことはない」「伊藤寿永光は二年で辞めさせる」「とにかく、調べるまで待て」の一点張りで、時折、語気を強めた。「不良資産は約六〇〇〇億円あるでしょう」と何度か聞いたが、「間違っている」とはけっして言わなかった。記事にすればどんな反撃を受けるかわからないというリスクはあるが、誤報になる可能性はほとんどないと確信した。

経団連の財界記者クラブに戻ったのが午後一〇時四〇分。部屋には誰もいなかった。財界記者クラブは報道機関一社につき席が一つで、正方形の部屋の壁に向かって席が作られ、空いている中央には詰めれば五人くらいが向かい合える大きな応接セットが置かれていた。私は隅の冷蔵庫から缶ビールを取り出し、ソファーに座って一口飲んだ。無性に喉が渇いていたのだ。新聞社は夜も遅くなると、アルコールの入った記者が多数、上がってくる。少々酒臭くても問題にはならない。缶ビールを半分ほど空けると、ほっと一息ついた。

その後本社経済部に上がり、夜回りに出た記者の帰りを待った。

午前一時前後までに小孫記者が戻り、小林、井口の両記者も経済部にやってきたが、取材できたのは巽頭取と西副頭取だけだった。玉井副頭取は捕まらず、案の定、大阪からは何の連絡もなかった。イトマンサイドが簡単に取材に応じるわけもなく、おそらく取材がうまくいかなかったのだろう。大阪に状況を問い質せばこちらの情報も話さねばならない。藪蛇になるので大阪とは連絡しないことにして、集まった記者だけで情報交換した。

「巽頭取はまともに顔を見ませんでした。でも、イトマンの不良資産は二〇〇〇億円くらいで、六〇〇〇億円なんて大きくない、と言っていました」

「西副頭取は『借入金は一年で二〇〇〇億円減らし、三年後に残高を五〇〇〇億円にするので心配するな』と話していました」

これでは、私の想定したような記事を書くことはできない。このまま、「不良資産六〇〇〇億円」を前面に出した記事を出そうとしても、編集局上層部は二の足を踏み、もう一日取材しろというだろう。そうすると、決算発表日になってしまう。何かいい知恵はないか――。

巽頭取はイトマンの不良債権を「二〇〇〇億円」と言っている。「イトマン、不良資産二〇〇〇億―六〇〇〇億円／大蔵省も調査に着手へ」ならどうか。いや、「二〇〇〇億―六〇〇〇億円」では幅が大きすぎる。私は思案をめぐらせた。

翌五月二三日の昼前、財界クラブに出勤すると、私は即座に大蔵省の土田正顕銀行局長へ電話した。

「イトマンを記事にすることにしました。『大蔵省が調査に乗り出す』と書きたいんですが」

土田局長は、受話器の向こうで考え込んでいる風だった。

「これから調査に乗り出すということなら、いいんじゃないですか」

それでも、土田局長は黙ったままだった。私がもう一度、「いいでしょ」と聞くと、ようやく答えが返ってきた。

「これから調べるというなら、いいか」

私は電話を切って、考えた。

「大蔵省、住友銀行・イトマンを調査へ／不動産への過大投資による不良資産急増で」という記事なら、書ける。それも一つの選択肢ではある。しかし、やはり当初考えた通り、「不良資産六〇〇〇億円」が本線で、それで押してみて、駄目ならこの妥協案を持ち出そう――。

自分なりの方針を決めて、午後一時前、昼食に出かけた。食事中にポケベルが鳴ったので、すぐに公衆電話から経済部のデスク席に電話すると、平田次長が出てきた。

「住友銀行の巽頭取が午後三時半に杉田（亮毅）編集局長のところに来るんだ。ちょっと社に上がってきてくれないか」

午後一時半、本社に上がると、平田次長と小孫キャップが待っていた。

「巽頭取がまだ来てもいないのだから対策なんて話しようもないが、何か新しい情報はあるか」

「特にありませんね」

土田銀行局長の話は伏せておいた。

「じゃあ、局長が巽頭取に会ってからだな。それから相談しよう」

「僕は夕方、巽頭取に会うようにしますよ」

財界クラブで待っていると、午後五時前、平田次長から電話があった。

「巽頭取には局長と新井経済部長が会った。巽さんは『数字が違うので書かないでくれ』というんだ。今、小孫君が巽頭取に会っているはずだから、本社に上がってきてくれよ。彼が戻り次第、相談する」

経済部の部長席に新井部長の姿はなかった。杉田局長が経済、産業などの関係部長を集めて、イトマン問題をどう報道するか意見を聞いているとのことだった。午後五時半過ぎ、小孫記者が戻り、私を含め新井部長、平田次長の三人でその報告を聞いた。

小孫記者のメモによると、巽頭取はざっと次のように話したという。

「不良資産六〇〇〇億円、経営悪化という事で書かれては困ると思い、杉田局長に会った」

「住友銀行からはイトマンに対し①土地でこれ以上手を広げるな②借り入れも抑制しろ、と言ってあり、イトマンもその方向だ。だからこそ、伊藤（寿永光）を入社させたのだ」

「この先一年間の借り入れ削減が二〇〇〇億円になるという数字は聞いていないが、イトマンに強い西副頭取が言っているのなら、ある程度メドがついているのではないか。三年後に借入金残高を五〇〇〇億円にするという話は聞いたこともないし、今の段階でどうこう言えない」

「イトマンの調査については今朝、磯田会長と話して七月から開始することを決めた」

「『イトマン、土地処分、負債圧縮急ぐ、住銀も全面協力』という見出しの記事なら今日明日に書いてくれてもいい」

すぐに新井部長が局長室に戻り、局長のゴーサインが出た。実態からはかけ離れた内容になってしまうが、ここは自分の主張を引っ込めるしかない。

午後六時過ぎ、産業部の小林、井口両記者も呼び、記事の作成に取り掛かった。巽頭取の話をベースに記事にするのだから、まず小孫記者に書いてもらい、それを元に内容の細部を詰めた。そして完成したのが五月二四日付朝刊一面に掲載された第一報である。

三段扱いの横見出しは〈イトマン　土地・債務圧縮急ぐ／住銀、融資規制受け協力〉。記事は以下のような内容であった。

〈中堅商社のイトマンと主取引銀行の住友銀行はイトマンの過大な保有不動産の処分と負債削減を急ぐことになった。借入金を一年間で二千億円程度減らすのが当面の目標。同社は不動産展開などで二四日発表予定の九〇年三月期単独決算で経常最高益を更新した模様だが、一方で借入金は連結決算ベースで一兆二千億円程度に達している。これに対し大蔵省が三月末から不動産関連融資の総量規制に踏み切ったため、住友銀の全面協力を得て財務内容改善に取り組むことにした。大蔵省の規制後の大がかりな不動産融資圧縮の第一号となる。／イトマングループは多角化の一環として不動産事業に進出、ここ三、四年の間に借入金が急拡大している。連結ベースで借入金（割引手形を含む）は八六年九月期末の五千六百十億円から八九年三月期末には九千五百七十四億円に増えている。その総資産に占める割合は八割程度に達した。さらに昨年九月末から今年三月末までの六ヵ月間でコマーシャルペーパー（ＣＰ）を含む借入金（単独）は一千五百億円程度ふくらんだ模様だ。／こうした借入金の増加分の大半は不動産投資に充てられている。しかし取得した不動産の多くが商品化していないのが実情で、今年に入ってからの金利上昇で、金利負担が急速に重くなる恐れも出てきた。そこで、今後は不動産の取得を抑制し、過去に取得した不動産の売却を急ぎ、借入金残高を圧縮する。三年以内に残高を五千億円にすることも検討している。／住友銀行は不動産の売却を進めるため七月から同グループの資産内容の調査に乗り出す。／イトマンはしにせの繊維商社だが、第一次石油ショック後に経営が悪化、住友銀行が当時、同行の常務だった河村良彦氏を社長に送り込み、再建した経緯がある。その後、杉山商事や雅叙園観光などを傘下に入れ、業容を拡大してきた〉

巽頭取の話に西副頭取の話を加味して構成した記事で、自分が取材した内容はほとんど生かされなかったが、中身はどうあれ第一報までこぎつけられたことを内心、素直に喜んだ。自分の取材結果にこだわって、もし記事が掲載されなくなれば、元も子もない。

スクープや特ダネにならなくても、第一報を掲載することが何よりも大事だ。事実が当事者に都合のいいように捻じ曲げられていたとしても、イトマンの経営になにがしかの問題があると読者に伝えられれば、それで事は動き出す——私はそう予想していた。

新聞記者も地位が上がって取材しなくなると、冒険をしたくなくなるものだ。

杉田局長にしろ、新井部長にしろ、平田次長にしろ、リスクのあるニュースに乗っかって失敗するくらいなら、リスクをとらない失敗のほうがいいと考えたとしても無理はない。都銀のトップバンクである住友銀行の頭取が直々に記事にしないよう要請してきている以上、掲載するかどうかは編集局長の判断になる。編集局長や経済部長がゴーサインを出さなければ、記事は載らない。サラリーマン記者優等生の新井部長は元々、イトマン問題の報道には消極的だったし、杉田局長は天衣無縫なところがあるものの、人のいい性格で、巽頭取の要請を無視するだけの度胸はなかった。老獪な平田次長が二人の上司の意向に逆らうはずもなかった。自ずと、結論はみえていたのである。

後日談だが、九ヵ月後の一九九一年二月二六日、イトマンが再建計画を発表した。住友銀行融資分に見合う五〇〇〇億円の不良資産を別会社に分離。南青山の本社ビル用地（約八〇〇億円）など三〇〇〇億円の不良資産は本体に残した。不良資産額は、この時点であわせて八〇〇〇億円。九〇年三月期末に、六〇〇〇億円を上回る不良資産が存在していたことは確実だった。

私の取材結果が正しかったことが、ようやく証明されたのである。

4　磯田会長の落日

五月二四日午前一一時半、北浜の大阪証券取引所でイトマンの決算発表が行われた。経理担当の高柿貞武副社長が火消しに動いた。

「九〇年三月期の経常利益は二五％増の一三八億円です。二期連続で最高益を更新しました。医療機器や土木機械取引のほか、ゴルフ会員権販売、リゾート地の企画・販売が好調だったのが寄与しました。九一年三月期も経常利益は四五％増の二〇〇億円を見込み、好調そのものです」

「一部に借入金が膨大で、過大な不動産投資をしているように報道されましたが、本体の借入金のうち、不動産関連資金に充てている分はビル建設用地一二八一億円、ゴルフ場三九〇億円のほか販売用マンション在庫などを合わせて三二一二億円です。借入金で過大な不動産投資をしているわけではありません」

この日の日経新聞夕刊最終版二面に載った記事の見出しは〈イトマン副社長、『不動産投資過大でない』〉だった。

決算発表終了後、河村良彦社長もイトマン本社で午後一時から一時間ほど記者会見し、強気一点張りの主張を繰り返した。

「不動産投資は決して過大ではない。今後も不動産事業を縮小する意思はない」

「今後は東京・南青山での再開発事業に関連して六〇〇億円前後の資金需要があり、借入金はむしろ増える」

　河村社長はこのときすでに、イトマンに入社した協和綜合開発研究所の伊藤寿永光代表の言いなりで、住友銀行の後輩、西貞三郎副頭取はもちろん、磯田一郎会長の言うことすら聞く耳を持たなくなっていたのだ。

　その日の夜、私は南麻布の磯田会長邸を夜回りし、午後一〇時半から小一時間話した。磯田会長はほっとしたような様子で、開口一番、「いい方向で書いてくれた」と言った。

「夕刻に大阪に戻った巽（外夫頭取）と電話で話した。二八日に巽が杉田局長に謝る。それでいいだろ。河村（良彦イトマン社長）が馬鹿で悪かった。電話で怒鳴りつけておいたよ。悄気ていた。河村は不動産で焦っていたんだ。伊藤（寿永光）ならやくざをすべて抑えられる。だからこその伊藤なんだ」

　四月一日にイトマンの企画管理本部長に就任した伊藤氏について、河村社長は六月二八日の株主総会で取締役に選任、常務に据える常軌を逸した人事を行った。以前に磯田会長が危惧していたような副社長ポストではなかったが、暴力団に近いといわれる伊藤氏を経営の中枢に据えたことにはかわりがない。磯田会長は、これにも了解を与えていたのだ。

　危険水域に踏み出した河村・イトマンを今後も支援しつづけるか、否か。住友銀行の経営陣にはイトマン問題への対応を巡り、深刻な対立が芽生えていた。私も薄々は感じていたが、それが抜き差しならないところまでいっているとは思っていなかった。

　翌五月二五日、朝目覚めるとすぐ、朝日、読売、毎日の三紙をみた。イトマンの決算に関する記事は載っておらず、決算と同時に発表したＣＩ（企業イメージの統一）の導入に伴う社名変更を伝えていただけだった。一九九一年一月一日から明治一八年の伊藤万商店創業以来の「伊藤万」を「イトマン」にするというもので、ベタ記事だった。決算は二年連続の最高利益という発表のうえ、イトマンサイドは「不動産投資は過大でない」と主張しているので、書くならそのことにも触れざるをえない。他紙もイトマンの経営に胡散臭さを感じていたが、イトマンの主張を覆すだけの材料がなく、まったく記事にしないことにしたのだろう。

週が明けて、五月二八日、月曜日。磯田会長の話した通り、午後二時に巽頭取が杉田編集局長を訪問した。お礼を述べた後、

「取材する時、誰が何を話したか言わないでほしい。河村社長は辞めると言ってみたり、とにかく興奮状態にあり、安定していない。磯田会長は高齢でもあるので、悩ませたくない」

などと言って帰ったという。

決算発表自体は記事にしなくても、少し間を置いて、囲み記事を掲載する新聞もあるかもしれない。河村社長と住友銀行首脳陣を複数取材すれば、発言に食い違いが出るので、「不動産投資巡り、不協和音／住銀、イトマンに隙間風」などの囲み記事にすることは可能だ。

しかし、一週間待ってもそんな記事すら出なかった。

六月一二日、火曜日。夕方から雨が降り出していた。財界クラブにいると、小孫記者から電話が入った。午前中に東京本部で、巽頭取に会った結果を知らせるためだった。要点は二点。磯田会長から色々な圧力を受けている感じがしたこと、初めて西副頭取を批判したことである。

「西君は言うことが揺れる」

巽頭取はふとそうもらしたそうだ。

私はこの日の夜も磯田会長邸を夜回りした。午後九時一五分に磯田邸に着くと、磯田会長はすでに帰宅していた。最初、磯田会長は「親戚が来ている」と言って、早く帰ってほしそうな様子だったが、一時間余り応接間で話した。

「イトマンはどうなっていますか」

私はとぼけて聞いてみた。

「大阪（経済部）がイトマンに取材攻勢を掛けているらしいな。取材チームがあるのか。イトマンはうちの巽君（頭取）が日経を動かしていると思っている。君のところの日銀キャップが巽君と頻繁に会っているらしいな」

「知りませんね。このところ、僕も忙しいんです。朝刊のデスクをしたりしているので……」

私は三月から週一回ほど、金融関係の記事を掲載する経済二面だけを編集するデスクをやらされていたので、それを理由にそ知らぬふりを装ったのだ。

「もう、落ち着いたんやろ。竜頭蛇尾みたいやな。他の新聞は動いていないいしな」

「動きようがないですよ。数字が出ないですから。でも、借金が減らなければ赤字ですね」

「イトマンの借金はイトマンファイナンスの分も大きいんだ。あそこは貸し出し金利もかなり取れる。自分の金利負担が嵩《かさ》んでもな。他の銀行が逃げても、住友で出す。もう何も起きんな」

巽頭取の行動、それに磯田会長の口ぶりなどから住友銀行の経営陣の意見対立が徐々にみえてきた。

磯田会長、西副頭取がイトマンサイドにつき（西副頭取は河村社長同様高卒で役員に上り詰めたことから、河村社長と親分子分のような関係にあった）、イトマンの暴走に歯止めをかけたい巽頭取と玉井英二副頭取が相対峙する構図だった。しかし、磯田会長の意向で巽頭取が課長のように飛んだり跳ねたりしていることからも窺えるように、力関係は磯田会長側が優勢だった。

表面上は磯田会長を抱えたイトマンの完勝のようにもみえたが、疑心暗鬼は消えなかった。六月一一日には巽頭取が杉田局長に会いに来ることになっていたが、急遽キャンセルになったり、六月一五日の午後九時頃には住友銀行の広報室長が新井経済部長に電話を入れ、記事にする予定もないことを「記事にしたのか」と問い合わせてきたり、住友銀行がマスコミ、特に日経新聞の動きに神経過敏になっていることは間違いなかった。

疑心暗鬼は日経の内部も同じだった。東京編集局で取材が先行していることから、大阪編集局、とりわけ大阪経済部が対抗心をむき出しにして、相手の思う壺にはまりかけていた。田中元・大阪経済部長までが巽頭取や、イトマンの高柿副社長にアポイントをとろうとしていたほどだ。

いずれにせよ、日経の書いた第一報によってイトマン問題が一気に火を噴くという、私の読みは完全に外れてしまった。

五月二四日の一面の記事はきわめて不十分かつ、住友銀行の意向を過分に反映させ事実に反したものだったが、社会的な関心は呼べなくてもマスコミの関心が強まるだろうと私は読んんでいた。実際、マスコミの関心は高まったが、記事という形で顕在化することはほとんどなかった。

その原因はどこにあったのか。一言でいえば闇の勢力が私の想像以上にイトマンを蝕んでいたからだ。

私は、住友銀行、特に、百戦錬磨の磯田会長の経営判断を信頼していた。少なくとも、磯田会長は一九八六年の平和相互銀行の吸収合併で暴力団から狙われた経験があるし、春の段階でイトマンの抱え込んだ闇を垣間見ていた。磯田会長であれば、安宅産業の処理や平和相銀の吸収合併でみせた辣腕を発揮して、イトマン問題にも即断即決で対処し、損害を最小限で食い止めるだろうと思っていた。

しかし、ミイラ取りがミイラになるとはこういうことを言うのだろう。もし磯田会長がかつての輝きを保っていたら、マスコミなどもうまく使って、闇の勢力の排除にすばやく動き、イトマンを住友グループに取り戻したに違いない。磯田会長は春の段階では危機感を持って対処するつもりでいたが、五月二四日の第一報の時点ではすでに「闇の勢力」に取り込まれかかっていたのである。溺愛する親族がイトマングループの世話になっており、そのことが磯田会長の目を狂わせていた。

磯田会長がイトマンの河村社長、その背後にいる伊藤寿永光氏、許永中氏らに取り込まれれば、当然のことながら住友銀行の経営陣は分裂する。

大銀行のトップが「記事を書かないでくれ」などと新聞社に頼みにやってくるなどということは本来、考えられないことだ。普通ならまず動くのは広報部長とか広報室長クラスで、それで埒が明かなければ広報担当の役員が乗り出し、それでも駄目ならトップが直接動くというのが通常のパターンだ。

住友銀行では最後に登場すべきトップがいきなり、登場した。イトマン問題がトップシークレットそのものであり、広報担当などを使うことができなかったからだろう。〝対磯田会長〟で劣勢の巽頭取が、やむを得ず取った行動だったと想像できる。だが、それが結果的に思わぬ効果を生んだのである。

新聞社という組織には、建前と本音のはっきりとしたダブルスタンダードがある。広報部長などに働きかけられれば反発するが、トップ自らに動かれると、怯《ひる》む傾向がある。実際、日経新聞社の編集局の幹部の多くは、「イトマン問題はややこしい。面倒な問題にかかわり合いになるのはごめんだ」という気持ちになったのは否めない。

イトマンが魑魅魍魎の暗躍する舞台になっているのを反映して、日経社内でも思惑が錯綜した。スクープを取りたくてイトマンの河村社長らに取り入ろうとする者、先を越された嫉妬心からスクープ潰しに動く者、上が「触らぬ神にたたりなし」と思っているのを察し取材しているふりをするだけの者……。現場の記者たちはそれぞれの思惑でバラバラに動き出したのだ。他者を取材するのが仕事の新聞記者は、他者を映す鏡のような存在だ。考えてみれば、当然の成り行きだった。住友銀行の経営陣が分裂し始めていたのだから。

新聞というメディアの、存在意義とはなにか——。

私は、まずなによりも社会のためにあると考えている。放置すれば泥沼にはまり、従業員もろとも沈むことが確実の企業があったとしたら、救う努力をするのが人間として取るべき行動であり、新聞記者なら報道によってその事実を明らかにし、責任を果たすべきである。イトマンの経営実態を明るみに出せば、河村社長の暴走に歯止めをかけることができる。それが早ければ早いほど、損害は少なくて済み、イトマンの破綻回避にも寄与できる。それがイトマンの従業員のためにもなる――私はそう考えて取材に当たってきた。

しかし、私の目論見は五月二四日の第一報からつまずいてしまった。加えて、山口組をバックにした闇の勢力の反撃がすさまじく、続報を書くことすら難しい状況になっていた。

続報としてまず考えていたのが大蔵省による調査である。土田正顕銀行局長には六月下旬までに内部告発文書が四通届いていた。土田局長は一通目が届いた段階で「調査せざるをえない」という判断に傾いていたが、踏ん切りがつかず、大蔵省の人事異動が終わる七月から住友銀行を通じて調査に乗り出す意向を固めていた。

六月二一日、曇天だった。私は午後五時過ぎから三〇分ほど、土田局長に会った。

「銀行課の課長補佐が住友銀行の企画部幹部を呼んで事情を聞いている。まあ、（本格調査の）前段階だけどな。銀行課がその事実を認めれば記事にして構わないよ。『大蔵省、調査』とね。どうやら、暴力団が絡んでいるのは間違いなさそうなので、検査に入るにしろ、マスコミに出てから本格的に動いたほうがいいかな」

私は自分の後任の財研キャップ・片岡憲男記者にこの話を伝え、確認取材を依頼した。六月二八日に片岡記者から「書ける」という報告を受け、平田次長と新井部長に相談した。

新井部長は私の説明を聞くと、即座にこう言った。

「そんなの、巽頭取に取材せずに記事にはできないよ」

びっくりした。なぜ、大蔵省がやっていることを住友のトップに確認する必要があるのか。住友銀行は調査される側である。仮に、住友銀行が調査とは受け止めていないと主張しても、大蔵省が調査のつもりで、事情聴取をしていれば問題はないはずだ。新井部長の判断は、私には理解できないものだった。

「調査は大蔵省がやることです。土田銀行局長が調査していることを認め、記事にしてもいいと言っているんですよ！　住友銀行は関係ないでしょう」

通常なら、住友銀行に取材せずに「大蔵省、近く住友銀行に立ち入り検査へ／イトマン問題も視野に」という記事を書くことだって可能だ。大蔵省がこれからやることを住友銀行が知るよしもないはずだし、銀行局のトップがそれを念頭に事情聴取させていることを認めている以上、問題はないはずだ。銀行法に基づく検査は抜き打ちでやるので、銀行サイドは当日までわからないことになっている。実際には、大蔵省に毎日出入りして情報収集する、MOF（＝大蔵省）担という幹部がいて、大抵の場合は検査日が漏れるのだが、我々新聞記者から対象銀行に事前に情報が漏れることはあってはならないはずだ。にもかかわらず、対象銀行の意向を重視するというわけだから、本末転倒というほかない。

「君ね、そんなこと言っても、イトマン問題では巽頭取が二回も局長のところに来ているんだよ。無視できないだろう」

住友銀行の工作が成功していた証拠であった。

「でも、巽頭取に取材すれば大蔵省の方針を教えに行くようなものです。そんなことはできませんね」

「何で取材できないの。取材すればいいじゃないか」

これ以上、話しても無駄だと思った。巽頭取に取材すれば、百パーセント「記事を止めてくれ」と言われる。そうなれば、やはり見送ろうとなる。どっちにしても、結果は同じだ。

この間、平田次長は黙ったままだったが、私が引き揚げるとき、ふとこう漏らした。

「俺、この件から手を引きたいな」

私は聞こえない振りをして三階の編集局を出た。

住友銀行は七月に入っても、イトマンの調査に入る気配すらない。イトマンに対して厳しい見方をしている巽頭取が、磯田会長に押され劣勢にあることが推測できた。巽頭取を支援し、イトマンの崩壊を未然に防ぎたいなら記事を書くべきなのだ。それを書かせないということは未必の故意のようなものだ。

イトマンの河村社長は七月六日昼に商社担当記者と懇談する余裕をみせていた。

日経新聞は押さえ込めた。もう心配ない——そんな気持ちになっていたのかもしれない。

「南青山にうちの新しい東京本社ビルを建設する開発事業は投資総額が一五〇〇億円。あと一〇〇〇億円くらいはかかる。来年着工し、五年で完成させる」

「不動産投資で金利の簿価算入はしないし、イトマンファイナンスは借金を減らす。海外案件は海外でファイナンスする」

「資本参加した雅叙園観光と日本レースだってちゃんと再建できる」

懇談に出席した小林記者によれば、河村社長は少し精彩を欠いていたが、強気の計画や弁明を繰り返したという。

住友銀行内部の対立は月を追うごとに深まった。イトマンの社員によるとみられる内部告発の動きも収束せず、むしろ拡大していた。ブラックジャーナリズムも動き出し、水面下では、磯田会長らによる〝もぐらたたき〟も続いた。

「写真週刊誌『フォーカス』が磯田会長を狙って動いている」

「『経済界』の佐藤正忠主幹が書くと言って騒いだ。それで、住友元副頭取の某飲料メーカー社長が抑えた。かなりカネも渡したらしい」

真偽不明の情報が乱れ飛んだ。

そんななか、耳寄りな話が舞い込んできた。日銀の考査局がイトマン問題に強い関心を持っているという。私はそれを突破口にできないか、と考え始めていた。

七月九日、ある都市銀行の幹部から情報が寄せられた。

「日銀の河合洸一考査局長が問題企業への融資内容を洗う方針で動き出した。第一号は三井信託銀行で、すでに呼び出しをかけた。今週早々に住友銀行にもかける。洗う先は来島どっく、光進、国際航業、秀和、イトマン、麻布自動車などらしい。呼ぶのは企画関係者でなく、審査関係者で、住友銀行では営業審査部になるだろう」

実際、日銀考査局から住友銀行の平尾智司営業審査部長に対し呼び出しがかかった。

住友銀行はのらりくらりと引き延ばしたが抵抗できず、七月一八日には担当者が日銀の事情聴取に応ぜざるを得なくなった。事情聴取を受け、住友銀行はほっと胸をなでおろした。聞かれたのがイトマンではなく、光進についてだったからだ。しかし、それもつかの間、イトマングループについても不動産投資の状況について資料を作成し、提出するよう求められた。

私がこの情報をキャッチしたのは八月初め。何としても、住友銀行の作成する資料を入手しようと思案を巡らせた。そして、思いついたのが住友銀行のライバル銀行のＭＯＦ担を使う方法である。

大手銀行のＭＯＦ担は、大蔵省銀行局、日銀の営業局や考査局などの幹部と濃密に交際して持ちつ持たれつの関係を築いていた。イトマン問題はまだマスコミを賑わせていなかったが、金融界では最大の関心事になっていた。大半の銀行がイトマンと取り引きがあり、被害を少なくするために逃げ道を探していたのだ。加えて、トップバンクの住友銀行が大きな痛手を負うのは確実、と内心ほくそえむ感情もあった。他行のＭＯＦ担にとっても、資料はのどから手が出るほど欲しいはずだ。

「今ね、日銀が住友銀行にイトマングループの現況の資料を提出するように求めている。もし住友銀行が提出したら、入手してもらえないかな。でも、入手ルートがばれては困るんだ。うまい方法はないかな」

「難しいよ。日銀の考査局から入手することならできるかもしれないけど」

「それは困る。ワンクッション入れてほしいんだ。たとえば、大蔵省銀行局検査部に日銀の動きを教え、住友銀行が日銀に提出した資料を入手させて、それをもらうというのはどうかね。銀行局と日銀はライバル心が強いから、日銀だけが資料を持っているのは不愉快でしょう」

「検査部はまずいな。もしかすると、検査部以外を使えばなんとかなるかもしれない。やってみるか」

「やってくださいよ！　お宅だって資料があれば役立つでしょ」

「やってみるけど、入手できても渡せるかどうかわからないよ」

「資料のことは入手してから考えましょう」

住友銀行は夏休み中などと言い訳し、資料提出を先延ばししたが、日銀考査局には脅し文句があった。

「八月下旬から三菱銀行の考査に入る。住友銀行が資料を出さなければ、三菱のイトマングループ向けの債権を不良債権にする」

住友銀行の逃げ道も段々塞《ふさ》がれてくる。八月下旬には大蔵省の土田銀行局長が動き、玉井副頭取を呼びつけた。九月下旬に予定されている住友銀行の定期検査に備え、事前調査をするのが狙いだった。さすがの住友銀行もイトマンに対する調査を実施せざるをえなくなり、八月三一日から大阪本店の調査部員五名をイトマンに派遣、調査に入った。

これとあわせ、日銀考査局にも求められていた資料を提出した。

私のところにライバル銀行のＭＯＦ担から電話があったのは九月一〇日。住友銀行が日銀に資料を提出してから約一〇日が経っていた。

「入手できたよ」

「え、本当？　いや、よかった。で、いつ会う？」

「今日は夜に一つ宴席があるので、午後九時半くらいがいいな」

「わかりました」

私は余り目立たない都内のホテルのロビーを指定した。

ＭＯＦ担氏は午後九時半過ぎに周囲を警戒しながら、ロビーに入ってきた。私たちは、二階のダイニング＆バーに入った。

「これだよ。資料の数字を表などにされては困るけど、まるめた数字で記事を書くならいい。昨日の今日というのも困るぜ」

「わかっています。それで、資料はくれるのですか」

「いいけど、条件があるよ。仲間の記者にもコピーを渡しちゃ駄目だぞ」

「みせるくらいはいいでしょう」

「まあ、それは君の良識にまかせるよ。でも、ひどいね。君の言っていた通りだ。住友銀行はそうとうやられるね。資料の説明はしないぞ」

資料はＢ４判で、五枚。一枚目には主要資産項目として、販売用不動産、貸付金、借入金などについて八八年三月末、八九年三月末、九〇年三月末、九〇年六月末の残高と増加額、大口資金投入先として大正不動産、大和地所、八善工務店等の大口融資先、南青山案件、伊藤寿永光案件、大平産業案件などの九〇年六月末の投入額が記載されていた。二枚目には南青山、大平産業などの五つの大口プロジェクトの概要、三枚目には関ゴルフクラブ、ウイング瑞浪など七つのゴルフ場開発案件の概要、四枚目には大正不動産など大口貸出先一二社の概要が書かれていた。そして、最後の五枚目にはイトマンの単独と連結の業績推移、イトマングループ中核四社（イトマン、イトマンファイナンス、伊藤萬不動産販売、イトマントータルハウジング）の借入金の都銀、長信銀、信託など金融機関業態別の残高推移、住友銀行による保証の予約残高が載っていた。

私は財界クラブに戻る道すがら、この資料をどのタイミングで記事にすべきか考えた。

今度の情報はイトマンの資金繰りに直結する。これで、イトマンの危機は一気に表面化するだろう。イトマンの背後にいる山口組も本気で動き出すかもしれない。無言電話など、夏ごろから周囲に不穏な雰囲気も漂っている。書けば、なにか不測の事態が起こるかもしれない。

「一五日に書こう……」

九月一六日から二一日まで、私は日中経済協会の訪中団に同行して北京、上海に出張することになっていた。記事の掲載される一六日は、朝から海外に出てしまえば、魑魅魍魎たちも動きづらいだろうと判断したのだ。

東京に戻っても二週間後の一〇月四日には再び経団連の東欧ミッションに同行し、海外出張する予定になっている。帰国するのは一〇月一八日で、その間に事態は急展開するだろうと想定した。各社入り乱れての取材合戦になれば魑魅魍魎たちは完全に動きを封じられるだろうし、この資料を基にした記事が出れば何も自分が日本にいてあれこれ指示する必要もない。九月一五日が絶妙のタイミングだ。

問題は扱いだった。これにはそれから五日間、思い悩んだ。

一面トップになりうる特ダネであることは間違いない。しかし、一面トップにしようとすると、新井淳一経済部長に説明しないわけにはいかないだろう。彼は内心イトマン問題に触らないでほしいという気持ちになっている。どこから資料を入手したのか、根掘り葉掘り聞いてくるだろう。それから他社の動向を聞いてくる。さらに、住友銀行のトップに取材せよなどと言い出すだろう。巽頭取は「書かないでくれ」と言うに決まっている。結局、一五日組の朝刊での掲載は見送りになり、私は一六日から北京に飛ぶので、誰にも渡さない約束でもらった資料を取材班に渡して取材を依頼するほかない。そうなると、五月のときと同じようにまったく別の記事になってしまうかもしれない。それは絶対に避けなければならない。

資料を評価せずに淡々と報道するのがいい。新井経済部長が関心を持つかどうかは、扱いによる。一面に出稿しなければ、余り関心を持たれないだろう。現役時代、特ダネとは無縁の記者だった新井部長は特ダネがどんなものなのか、知らないはずだ。

特ダネのインパクトは記事の扱いではない。極端に言えばベタ記事だって、ファクト次第では大きなインパクトを与えうる。逆に一面トップでも、ファクトにそれだけの力がなければ無視される。だから私は、扱いはどうでもいいと思っていた。

日経新聞の一面トップは、経済界で「針小棒大」「誇大妄想」などと揶揄《やゆ》されることがしばしばで、特に月曜朝刊の一面トップ記事の多くは〝眉唾が多い〟とみられていた。経済界に動きのない日曜に、無理をして記事を作らざるを得なかったためで、針小棒大な記事の代名詞として「月曜の日経さんの一面トップみたい」などという言い方までされた。週休二日制が定着すると、土曜日もこれといった経済ニュースがないのが普通だった。

九月一五日は土曜日で、当番デスクによっては一面に出稿したいと言い出しかねない。

しかし、デスクの多くは新井部長がイトマン問題の報道に消極的だと知っていた。部長の不興を買ってまで、記事の扱いをわざわざ格上げする可能性は低い。

むしろ、気になったのは当番デスクが格下げしようとするケースだ。資料の中身を淡々と伝えるにはそれなりの行数が必要で、ベタ記事では困る。そこで、思いついたのが経済面のワキにすることだ。経済面のワキを希望してそれなりの行数で出稿すれば、まさかベタ記事にするとは言わないだろうし、大したニュースではないと考えて掲載の是非を新井部長に相談したり報告したりしないだろう。

実際にその通りになったわけだが、想定外だったのは当番デスクが竹山敏男次長で、格上げしようとしたことだけだった。いや、もう一つ、想定外があった。竹山氏が後に打ち明けてくれてわかったことだが、掲載を新井部長に報告していたのだ。

「あの日君が帰った後、一〇時過ぎだったかな、新井部長に電話したよ。記事を載せたことを報告したほうがいいと思ってね。でも、彼は何も言わなかった」

5　一〇〇〇万円を受け取った日経社員

年の瀬も迫った一九九一年一二月一九日。

イトマン問題が破裂する引き金になった九〇年九月一六日付朝刊の記事が出てから一年三ヵ月が経過していた。私はこの年三月から、証券会社や上場企業の業績や財務戦略などを取材する証券部次長（デスク）になっていた。

イトマン問題は一大経済事件に発展した。九〇年一〇月七日の磯田一郎住友銀行会長の辞意表明。一一月八日の伊藤寿永光イトマン常務の解任。一二月一日の加藤吉邦イトマン専務の自殺。年が明けて九一年一月二五日の河村良彦イトマン社長の解任、二月二六日の不良資産の分離による再建計画発表と続き、四月二四日には大阪地検、大阪府警が東京、大阪、名古屋など全国四八ヵ所の関係先を特別背任容疑で一斉捜索し、七月二三日には大阪地検が河村前社長、伊藤元常務、許永中氏らを逮捕した。商法の自社株取得罪、特別背任罪、背任罪、業務上横領罪、有価証券偽造・同行使罪、有印私文書偽造・同行使罪……。まさに経済犯罪のオンパレードであった。

イトマン事件の起きた一九九〇年は、日本にとってはバブル崩壊の序奏の時期であり、世界的にも歴史的な年だった。一〇月三日に東西ドイツが統一、冷戦構造の瓦解が現実のものとなった。九一年にはソ連邦が崩壊、東西対立が終焉となった。多くの日本人がバブル崩壊を実感した。世間は若貴時代の大相撲ブーム、宮沢りえのヌードフィーバーなどに沸いたが、日本経済は急激に悪化し始め、株価は低迷を続けた。大手証券による損失補塡、東洋信用金庫の架空預金証書事件など証券金融不祥事も続発した。

新聞記者は、狩猟民族である。事件が山を越えれば、次の事件を追い求めてフィールドを走りまわる。イトマン事件はもう、私の頭のなかでは過去の事件になり、証券部デスクとして損失補塡など新たな事件への対応に追われていた。

九一年一二月一九日、私は企業財務面の担当デスクで、午後三時頃から当番デスク席に座っていた。証券部の担当する朝刊紙面は企業の業績を中心に掲載する「企業財務面」と、株式市場など日々の動きを伝える「マーケット面」の二つだった。

出稿予定を整理して、紙面の構成をおおよそ固めた午後五時過ぎ。

編集局内を驚愕する情報が駆け巡った。

「イトマン事件の被告から日経新聞社内の協力者に情報収集の謝礼として一〇〇〇〇万円が支払われたらしい」

午前一〇時から大阪地裁201号法廷で、イトマン事件の主役三人の初公判が開かれていた。

事件では河村前社長、伊藤前常務、許永中氏、高柿前副社長、南野洋元理事長、小早川茂氏の六人が起訴されたが、高柿、南野、小早川の三被告は早期結審を求めて公判の分離を希望、公判は四ルートで進むことになった。河村、伊藤、許の主役三人の初公判は、一二月一九日に開かれた。多数の傍聴人が詰めかけ、世間の耳目が集まっていた。

午前中は人定質問、起訴状朗読に続いて罪状認否と意見陳述が行われ、三被告とも起訴事実をほぼ全面的に否認、無罪を主張した。ここまでは夕刊に載っていて、私も読んでいた。公判は午後から検察側の冒頭陳述になり、それが四時間にも及んだらしい。

「社内協力者に一〇〇〇〇万円」という冒頭陳述は午後三時頃に読み上げられ、大阪本社の橋本直編集局次長兼社会部長に伝えられた。大阪本社内は騒然となったらしいが、それが東京本社編集局のデスククラスに波及するのに二時間ほどかかったわけである。

問題の公判が大阪地裁だったことに加え、当番デスクとしての日常業務が佳境を迎える時間帯に重なり、より詳しい情報はなかなか得られなかった。午後七時から八時の間に杉田亮毅編集局長と新井淳一編集局総務から呼ばれ、数分にわたって「イトマン問題の第一報を書いたのはいつだったか」「誰か『社内協力者』に思い当たるのはいないか」と聞かれた。しかし、私には情報がなく答えようがない。

全体像がわかったのは、午後一〇時半頃でき上がった朝刊早刷り（東北など地方に配る朝刊）を読んでからだった。

翌一二月二〇日朝、朝日、読売、毎日の三紙も丹念に読んだ。最初、なぜマスコミ対策が事件の立件と関係があるのかわからなかったが、記事を詳細に読んでみてよくわかった。

イトマンの不正融資の一つがマスコミ対策の見返りだったのだ。小早川茂（韓国名＝崔茂珍）被告の経営する不動産開発会社「アルカディア・コーポレーション」に対するイトマンの不正融資一〇億円がそれだった。検察は、不正融資を立証するには、マスコミ対策を明らかにする必要があると判断したのだろう。イトマンは当初小早川被告への融資に否定的だったが、マスコミ対策を迫られ、方針変更した。

小早川被告は許永中被告と同じ在日韓国人で、一九四七年生まれの同い年、出身も同じ大阪市だった。関西学院大学社会学部在学中は学生運動にも関わったが、一九七三年に卒業すると、山口組系暴力団柳川組初代組長に取り入ってその秘書となった。その後、東京でアルカディア・コーポレーションを経営するかたわら、総会屋として活動する。企業情報に関する暴露記事を売り物にした雑誌の経営者にもなり、その過程で地下人脈との交流を着々と広げていった。九〇年に東京地検特捜部が国土法違反で摘発した不動産会社「光建設」による沖縄・新石垣島空港疑惑では、地上げ業者として辣腕をふるい、その名前が取り沙汰された。暴力団との癒着や政治家との太いパイプなどを利用し、表と裏の経済の〝つなぎ役〟としてのし上がった。その人物像は互いに面識のあった許被告とダブる。小早川被告のほうは許被告をライバルとして意識していたという。

冒頭陳述によれば、小早川被告のマスコミ対策は雑誌『経済界』、『日経新聞』、『週刊新潮』の三媒体に対して行われた。それを簡単に説明しておこう。

雑誌『経済界』対策＝一九九〇年五月二四日、『日経新聞』の一面に「イトマン、土地・債務圧縮急ぐ」との記事が掲載されたため、河村良彦被告は伊藤寿永光被告の進言をいれて、マスコミ対策を強化した。また、九〇年五月ごろから七月末ごろにかけて大蔵省銀行局長宛に「イトマン従業員一同」名で過剰な不動産投融資の実態を内部告発する文書が繰り返し送られ、河村被告は神経質となり、内部告発した社員の犯人捜しを命ずる一方で、雑誌『経済界』の佐藤正忠主幹に依頼、七月と八月の二回、いわゆる〝ちょうちん記事〟を掲載してもらい、代償としてイトマンは『経済界』に対し九月一二日までに業務委託料名目で合計二億円を支払った。さらに、河村被告は九月三〇日午後、佐藤主幹を訪問、今後『週刊新潮』及び『日経新聞』にイトマン及び自己の商法を誹謗中傷し、イトマンの信用不安を助長するような記事が掲載されないよう押さえてほしいと依頼した。ちょうちん記事は九〇年七月二四日号の「企画監理本部の新設は起爆剤となるか」と、同八月二八日号の「伊藤寿永光常務雅叙園観光問題で独占告白」の二本だった。

日経新聞対策＝九〇年九月に入ると、マスコミ攻勢は一段と激しくなった。九月六日発売の

『週刊新潮』には「イトマンが常務に迎えた地上げ屋の力量」と題した記事、九月一六日付『日経新聞』には「イトマングループの不動産業への貸付金が一兆円を超す」と題する記事が掲載された。小早川被告は九〇年九月一九日ごろ、東京の帝国ホテルの客室で伊藤被告と会ったが、その際、伊藤被告は『週刊新潮』と『日経新聞』に記事が掲載され困惑していることなどを話した。これに対し小早川被告が「新潮と日経をおさえんといかん」などと言ったことから、伊藤被告は味方に引き込んでマスコミ対策のため利用したほうが良く、そのためにはイトマンが小早川被告のプロジェクトに融資せざるを得なくなっても仕方がないと考え、協力を依頼し、小早川被告も承諾した。小早川被告は九月下旬ごろ、日経新聞社内の協力者にイトマンに関する記事の執筆者、ニュースソースを探るよう依頼し、一〇月九日ごろ、その協力者に報酬としてイトマンから融資を受けた一〇億円のなかから現金一〇〇〇万円を支払った。

週刊新潮対策＝小早川被告は九〇年九月下旬ごろ福永修・元週刊新潮記者を訪ねて情報提供を依頼、報酬として自己資金から現金五〇〇万円を支払った。イトマンの広報担当者は小早川被告から福永元記者を紹介され写真週刊誌『フォーカス』が河村、伊藤両被告を追っているとの情報や、『週刊新潮』がイトマン批判の第二弾として「イトマンは第二の安宅か」と題する記事を近く掲載する予定であるとの情報などを入手、伊藤被告に報告した。九月三〇日、大阪ヒルトンホテルの客室に河村、伊藤両被告と磯田一郎住友銀行会長らが集まった際、週刊新潮が掲載を予定している記事が問題となり、河村被告は伊藤被告に対し、何とか手を尽くしてこの記事の掲載を押さえるよう指示した。また磯田会長は新潮社の編集長のもとに電話をかけたり、新潮社に顔のきく知人に電話、この記事の掲載を押さえてくれるよう依頼した。その後、一〇月三日昼、広報担当者は帝国ホテルで福永元記者に会い、『週刊新潮』一〇月一一日号（一〇月四日発売予定）の早刷りを入手したが、それには「住友銀行・イトマン、心中未遂の後始末」と題する河村体制を厳しく批判する記事があった。福永元記者は「編集長などにこの記事を載せないよう働きかけたが、会うこともできなかった」旨釈明した。広報担当者がただちに早刷りをホテルの伊藤被告の部屋に届けた。部屋には既に小早川被告が来ており、「週刊新潮の記事差し止めができなかったのは仕方がないが、今度は日経新聞社長と磯田・河村を引き合わせてやろうか。マスコミ攻勢には日経を懐柔する以外に方法はない」と述べ、小早川被告が磯田会長側に働きかけたものの結局これは実現するに至らなかった。

冒頭陳述を読んで、私はグルーミー（憂鬱）になった。内容から判断する限り、私がイトマンの調査対象であったと考えるのが自然だ。

私は、自分がイトマン問題に最も詳しいと自負していたが、不覚にも〝小早川茂〟はノーマークだった。その存在を知ったのは三ヵ月ほど前の九月九日、大阪府警が小早川被告を逮捕する新聞報道を読んだときで、それ以前は〝小早川茂〟という名前すら知らなかった。しかも、小早川の存在を知っても、ほとんど気にしていなかった。イトマン事件はもう過去のことだという意識が強かったし、小早川が事件の主役とはとても思えなかったからだ。

しかも、不正融資が行われた時期が九〇年一〇月上旬と知って、あらためてぞっとした。九月一六日の記事を巡って、やはり私が知らないところで闇の勢力が水面下で様々な画策をしていたのだ。

「少なくとも九月一六日からは中国に出張していたし、二一日に東京に戻ってからも不穏な動きはなかった。それに一〇月四日から経団連の東欧ミッションに同行して日本にいなかった。カネの受け渡しは東欧出張中の『一〇月九日ごろ』だ。この間に私の知らないところで、私を貶《おとし》める陰謀があったのかもしれない」

　付けていた日記を何度も読み返したが、不審な動きを蘇らせるような記述はなかった。

「情報を提供したのは私のことをよく知っている人物の可能性が高い。それは日経の内部以外には考えにくい」

「待てよ。私のことを知らなくても情報提供はできるだろう。そうだ。私をよく知っている人物から情報を得た人物が情報提供者である可能性はあるじゃないか」

「小早川は『日経新聞社長に会わせてやろうか』とも言っている。そうだとすれば秘書室とか社長室にいる幹部というケースもありうる。秘書室も社長室もトップは経済部出身者で、私についてよく知っている」

「でも、提供された中身次第では、私を知らなくても可能性はあると思うべきではないか。ほとんど誰でも知っているような情報であることもある。とにかく、どんな情報かわからなければ断定はできない」

　いつの間にか、午前一一時過ぎになっていた。私は急いで着替えると、自宅を出た。

　証券部では、毎週金曜日の昼に次週以降の取材テーマや予定について部長・デスクと記者が話し合う会議を開く。証券部分室は東京証券取引所の隣のビルにあった。証券部の記者は東京証券取引所内にある兜記者クラブに所属しているが、兜クラブには日経新聞に割り当てられた席は一〇人程度しかない。証券部の記者は五〇人を超え、東証の隣のビルに取材センターを設けていた。それが証券部分室である。金曜日の会議はその証券部分室で開くことになっていた。

会議ではまず、野々村泰彦部長がその日の午前一〇時から開かれた編集局の緊急部長会の報告をした。緊急部長会では杉田亮毅編集局長が「一〇〇〇万円疑惑」について、①社内協力者はまだ判明していない②大阪編集局長が大阪地検に氏名を明らかにするように要請している③大阪地検が明らかにしない以上自ら調査することによって疑いを晴らしていく——などと説明したという。しかし、その内容は新聞報道の域を出るものではなく、いくつか質問も出たが、野々村部長にそれに答える材料はなかった。

私の書いた記事についてイトマンサイドが調査しようとしていたことは新聞報道を読めば明らかだったが、証券部の若い記者たちにそんな事実を知っている者はほとんどおらず、私が何か聞かれることもなかった。「一〇〇〇万円疑惑」に時間をとられたので、いつもより少し時間がかかったが、午後一時一〇分には会議は終わり、私は午後一時半過ぎに本社に戻った。その日はマーケット面の担当だったが、夕刻までは仕事がないので、一件取材に出て午後四時半過ぎに戻った。それからずっと当番デスク席に座っていたが、取り立てて何か聞いてくる者もいなかった。

私が日経新聞社の幹部たちが何をしているのか知ったのはやはり早刷りの朝刊を読んでからだ。社会面にあった記事には、こう書かれていた。

〈本社常務会「イトマン協力者」真相究明に全力〉

〈日経新聞社は二十日午後三時半からの常務会で、イトマン事件公判の冒頭陳述で検察側が「日経新聞社内の協力者に現金一千万円を支払った」と指摘した問題への対応策を協議した。／一その結果、「協力者」の特定を含め、事実関係の解明に全力を挙げる方針を再確認した。／一刻も早く事実を掌握し、対外的に明らかにすることが、読者からの信頼の回復につながるとの立場から、引き続き全社で調査を進めている。／日本経済新聞社に対して、十九日夜から二十日夜にかけて、「早急に真相を明らかにし、公表すべきである」など計百二十三件の問い合わせや抗議の電話があった〉

「一〇〇〇万円疑惑」が明るみに出た一九日夜、日経新聞社の山田登広報担当部長が、

「日経新聞社としては、社員のなかにそのような行動をする者がいるとは考えられない。しかし、検察の冒頭陳述にある以上、重大に受け止めざるを得ない。ただちに事実の確認を開始した。もし事実とすれば断固たる処分をする」

との談話を発表していたが、その域を出るものではなかった。

午後一〇時半過ぎ、野々村部長が本社に上がってきた。少し酔っ払っているようで、中身のない記事をみて騒ぎ出した。

「こんな記事で読者を納得させられるのか。もっとちゃんとした記事を載せるべきだ」

野々村部長はちょっとおっちょこちょいで、こういう時は飛び切り元気になる。

夜も遅くなり、ほろ酔いの記者たちが記者クラブから上がってくると、口々に「何をやっているんですか、幹部たちは」「早く自浄作用を発揮しなければ、取材できませんよ」と野々村

部長に同調した。

「社内協力者に一〇〇〇〇万円」との情報によって日常の取材活動に多大な影響が出るのは間違いない。記者たちに衝撃だったのは当然である。しかし、この時点ではまだ冷静に事態を分析し、将来を予測するゆとりはなかった。一人の記者が、

「大塚さん、思い当たるようなことはないんですか」

と聞いてきたが、私は「わからないよ」と答えただけで、何も言わなかった。自分の記事が調査対象になっているので、あまり発言しないほうがいいと考えていたのだ。翌日は夕刊当番で早めの出社予定だったので、午前〇時を回ったところで帰宅した。

「一〇〇〇〇万円疑惑」が明るみに出て二日目の二〇日から日経新聞社は社内調査を開始したことを内外に表明したわけだが、疑惑が明るみに出てまる二日間も事実上私に何も聞いてこないことは大きな疑問だった。一九日夜に二回、杉田局長と新井総務から「第一報を書いたのはいつだったか」を聞かれはしたが、そんなことは二人が当然知っていなければならないことだ。

「誰か思い当たるのはいないか」とも聞かれたが、材料のない私には答えようがない。

三日目の二一日。日本の金融証券市場は休みで、海外、欧米のマーケット情報を掲載するページを見るのが仕事だった。ほとんど仕事らしい仕事はなく、朝八時半には出勤しても午後一時半までテレビをみるか、本を読むかして過ごす以外になかった。

夕刊当番が終わり、食事から戻ると、杉田局長から「局長室に来てほしい」と声がかかった。午後二時半から一五分ほど話した。

「編集局の記者に順次事情を聞いているが、九〇年の秋に何か不審な動きはなかったかね。思

い出してくれよ」

「あの頃、僕は海外出張であまり東京にいなかったので、急に言われてもわかりませんね。夏場には取材班の記者に無言電話がかかってきたりして、ちょっと不審な雰囲気を感じたことがありましたが、秋以降はなかったですね」

「そうか。それなら仕方ないが、気がついたことがあったら、連絡してくれよ」

「わかりました」

　夕刊当番の仕事は午後六時前には終わるが、午後六時二〇分に新井淳一総務に呼ばれ、彼の自席の脇のソファーに腰を下ろした。新井氏は杉田局長の二年下の一九六四年入社、次期編集局長の座が約束されていた。三月から経済部長を外れ、編集局ナンバー2の総務ポストに就いていた。

「大阪社会部で取材してわかったんだよ」

「なにがですか」

「例の『社内協力者』の調べたことがだよ。冒頭陳述に出て来る記事（九〇年九月一六日付記事）の筆者と、そのニュースソースだった。要するに、相手に渡った情報は君のことだったんだよ。ニュースソースはわからなかったようだがね」

　想像通りだったが、実際に間違いない事実だとわかってみると、怒りがこみ上げてくる。

「そうですか。やはりね」

「それとね、ちょっと確認しておきたいことがあるんだがな。最初の記事のとき、五月二四日付朝刊だったな。あれ、本当は『二〇〇〇億円が不良債権』という記事を掲載しようとしたのに、編集局幹部がストップをかけたことがあったかい？　そんなことなかったよな」

「『二〇〇〇億円』ではないですね。『六〇〇〇億円の不良資産』という記事を書く予定でした。でも、実際には『不動産投資圧縮』という記事を載せたんです。新井さんと杉田さんに住友銀行の巽頭取が頼み込んできたからでしょう」

「そうだったかな。よく覚えていないんだ」

新井総務はいつもこうだ。「巽頭取に会ったのはあなたと杉田さんでしょう。それで、あなた方が巽頭取の言うことをきいたんじゃないですか」と、喉から出かかったが、飲み込んだ。私もイトマン問題の突破口を開くことを優先と考えて、記事内容の変更を了解していたからだ。


私が当時の状況を本気で聞かれたのは二三日である。

この年、九一年は一二月二二日が日曜日、二三日の月曜日は天皇誕生日で連休だった。証券部の担当紙面はなかったが、休日出番として一人デスクが出社する。一面などへの出稿がなければ、午前一時ごろまで当番デスク席で座っているのが仕事で、テレビをみていてもいいし、本を読んでいてもいい。

二三日はちょうど私の休日出番で、午後五時過ぎに出社したが、ほとんど仕事はなかった。当番デスクの席についてテレビをぼんやりみていると、午後六時半頃経済部の小孫茂記者が近づいてきた。

「杉田局長が部屋に来てほしいそうです」

編集局長室に入ると、ソファーに杉田局長と、新井総務、鞍田《くらた》暹《すすむ》総務が座っていた。

杉田局長が切り出した。

「大阪社会部が大阪地検や大阪府警を取材して、小早川被告が『社内協力者』から受け取ったメモの内容を入手してきた。調べたのは君のことなんだよ」

「ええ、それは土曜日に新井さんに聞きました」

「大阪社会部で入手したメモの内容を今、見せてもいいんだが、君が見ると不愉快になるだけだろうから、口頭で説明するよ」

「そんなひどいことが書いてあるんですか」

「君は敵が多いからね。メモの最初は君の略歴だな。早稲田大学政経学部の大学院卒、一九七五年入社、証券部から経済部に移って、通産省クラブ、日銀クラブ、財界クラブ、大蔵省クラブ、財界クラブと書いてある。どうかな、みんな知っているよな」

「正確ですね。でも、みんな知っているというのはどうでしょうか。経済部の人、特に僕より上の人は知っているでしょう。人事を決めるのに関与していますから。でも、経済部でも僕より下の人や、他の部の人はあまり知らないでしょうね。もっとも経済部関係の人に聞けばすぐにわかりますけど」

「そんな話、君、聞かれた記憶ないかね」

「ないと思いますね。本人に聞けば、なぜ、と勘ぐりますから、そんな馬鹿なことはしないでしょう」

「次は君の人物像でね。それが君にとってあまり気分のいい内容じゃないんだな。まあ、読むのもなんだから、ちょっとみるか」

私が頷くと、一枚の紙を渡してくれた。

そこには確かに私にとって愉快でないことが書かれていた。

「身長一六〇センチそこそこ、童顔である。社内的に異端者で、今財界クラブにいるのは財研キャップからの降格人事。ただ、仕事は非常にできる。同僚記者によると、『アングラ情報には太いパイプがあり、強い』という。実家が金持ちなので金銭関係で動くことはない」

こうした私の人物評などのあとに、イトマン報道に関連した情報が記載されていた。

「数ヵ月前に〝住友銀行がイトマンに二〇〇〇億円の不良融資〟という感じの記事を出稿しようとして社内で『待った!』がかかったことがある。このとき巽頭取自らが動いたとされる」

「九月一六日の原稿は大塚記者の独自出稿で、翌日（原文のまま＝実際は二〇日）の事実上の数字の訂正をした原稿は日銀クラブの出稿。社内でもこうしたイトマン情報のチグハグには幹部も困惑している」

「東京地検サイドは内偵もしていないし、夜回り記者が当たっても感触は『ほぼない』状態だ。大蔵省と日銀では〝イトマン問題〟には相当ピリピリきている（銀行局関係者）のは事実のようだ」

「『日経』の金融記者によれば、磯田vs.反磯田（巽）の綱引きはもう終わり、磯田が辞めたあと、彼についての個人的なスキャンダルが出ないようにフタができているのか否か、という状態にまでできているという」

「磯田氏の辞任は時期的には経団連会長の斎藤と同時期にパッケージで〝若返り〟という大義名分のもとに退く（ちなみに磯田は経団連副会長）」

「その場合は、相当の〝出血〟を覚悟して住銀は河村を切るのではないか」

「住銀内部からは、磯田が河村に強く働きかけて年内いっぱいまでに伊藤寿永光を辞めさせる、それから〝イトマン問題〟の処理が始まる、という情報が聞こえてくる」

メモを返すと、人のいい杉田局長が済まなさそうな顔をして聞いた。

「どうだろう。何か、思い当たることはないか」

「イトマン報道に関連した情報は違っているところもありますが、別に日経社内でなくても入手できますね。でも、僕個人の話は、僕の近くにいる日経の人でないとわからないでしょう。近くにいる人に話を聞いて情報収集したのかもしれない。僕に恨みを持っていて調べてでもいれば別ですが、そんな人はいないでしょう。調べなくても、僕を貶めるにはあることないこと悪い噂で流すほうが手っ取り早いですから」

私は、経済部系統の上層部を念頭に話したが、それは伝わらなかったようだ。

「難しいね。君は敵が多いし、有名人だからな」

話は四〇分ほどで終わった。私は証券部のデスク席に戻り、一人で新聞を読んだり、音声を消したテレビの画像を眺めたりしていたが、いつの間にか思いを巡らせていた。

「誰か思い当たる奴はいないか。記者クラブの異動の順番まで記載しているのは自分の周辺にいた人間、つまり、経済部の人間が関与しているのは間違いないのではないか。それも、自分と同じキャップクラス以上の人間ではないか」

「日経新聞社は〝経済部〟帝国主義と言われている。〝帝国〟の仲間にするかどうかはどんなキャリアパスをしているかが大事で、私もその対象になっているに違いない。元々証券部の人間ではあるが、在籍年数は経済部のほうが長くなっている。経済部の親分子分関係で私の経歴は熟知されているはずだ」

「同じ経済部でも部下の記者は自分の上司がどんな経歴かなんてあまり関心がない。もし情報提供者に情報を流した人間がいるとすれば私より上の経済部出身の幹部や役員ではないか」

「それに、財研キャップから財界クラブへの異動は普通、降格とは思わないだろう。財界クラブは経団連会長など経済四団体のトップと付き合うのが主な仕事で、大抵は古手の記者が一人で担当している骨休めのようなポストだ。朝日新聞や読売新聞などでは財界クラブはデスク一歩前の記者が担当する慣行があり、財研キャップや日銀キャップから回ることが多い。しかし、自分のケースはそれとは別で、新井部長が思うように動かない煙たい部下を主要な記者クラブから外す狙いがあったのは確かだ。それを理解しているのは経済部の者だけだ……」

午後一〇時過ぎ、林興治証券部長が姿をみせた。杉田局長に呼ばれたのだ。私はなぜ、林部長が呼ばれたのか、不思議に思った。私がかつて証券部の記者だったとき、林部長が兜クラブのキャップで親しい関係にあったが、林部長はイトマン取材とは無関係だったし、当時、イトマン問題で林部長と会話した記憶もなかった。

「仮に『社内協力者』が経済部の者でないとしても、経済部の者から話をきいているはずだ。今は経済部ではなくても、経済部出身の役員とか、秘書室などの幹部なら情報は簡単に入手できるんじゃないか。杉田局長にしても、新井総務にしても、経済部出身、経済部長経験者だ。そんな人たちに調査ができるのだろうか」

林部長が事情聴取されることの理不尽さへの憤りもあって、こんな連想ゲームを繰り返していた。

この間、私は三回杉田局長から呼ばれた。一回目の質問内容は「経済部デスクの一人をどう思うか」、二回目は「取材チームのメンバーを確認したい」、三回目は「磯田氏の経団連副会長の進退に関する情報を誰に話したか」、いずれも数分間、簡単な質問を受けただけだった。取材チームのメンバーや、ニュース判断をしてどう報道するか決定していた人間なら当然覚えていなければならない事実だ。わずか一年ほど前のことである。経団連副会長の進退に関する情報だって、上司である新井部長には報告していたことだ。

林部長が帰宅して、私は三〇分ほどデスク席にいたが、午前〇時過ぎ自宅送りのタクシーで帰宅した。

私が「社内協力者」について聞かれたのはこのときが最初で最後だ。

八日目の一二月二六日、日経新聞社は「一〇〇〇万円疑惑」を調査するため調査委員会を発足させたが、私から意見を聞くこともなかったし、どんな調査をしているのか、調査の状況がどうなのか、知らされることもなかった。年が代わって九二年一月になって、ある週刊誌の記者について調べてくれと頼まれたことがあっただけだ。それも、なぜ、調べるのかは言わなかった。

6　大阪地検特捜部が犯したミス

「一〇〇〇万円疑惑」で、日経社内に五〇〇人の調査対象者がいるとすれば、その五〇〇人に順次、個別に話を聞き、少しでも疑わしい材料がある人物がいれば、その人物の話を元に私に反面調査をするべきだった。

私が知る限り、疑われた記者は二人いた。一人は東京編集局証券部の編集委員で、小早川被告と会ったことがある人物。もう一人は大阪編集局の経済部デスクだった人物だ。この二人は証券部記者時代に私と同僚だった時期があるものの、東京編集局の経済部とは縁もゆかりもなく、疑うこと自体がピント外れのように思った。もし疑っているなら、状況証拠を示して、私にどう思うか聞くのが筋だが、そんなことは一切なかった。

私には、日経幹部が本気で調べる気がなかったとしか思えない。確かに、私が杉田編集局長にメモを見せられたときまでは、調べようという気持ちが感じられた。しかしその直後から、その気持ちが失せたような気がする。その理由は、検察が日経新聞社の「社内協力者」の名前を特定していないとの感触を得たからだ。

河村良彦被告ら三名の初公判から一週間後の九一年一二月二六日。小早川被告の初公判が開かれた。そこで、「社内協力者」についての冒頭陳述の表現に変化が出たのだ。

河村被告らの初公判での冒頭陳述では「小早川被告がイトマンに関する情報収集の謝礼として日経新聞社内の『協力者』に一〇〇〇万円、元週刊新潮記者の福永修氏に五〇〇〇万円を支払った」と述べていた。

しかし、小早川被告の公判での冒頭陳述では、「小早川被告が知人等情報源に金銭を支払うなどして、週刊新潮や日経に関する各種の情報を入手し、伊藤被告らに報告していた」という表現になった。

つまり、「社内協力者」の実名を明らかにしなかったばかりか、情報料として支払った金額や受け渡しの日時を割愛、現金を受け取った人物も「知人等情報源」と指摘しただけで、職業や所属会社などは伏せた形に変更したのだ。

この変更について大阪地検幹部は「小早川被告は当初から起訴事実を全面的に認める方針であり、裁判所では提出した証拠を直接検討してもらえる見通しだったから、今回の冒頭陳述は詳細を省いて骨格だけで十分と判断した。河村被告ら三人の公判で明らかにした冒頭陳述の事実関係を変更するものではない。あくまで法廷技術の問題で、他意はない」と説明した。

小早川被告のほうはどうだったかというと、罪状認否や意見陳述で河村被告や伊藤寿永光被告との共謀や、融資が担保不足だったことも含めた起訴事実のすべて、そしてイトマンのマスコミ工作に深くかかわっていたことも全面的に認めた。そのうえで「河村被告から、事業援助をえさにマスコミ対策への協力を求められた。イトマン側の依頼に基づいて、マスコミ対策として現実に少なくとも千数百万の謝礼などを交付した」とつけ加え、「詳しくは、今後の公判で明確にする」と述べた。

もう一つ、一九日の河村被告らの初公判での冒頭陳述と食い違う供述調書も明らかになった。そこには小早川被告の初公判で証拠採用された検察段階での、同被告の供述の内容が書かれていた。

「(九〇年)九月二六日午後〇時三〇分、帝国ホテルの伊藤被告の部屋を訪ねたところ、日経対策などを頼まれた。それを受け二六日のうちに手を打った。私が頼んだ相手は『ある日経新聞の関係の者』としか言えませんが、その者に『九月一六日の日経のイトマン記事の情報の出所を調べてくれ』と頼みました。その結果は二六日のうちにキャピトル東急ホテルでメモをもらって、(記事は)大塚という記者が書いたらしいと分かりました。メモをワープロで整理、メモはシュレッダーにかけました。その調査について、相手は数人がかりで急いで調査したと言っていました。メモをもらった翌日ごろにキャピトル東急ホテル地下一階の『ミサオラウンジ』でこの相手に現金一〇〇〇万円を出して『みんなで分けてよ』と言って調査の礼金として渡したのです。九月二七日に伊藤被告と会い、大塚記者の資料を渡してやりました。また、その席で伊藤被告に『磯田一郎住友銀行会長と日経の新井明社長の会談をセットできる』と持ちかけたところ、是非に、と頼まれたので、その日かその翌日に、ある男に頼みました。この男は元毎日新聞記者で、新井社長と親しいのです。しかし新井社長は東南アジアに旅行中で、実現しませんでした」

一〇〇〇万円を受け渡した日時が違っていたのである。一九日の冒頭陳述では「一〇月九日ごろ」となっていたが、供述調書は「九月二六日の翌日ごろ」となっている。中国出張と東欧出張の狭間で、私が東京にいた時期である。

九月二六日前後はイトマン問題の取材はとりあえず小孫記者に任せ、私は本来の仕事である経団連の会長人事の取材に忙殺されていた。当時、新日鉄出身の斎藤英四郎会長に対する批判が強まり、年末には東京電力出身の平岩外四副会長に禅譲する見通しになっていて、中国出張も東欧出張も斎藤会長に密着取材するのが目的だった。もし私が小早川被告と面識があったとしてもイトマン問題について情報提供をするような余裕はまったくなかった。それにしても、私に当時のアリバイすら聞いてこないのは調査として杜撰《ずさん》としか思えない。

いずれにせよ、この冒頭陳述の変化と供述調書との食い違いは、日経新聞の経営陣に追い風と映った。

一九日からこの日までに杉田亮毅《りょうき》、萱谷定彦の東京、大阪両編集局長が中心となり、局次長以下の一〇〇人近い記者に事情聴取していた。その過程で一人の記者（編集委員）が小早川被告と面識があることが判明したが、会ったのは九〇年三月下旬一回限りで、本人も情報のやり取りや金銭の授受を全面否定した。その記者の家庭環境を考えると、一〇〇〇万円などを受領することなど考えにくい。それで、強気に「被疑者なし」で出たほうが得策と判断したのだろう。

一二月二七日付朝刊に一面に〈イトマン工作本社調査中間報告　『協力者』現時点で該当なし――検察調書、人物特定せず〉との本記、三面に〈経営実態　正確に報道〉〈紙面編集揺るがず〉などの見出しをちりばめた中間報告の詳細を掲載するとともに、二六日午後、棗田《なつめだ》常義専務を委員長とする全社的な調査委員会を発足、引き続き真相究明に努める意向を表明した。

社内の雰囲気も複雑なものに変わり始めた。当初はほとんどすべての記者が「社内協力者」を自ら明らかにしなければ、日経は破綻するくらいの気持ちだったものが、多数の記者が事情聴取を受けるようになると、その気持ちも微妙に変化してくる。

デスク以下の記者ならなおさらだ。たとえば、九〇年秋に海外駐在で日本に不在だった記者は高みの見物で、なかには犯人探しで手柄を立てようと思う人間も出てくる。自分の競争相手がこの件で出世競争から脱落してくれればいいとでも内心、思っているのだろうか。実際、経済部デスクのなかにその手の人間がいて、取材して回っていた。ニューヨーク支局から帰国してデスクに就いた斎藤史郎次長がそのいい例で、私に深刻な顔つきをして近づいてきて、

「俺はいるんじゃないかと思う。何か思い当たることはないか」

と聞くのである。こうした海外駐在組と対照的に、九〇年秋に日本にいた記者たちは他人事ではない。全員があらぬ嫌疑をかけられ、不愉快な思いをした。

部長以上の記者たちには別の思惑が働く。報道機関として「社内協力者」を自らの手で明らかにすべきだ、というのは建前だ。「社内協力者」がわからないまま、灰色で終わってくれればいい、という気持ちの者が増えてくる。部長以上は歳も五〇歳より上で、「社内協力者」が判明すれば日経新聞社の経営が致命的な打撃を受け、自分の人生設計が狂うかもしれない。

明けて九二年。社内には楽観ムードが広がり始めていた。「大阪地検の検事は小早川被告から『社内協力者』の名前を聞き出していない。当然、『社内協力者』に事情聴取もしていない。それなのに、冒頭陳述に記載したのは勇み足で、検察の首脳陣も大阪地検の杜撰な捜査に腹を立てている」などという情報が流れ、それが記者たちの気持ちの変化に拍車をかけた。

私は大晦日から正月三ガ日まで休みだった。二六日の中間報告は納得できるものではなかったが、私が何か言えば、穿った見方をされるのは目に見えている。何もしないのも釈然としないが、自分ひとりでは大したことはできない。

一月四日、夕刊当番のため午前八時半過ぎに出勤した。通常なら大発会の日だが、この日は土曜日で、大発会は六日。海外の株式市場などの記事をみるだけで、仕事はほとんどなかった。

夕刊の紙面作成は責任者の当番局次長が主催する会議から始まる。午前九時から、各部のデスクが出稿予定を報告、当番局次長が一面など主要紙面のラインナップを決める。通常、会議は一五分ほどだが、正月早々の土曜日ということもあり、出稿予定は暇ダネばかりで、一〇分足らずで終わった。

その日の当番局次長は堀川健次郎経済部長だった。会議が終わると、含み笑いを浮かべた堀川氏は私のところに寄ってきた。

「おい、どうだ?」

「え、なんですか」

「イトマンだよ。どうもさ、検察の黒星だったのが間違いないぞ」

「そうですか。僕は何も聞かされていませんから……」

「まあ、いいさ」

堀川氏が新井淳一氏の後任の経済部長に就任したのは前年（九一年）三月。一〇〇〇万円の受け渡しがあった九〇年秋は秘書室長で、事件と無関係ではなかった。しかも、堀川氏は一九六五年入社で、一年上の新井氏同様に長年経済部デスクを務め、私の上司であった。

「社内協力者」が存在しない……私には、とてもそうは思えなかった。存在すると考えるほうが自然だ。

一月一六日午後二時前から一時間ほど、イトマン事件の当初から取材している大蔵省の土田銀行局長に会った。土田局長は、こう教えてくれた。

「これはインサイダー情報だけどね。大阪高検の吉永祐介検事長は『冒頭陳述に軽率なところがある』と言っている。日経の人物を特定せずに書いたんだね。でも、検察は困ったとは思っていない。存在すると確信しているようだ」

多くの日経新聞社の役員や社員にとっては「検察のミス」という結論は都合がよかったが、日経以外のメディアには「存在する」と確信している記者が多かった。

私自身は社外同様に「社内協力者」は存在したという確信を持っていたが、小早川被告が口を割らない限り、特定するのは至難の業だ。男女の関係を愛人関係かどうか特定するのと同じである。調査委員会から何のアプローチもないのに、自分から色々意見を言うのも気が引けた。被害者として根に持っていると受け取られるのが嫌だったのだ。

調査委員会は、一月三一日に結論を出した。棗田専務らが東京・大手町の本社内で午後五時半から記者会見し、調査結果を発表した。

（1）小早川被告から一〇〇〇万円を受け取った者は社内に存在しない

（2）一連のイトマン報道に関して、外部からの圧力やそれによる記事への影響はなかった

（3）社内情報の一部が、外部の第三者に利用される形で小早川被告に流れた、との疑いは否定できない

――などだ。会見で棗田専務は、調査対象者は編集、営業関係を合わせて約二〇〇人に上ったことを明らかにし、「（イトマン報道に関連する社内の）情報に多少とも接触することができ

る者は全員調べた。国内のみならず海外勤務者も呼び戻して調査した」と語った。

記者会見に先立ち、新井明社長が午後三時、筧栄一検事総長に会い冒頭陳述を巡る疑問に関する質問書を手渡した。これに対し同総長は、大阪地検に問い合わせ、何らかの回答をすると約束した。筧栄一検事総長宛の質問書は次の七項目だった。

一、冒頭陳述に「日経社内の協力者」と記載していますが、これは当社の社員ですか。そうであるとするなら貴庁がそのように認識された具体的な証拠はなんですか。

二、それらの証拠では具体的な氏名が特定されているのですか。特定されているならその氏名を明らかにしてください。

三、「日経社内の協力者」と小早川被告との間に第三者が存在、その人物によって日経の名が利用された可能性はありませんか。

四、協力者に支払われたとされる金銭は、小早川被告から直接協力者に支払った、との認識ですか。

五、そうだとすれば、その認識の具体的な証拠は何ですか。

六、協力者に対する事情聴取を行いましたか。

七、氏名の特定ができておらず、事情聴取も行っていないとすれば厳正であるべき検察庁の冒頭陳述としては重大な不備があると考えざるを得ませんが、いかがですか。

二月一日の一面、二面、三面には膨大な記事が掲載された。日経新聞社の経営陣が強気に転じたのを裏付けるような内容だった。

一面は〈イトマン工作本社調査委結論「社内協力者」存在せず　冒陳の妥当性で質問書〉という見出し。二面には〈検察の冒頭陳述に不備はなかったか〉という社説、三面には調査結果の全容を〈検察、日経社員を聴取せず〉〈圧力なし、紙面揺るがず　編集権の独立を貫く〉などの見出しで掲載した。

一〇日後の二月一〇日。筧栄一検事総長は午後二時に新井社長と会い、口頭で質問書に対する回答を伝えた。

「一月三一日付の貴社質問書に関し、大阪地検に報告を求めて検討した結果、いずれの質問事項も検察官が公判で行った訴訟活動に関するものであり、最高検察庁が回答すべき立場にはないものと考えるので、回答はできません」

新井社長は「我々としては、極めて不本意な回答である。検察庁は現場主義をとっているが、その最高の立場にいる検事総長自らのお答えであるので、回答はしかと承りました」と答えたという。

大阪地検の土肥孝治検事正も午後二時半、菅谷定彦取締役大阪編集局長に対し「回答できない。冒頭陳述で述べた事実については公判で立証する」との見解を明らかにした。大阪地検の見解は「いずれの質問事項も、検察官が公判で行った訴訟活動に関するものであるうえ、捜査の内容、または収集した証拠の内容にわたるものである。このため、法廷外で明らかにすべきものではない、と考えるので回答できない。冒頭陳述で述べた事実については、公判で立証する」というもので、口頭で伝えられた。

これを受け、棗田専務が午後五時から記者会見し、次のような談話を発表した。

「本日の筧検事総長の回答によって、我々が一月三一日に公表した調査の結論は正しい、との確信を一層深めた。この際、委員長として、昨年末のイトマン事件に関する検察冒頭陳述で述べられた『小早川被告から一〇〇〇万円を受け取った日経社内の協力者』なる人物が実在しないことを、重ねて表明する。したがって、我々は任務を達成したので、社内調査を終了する」

事実上の「一〇〇〇万円疑惑」の調査終結宣言だった。一一日付の朝刊に次のような記事を掲載した。一面には〈イトマン工作質問書　検事総長「回答できない」　本社、調査の正しさ確信〉（四段）、棗田専務の記者会見に一問一答をつけた〈社内協力者なし　調査終了〉（三段）、〈大阪地検検事正「公判で立証」〉（ベタ）。二面には〈冒頭陳述が不備なら検察は訂正せよ〉との見出しの社説を載せ、検察のミスを追及した。

7　犯人探し

一九九一年一二月二六日の「中間報告」と、一九九二年一月三一日の「調査委結論」は、ともに二つの柱で成り立っている。一つは日経新聞のイトマン報道が捻じ曲げられていなかったかどうか。もう一つは、小早川茂被告から一〇〇〇万円が支払われた日本経済新聞社内の協力者は誰なのか、である。

第一点については九〇年五月二四日付朝刊の記事と、九〇年九月中の報道について調査したことになっている。

まず、五月二四日付朝刊の記事についてみてみよう。

「調査委結論」では〈巽頭取は二度にわたって本社を訪れ、編集局幹部に対し「住友銀行はイトマンの経営に責任を持つ。無用な混乱を招くような記事掲載は避けてほしい」と要請した〉ものの、〈当初、予定通りの『イトマン　土地・債務圧縮急ぐ』の記事を載せた〉と結論付けている。

しかしすでに説明したように、住友銀行の圧力で記事が変質したのは明らかであり、〈紙面編集揺るがず〉などと言える状況ではなかった。

次に九〇年九月中の報道である。九月一六日付朝刊の「イトマングループ　不動産業などへの貸付金　1兆円を超す」という記事と、九月二〇日付朝刊の「イトマン、債務三五〇〇億円圧縮」という記事の違いについて、である。

大阪地検特捜部は、冒頭陳述でこう指摘している。

「九〇年九月一六日付の日経新聞には『イトマングループの不動産業への貸付金が一兆円を超す』と題する記事が掲載されるなど、経営不安に陥っている河村商法に対するマスコミの批判が一段と激しくなり、（中略）、河村はますますマスコミ対策に神経をとがらせ、伊藤に対しマスコミ対策を十分にするよう指示するとともに、九一年三月末までに不動産関連債務を三五〇〇億円圧縮するという実現不可能な計画を立ててマスコミに発表し、イトマンの信用不安説を打ち消そうとした」

この指摘が正しいのかどうか。中間報告では「二〇日の記事は、担当記者がイトマンと住友銀行の両社首脳から直接取材した内容を正確に掲載したものだ。同記者は本人の判断で一九日夕に両社首脳と接触しており、本社内のだれからも両社首脳との接触を促されていない」とし、検察の冒頭陳述を否定している。

しかし、この記述は、私が上海から帰国した九月二一日に筆者である小孫茂記者から受けた報告とは食い違っている。

私が成田に着いたのは午後五時四五分。財界クラブに戻ったのが午後七時四〇分。部屋では経団連の広報担当者が、東欧ミッションに同行する三人の記者（私を含め）からパスポートを受け取るため、待機していた。中央のテーブルに鮨が出ていて中国に行かなかった記者たちと、三好正也経団連事務総長が懇談していた。私は小一時間、懇談の輪に加わった後、帰国報告のため本社に上がり、午後八時四〇分過ぎ、日銀クラブの小孫キャップに電話した。

「いや、大変でしたよ。月曜（一七日）は株価が下落しただけで済みましたが、火曜（一八日）、水曜（一九日）は外銀と地銀が九月末までに融資額の半分を返せとイトマンに言って来たんです。その額は一四〇〇億円にもなり、住友銀行だけでは肩代わりできない。そんなことで、一九日の夕方に巽外夫頭取が僕のところに電話してきたんですよ。『住友銀行、全面支援』と書いてくれということでした。巽頭取の手配で河村良彦イトマン社長に会い、三五〇〇億円削減の記事にしたんです。巽頭取はこの時初めて、許永中と伊藤寿永光に言及しましたよ」

小孫記者を非難するつもりはない。

自分が小孫記者と同じ立場であったら同様の対応をした可能性が強いからだ。しかし検察当局は、イトマンが信用不安説を打ち消すため、実際には実現不可能な三五〇〇億円の債務圧縮計画をでっち上げたとし、この報道をイトマン経営陣寄りだったとみている。二〇日付朝刊の掲載の経緯をみれば、検察の指摘は甘受するほかない。

第二点は「『社内協力者』存在せず」という結論の信頼性である。これが最も大事な問題だ。

調査委員会自体に、まず問題があった。委員長の棗田専務は編集局出身だが整理畑で、労務担当を長く務めており、イトマン事件の報道とあまり関係がなかったが、委員長を補佐した杉田東京編集局長と菅谷大阪編集局長、それに新井編集局総務はイトマン取材の最高責任者であり、杉田編集局長は新井総務とともに住友銀行の巽頭取と面会もしている。言ってみれば利害関係人なのだ。泥棒が泥棒を調べるとまでは言わないが、調査される立場にはなっても調査する側にまわるべきではない。こうした調査は、少なくとも、関係者に対する事情聴取は、弁護士など社外の第三者に依頼するべきだ。どこまで本気で調査しようとしていたのか、大いに疑問なのである。

もう一つの問題は、中間報告と調査委結論の記述を読めば明らかなように、役員について調査した形跡がないことだ。

「社内の関係者からの聴取は一連のイトマン事件取材にかかわった部長、デスク、記者だけでなく、事件の取材経過や出稿された原稿について知りうる立場にいた局次長、部長、デスク、編集委員も対象にした。聴取対象者は東京本社が経済、金融、証券、産業各部を中心に約四〇人、大阪本社では経済、証券、流通、整理、支局など計約二〇人を数え、この中には関連会社出向者も含み、参考情報を得るための各部長レベルでの聴取対象者も合わせると全体では一〇〇人近くになった」〈中間報告〉

「編集局内でイトマン報道の関係者とその周辺で情報の流れを知りうる対象者、約一五〇人について小早川被告との関係を中心に徹底した事情聴取をした。対象は東京、大阪両本社の編集局に限らず、海外駐在記者や国内支社・支局などにも及んだ」〈調査委結論〉ともに役員に事情聴取をした、とは書いていない。

新井明社長については調査しているが、新井社長は海外出張中で物理的に難しい状況にあった。しかし、鶴田卓彦副社長以下の役員は東京にいたはずで、特に経済部出身の役員なら、小早川メモにあるような情報を吸い上げることは容易《たやす》い。しかも、週刊新潮の元記者に渡したのが五〇〇万円なのに、日経新聞の社内協力者はその倍であり、上層部の関与を考えるのが自然ではないか。

調査委結論では「『第三者』存在の可能性」を指摘し、「小早川被告と親しい著述業に携わるある団体の役員」「ジャーナリスト」「ＰＲ会社幹部」の三人を挙げ、「団体の役員」からの情報漏洩の可能性を示唆している。しかし、調査委はその団体役員に直接面談したことを明らかにしているものの、日経新聞社役員・社員との付き合いがあったかどうかなどにはまったく言及していない。仮にこのルートでの漏洩の可能性が高いなら、なぜ日経新聞社役員・社員との関係を徹底的に調べ、その結果を報告しなかったのか。ちなみに、「ジャーナリスト」「ＰＲ会社幹部」の二人については日経新聞社記者などとの接点を調べている。

調査の視点にも問題があった。中間報告、調査委結論の両方とも「調査の重点は（１）小早川被告との接触の有無（２）第三者に利用された形での小早川被告への情報漏洩の可能性（３）検事調書添付の小早川メモとの関連」としている。

小早川との面識の有無にばかり注目していてよかったのか。月刊誌『創』のオーナーでもあった小早川被告の事務所は永田町の高級マンション「パレロワイヤル永田町」にあり、政財界にも影響力を伸ばしていた。また、山口組系暴力団関係者や政財界人らと太いパイプを持つ人物ともされていた。調査委の挙げた三人以外の第三者、たとえば自民党の政治家などが介在した可能性はなかったか。

「パレロワイヤル永田町」には亀井静香代議士の事務所があった。広島県出身の亀井代議士は許永中氏と浅からぬ関係にあり、九〇年五月からイトマン絡みで蠢いていた。

広島県庄原市。人口二万二〇〇〇人、過疎に悩むこの地域で一大リゾート開発計画が進行していた。この計画はイトマンが三〇％出資している「ワールド　インペリアル　ウィング」の「文化・スポーツ・レジャー&リゾートタウン　プロジェクト構想」というものだった。総事業費約六〇〇億円でJR備後庄原駅北側の山林約二一〇〇ヘクタールを開発、レーシングサーキット場、ゴルフ場、ホテルなどをつくり、九七年ごろまでに一部をオープンする予定だった。

亀井代議士は九〇年五月二一日、イトマンの伊藤寿永光常務と許永中氏を引き連れ庄原市にやってきて、計画を持ち込んだ。地元信用金庫二階の会議室で、寺上正人市長や市議、商工関係者ら集まった約四〇人に伊藤、許両氏を紹介、計画の概要を説明させた。

当然のことながら、この計画はイトマンの信用不安により頓挫した。信用不安の火消しのため、一〇月中旬に河村社長が乗り込み、亀井代議士も一一月から一二月にかけ大蔵省や住友銀行に圧力をかけ、計画を実現すべく動いていた。

こうした情報は、当時、リアルタイムで私のところに入っていた。この開発計画を巡る動きと「一〇〇〇万円疑惑」とはほぼ同時期に起きており、亀井代議士と小早川被告の事務所が同じ「パレロワイヤル永田町」にあったことを考えればその関係を探るべきであろう。

もう一つ忘れてはいけないのは、一〇〇〇万円という金額の大きさだ。

週刊新潮の元記者は病気で困っていた。日経社内の協力者も同様に、多額のカネが必要な理由があったはずである。何らかの理由で借金を抱えている、飲み屋に多額のつけがある、女性問題を抱えているなど、多額の金銭を必要としている者はいなかったか。調査ではそうした視点が欠如していた。日経新聞上層部にはそうした個人的な問題を抱えている人間が複数、存在していたのは間違いない。

また検察は、日経の社内協力者の存在を冒頭陳述に記載するなら、実名まで特定し、小早川被告から徹底した事情聴取をすべきだった。その点で、検察にミスがあった可能性が高い。しかし、実名を特定できていなかったとしても、社内協力者が存在しなかったことの証拠にはならない。

私は、社内協力者はやはり存在したと思っているが、その理由の一つは、嘘をつく必然性がない小早川被告がかたくなに「存在した」と話していることである。マスコミ対策についての小早川被告の供述内容のうち、週刊新潮の元記者へ五〇〇〇万円支払ったことは事実である。日経関係でも「小早川被告は九〇年一〇月三日、伊藤被告らに『日経新聞社長と磯田・河村を引き合わせてやろうか』と述べ、伊藤被告もこれに賛意を表したが、結局、実現するに至らなかった」という冒頭陳述の記述も事実である。日経新聞の社内協力者への一〇〇〇万円の支払いだけが虚偽であるとは考えにくい。日経の社内協力者だけが特定されていないがゆえに藪の中になっているのだ。

仮に小早川被告が架空の資金提供話をしたのなら、その動機があるはずである。考えられるのは、日経新聞社の信用を失墜させること、自らが一〇〇〇万円を取得することなどだが、小早川被告と日経新聞社との関係は希薄であり、信用失墜だけを狙って嘘をつこうと考えるだろうか。また、小早川被告は、イトマンから霊園開発で一〇億円の不正融資を引き出しており、一〇〇〇万円という相対的に小さな金額を懐に入れるための小細工をする理由もない。

判決で執行猶予をつけてもらう見返りに、存在したと言い続けるような圧力を検察から受けていたという想定もできるが、地裁判決は実刑であり、控訴した段階で検察の言うことを聞く必要はなくなるはずだ。

小早川被告はその後も「協力者が存在した」と言い続けているのである。

事態は日経新聞社経営陣の思惑通りに展開した。小早川被告は「社内協力者」の名前を明らかにしなかったし、検察も公判に無関係だったこともあり、特定しようとしなかった。時が経つにつれ、世の中の関心も薄れ、灰色決着となった。

元経団連会長の斎藤英四郎氏の隠し遺産が、没後二年半経った二〇〇四年秋に表沙汰になったようなケースもないわけではないだろうが、「一〇〇〇万円疑惑」の事件では可能性は極めて低い。

私自身にも反省はある。当時の経営陣に対し疑念を明確に示し、第三者による調査を求めるべきだった。もし九〇年五月二四日付の記事が「不良資産が六〇〇〇億円」との内容になっていれば、また、九月一六日付の記事を一面トップにしていれば、イトマンにマスコミ対策をさせる余裕を与えなかったかもしれない。

こうした判断ミスに対する後ろめたさもあって、「一〇〇〇万円疑惑」でひるんでしまった。この時点で日経新聞社の腐敗を追及することができなかったのは、私の痛恨事である。

8　真相

ほぼ一年後の九三年二月二日、日経新聞社は新井明社長が代表権を持つ会長に就任、後任社長に鶴田卓彦副社長が昇格する人事を内定した。

四年半前の一九八八年六月、当時の日経新聞社社長の森田康氏が未公開のリクルートコスモス株を譲り受けていたことが明るみに出て、同年七月六日に引責辞任した。いわゆるリクルート事件である。

森田氏は六年半にわたって社長の座にあり、地方分散印刷など、日経新聞社の部数拡大に経営手腕を発揮していた。もし森田氏が経営の主導権を握り続ければ、日経新聞社は新しいタイプの言論報道機関に変貌を遂げていたかもしれない。森田氏が進めた路線は新聞経営を前時代的な〝商店〟的なものから、〝大企業〟的なものに変える方向にあった。その対極にいたのが新井氏であり、新井氏と徒党を組んでいた鶴田氏なのである。

仮定の話をしても詮なきことだが、あと二年森田氏が社長の座にあれば、新井氏や鶴田氏のような人物が社長に就くことはなかったのではないか。

いずれにせよ日経新聞社にとって、リクルート事件は大きな転機となった。言論報道機関のトップが未公開株を譲り受け、利益を得ることは断じて許されないことであり、森田氏の追放は当然である。しかし森田氏の追放によって、鶴田氏という、より不適格な人物をトップに頂き、一〇年もの長きにわたって放恣《ほうし》の限りを尽くすことを容認することになった。新井氏は社長を四年半で辞任、会長も三年で退いた。言論報道機関のトップとしての自覚がまったく感じられないわけではないが、鶴田氏の暴走に歯止めを掛けられなかったという点ではやはり責任は重大だ。

「一〇〇〇万円疑惑」は、言論報道機関としてはリクルート事件よりも深刻な問題である。リクルート事件は森田氏個人の問題であり、森田氏を追放すればそれですんだ。しかし、「一〇〇〇万円疑惑」は言論報道と密接に関係しているより根深い問題である。言論報道にかかわる情報をカネと引き換えに売る、まさに「ユダ」の行為なのである。

それがわかっているだけに、トップはもちろん、末端の記者たちにも、ある種の恐怖感が生まれてくる。場合によっては日経新聞社が報道機関としての命運を絶たれてしまうかもしれない、という恐怖感である。それは「うやむやに終わってほしい」という、本来あるべきではない心理を生む。

小早川被告の公判で、検察は大方の予想通り、日経新聞社の「社内協力者」を特定しなかった。

初公判から二年一ヵ月経った一九九四年一月二八日、小早川被告の判決公判が開かれた。近江清勝裁判長は「自分の支配する雑誌を背景に裏付けのない融資を執拗に迫った姿勢は悪質。反省の態度もなく刑事責任は重い」として、懲役二年（求刑懲役三年六ヵ月）の実刑判決を言い渡した。

小早川被告の罪は箱根の霊園開発でイトマンに一〇億円の損害を与えた特別背任罪である。近江清勝裁判長は、同じ霊園開発融資で分離公判が進められている河村、伊藤両被告について「小早川被告をイトマンのマスコミ対策に活用しようとして財産上の損害を強いる融資を行った」として、特別背任罪が成立することを認定、そのうえで「霊園開発が実現する可能性はほぼ皆無で、小早川被告もイトマンに損害を与えることを十分認識していたにもかかわらず、積極的に加担した」と述べ、共謀関係を認めた。

日経新聞は二八日の夕刊で、この判決について〈検察側は「小早川被告が日本経済新聞社内の協力者に一〇〇〇万円を支払った」と指摘した問題について公判で立証せず、この日の判決でも近江裁判長は事実として認定しなかった。この結果、「社内協力者は存在しない」という日本経済新聞社の結論の正しさが改めて明確になった〉と報じた。

判決を受け、日経新聞社は午後三時半から棗田常義副社長、杉田亮毅編集局長らが東京・大手町の本社で記者会見し、「最終見解」を発表した。

（1）検察は小早川被告公判で「協力者」を立証せず、「協力者」は存在しない、との当社の調査結果の正しさを改めて確信した（2）検察当局が裏付け捜査をせず、「協力者」を特定しないまま冒頭陳述したと断定せざるを得ない（3）小早川被告の判決に至るまでの検察当局の対応に強い遺憾の意を表する（4）検察当局の軽率極まりない行為によって再び第三者が被害を受けることのないよう猛省を促す――などと指摘した。

記者会見に先立ち、鶴田卓彦社長が東京・霞が関の検察庁で吉永祐介検事総長に面会、検事総長あての申し入れと、最終見解を手渡した。申し入れのなかで鶴田社長は「この『協力者』問題により、計り知れない社会的打撃を当社はこうむりました。刑事裁判での検察側冒頭陳述は社会的影響力が極めて大きく、その重要性に鑑み、冒頭陳述に記載する際には慎重な配慮を強く求めます」と述べた。これに対して吉永検事総長は「検察としては、冒頭陳述については、その重要性に鑑み、慎重に行っているところでありますが、お申し入れの趣旨は、よくわかりました」と答えた。

「一〇〇〇万円疑惑」は言論報道機関としての日経新聞社にとって、死活問題であったといっていい。

徹底的に自浄作用を発揮して、膿を出し切らなければいけない問題であったはずだが、幸か不幸か検察当局が「社内協力者」を特定せずに冒頭陳述に記載するという、大きなミスを犯した。

「捜査で一〇〇〇万円の支出自体は、はっきりしていた。元雑誌記者に金が渡っていたことも裏付けが取れた。つい、日経協力者のくだりも（冒頭陳述に入れてしまった）……」

小早川被告に対する判決を報道した毎日新聞の記事によれば、ある検察関係者がこう述懐したという。

取り調べに当たった検事は九十九パーセント間違いない事実と思ったのだろう。小早川被告のほかの供述に裏付けがとれており、日経の「一〇〇〇万円」だけが虚偽であるとは思えないからだ。

公判が始まる直前に検事は小早川被告に再度、聴取をしている。日経の「社内協力者」の名前を聞くためだった。しかし、小早川被告は名前を言わなかった。そうなると、いくら検察といえども、名前を特定する手立てはない。しかも小早川被告の特別背任罪を立証するのに日経の情報提供者の名前は直接関係がなく、「公判で立証する」と言い続けながら、結局何もしない道を選んだのだろう。

結果的に検察のミスは日経新聞社にとって願ってもない反撃のチャンスになった。日経新聞社の社内調査は杜撰なものだったが、「徹底的な調査をした。その結果、『社内協力者』は存在しなかった。もし、事実だというなら検察が特定して明らかにすべきだ」と主張し続けた。

仮に事実であったとしても、十分な裏付けをとらずに冒頭陳述に記載したのだとすれば、許されないミスであり、マスコミの関心もその点に集まる。日経新聞社の社内調査の杜撰さを検証するマスコミはなかった。

しかし、地裁判決では小早川被告の検事調書に添付されていたメモに基づき、小早川被告が行ったとされるマスコミ対策の一端を認めている。このメモはイトマンをめぐる報道を担当した日経新聞記者、つまり私の名前やプロフィール、取材の進行状況などを記載している。小早川被告が伊藤被告に手渡したとされ、判決は「(イトマン側に)日経に関する内部資料を提供した」と認定した。

もうひとつ、見逃せないのが小早川被告の発言である。

「検察の冒頭陳述の内容は正しい。日経が事実と違うというなら私を名誉毀損で訴えればいい。私も誣告《ぶこく》罪で応訴する。そうすれば真実が分かるはず。協力者の名前は信用問題もあり、絶対に明かせない」

この発言は地裁判決の直前に東京都内で毎日新聞記者に語ったもので、一月二八日付『毎日新聞』夕刊で紹介されている。

判決で言及されていないのは事実と認定しなかったということではなく、事実かどうかわからなかっただけだ。「事実かどうかわからない」のと「事実でない」とは違う。「社内協力者」問題は、検察も日経新聞社も個人名を特定できなかったということであり、灰色のまま闇から闇に葬り去られることになった。もし、日経新聞社として本気で調べようという気があるなら、小早川被告の言うように名誉毀損で訴えればいいのである。

私は、「一〇〇〇万円疑惑」について自分なりにできる範囲で調べようと思い、手始めに住友銀行関係者から冒頭陳述の全文を入手し、丹念に読んだ。それによると、小早川被告の得た資金一〇億円は大手都市銀行虎ノ門支店の口座に入金されており、その使途も詳しく書かれていた。

次に、旧知の大手銀行幹部に冒頭陳述のコピーを渡して取り引きの明細と合致しているか調べてくれるように依頼した。そして、一月二二日にその結果報告を受けた。

冒頭陳述では、一〇億円の融資の状況と資金の使途についてこう説明している。

①融資の状況＝小早川被告にカネを振り込んだのは大阪府民信用組合の南野洋理事長で、振り込み日は一〇月九日、振り込み先は虎ノ門支店の小早川被告の経営する「アルカディア」名義の口座。金額は一〇億円から利息分四〇〇〇万円を差し引いた九億九六〇〇万円。振り込み人を「伊藤萬不動産販売」とし、受取人は「アルカディア」だった。

②資金使途＝まず、借金返済のため暴力団会津小鉄会長の親族に虎ノ門支店で金利を加えた五億一一七五万円の保証小切手を交付、山口組系宅見組企業舎弟の資金繰りのため二回にわたり合計三億五〇〇〇万円を貸し付けた。さらに、柳川組初代組長の親族からの借金の金利として四八〇万円をその親族の口座に振り込み、融資資金のほとんどが暴力団関係者に流れていた。残る約一億三〇〇〇万円は小早川の会社等の資金繰りに使われた。

虎ノ門支店の小早川被告関連の口座の資金の出入りが冒頭陳述の記載と大きく違っていれば冒頭陳述の信頼性は揺らぐ。逆に合致していれば、やはり信憑性は高いということになる。

一月二二日、私はその銀行の応接室で、固唾を呑んで幹部が入ってくるのを待った。女性行員がお茶を運び、出て行くのと入れ替わりに部屋に入ってきた幹部は開口一番、こう言った。

「人にやらせるわけにもいかないので、自分で支店に行ってみてきましたよ」

私が先を促すように黙っていると、幹部は応接用の椅子に腰を下ろし、続けた。

「詳細には言えません。でも、おおよそ冒頭陳述に書いてあるような動きをしています。ご要望通り、九〇年九月からみましたけど、入金したカネは一〇月下旬までにほとんど引き出されていましたね」

「貸し付けも本当ですか。宅見組の企業舎弟向けはどうでした？」

「おおよそ冒頭陳述通りですね」

「それで、日経新聞の絡みはどうですか」

「一〇〇〇万円の引き出しは何度かあり、特定はできません。自分の会社の資金繰りに使ったという約一億三〇〇〇万円はほとんどが現金で引き出されていました。一回の引き出しの単位は一〇〇〇万円、五〇〇〇万円、一〇〇〇万円とみな大口です。もう一つ、虎ノ門支店にはアルカディア口座と別の口座があり、二つの口座の間で資金のやり取りが頻繁にあったんです。別の口座からの引き出しもありましたね。話せるのはそんなところです」

「別の口座というのは個人口座ですか」

「それは言えませんが、想像すれば分かるでしょう。あまりお役に立てなくて申し訳ないですな」

「いえ、それで十分です。ありがとうございました」

やはり、小早川被告の口座から一〇〇〇万円の現金引き出しは「何度かあった」のである。そのうちの一回が、日経の「社内協力者」への謝礼だった可能性があるのである。

九二年九月四日の公判で、小早川被告は「(協力者に渡した)現金は自分の預金から出した」と供述している。

私は、背筋が寒くなるのを感じた。

9 もう一つの黒い霧

日経新聞社にはもう一つ、黒い霧がある。それは一九九五年夏に経営破綻したコスモ信用組合を巡る疑惑である。これは関係者が極めて少数だったこともあり、イトマン事件の「一〇〇〇万円疑惑」と違って表沙汰になることもなく、今日に至っている。この件についても私はその極めて少数の人間の一人であった。

不祥事の隠蔽は組織を蝕む。特にそれが経営トップにかかわることであれば、秘密を共有する特定の者だけで組織を動かすようになり、経営の私物化、腐敗を生む。

一九九五年といえば歴史的に金融危機元年とも言うべき年で、記者としてそれに関心を集中させねばならない状況だったが、不覚にも私はコスモ信組を巡る疑惑に対する感度が鈍すぎた。

時間は残酷である。

イトマン事件の「一〇〇〇万円疑惑」は、日を追うごとに忘れられていった。九一年には損失補塡事件、架空預金証書事件などの証券金融不祥事、九二年は東京佐川急便事件、九三年にはゼネコン汚職事件と続いた。九三年四月一日にはイトマンが住友銀行系の鉄鋼商社・住金物産に吸収合併され、一一〇年の歴史に幕を引いた。イトマン事件そのものも風化していった。

小早川被告の公判があると線香花火のように取り上げられたが、大抵は扱いも小さく、目を引く中身もなかった。九四年一月二八日に小早川被告に対する地裁判決が出て日経新聞が終結宣言をしたときは新聞各紙もそれなりの扱いで報じたが、それで線香花火の火の玉は落ちてしまった。

私は九三年三月から経済部に戻った。「証券部次長」の肩書きだったのは二年間で、今度は

「経済部編集委員」となった。「編集委員」というと一般には署名入りで記事や解説を書くのが仕事だが、私の場合は記事や解説を書くことはまったく期待されておらず、「デスク兼金融グループ総キャップ」というのがぴったりの仕事だった。実際、一年後の九四年三月には「編集委員」の肩書きが外れ、「経済部次長」としてデスク業務をこなしつつ、引き続き金融グループを担当することになった。

九二年から九四年にかけてはバブル崩壊の影響が本格化し、景気の後退が続いた。私は不良債権の累増に苦しみ始めた金融機関の行方に関心を奪われていった。「一〇〇〇万円疑惑」は、私の頭のなかでも、冴えた夜空で目を凝らさなければ見えない星のような存在になっていた。

まず、土地神話の崩壊が名実ともに始まった。九〇年には地価はまだ上昇トレンドのなかにあったが、九一年度の税制改正で土地の保有に課税する地価税が導入されたこともあり、下落に転じた。九二年三月二六日、国土庁が発表した地価公示価格は全国平均で住宅地、商業地とも一七年ぶりに下落した。こうした変化を見越して大蔵省は九二年一月四日、金融機関の不動産向け総量融資規制を解除していたが、もはや、下落トレンドに歯止めを掛けることは至難の業になっていた。地価より先に下落に転じた株価も日経平均株価が九二年八月には一万四三〇九円にまで下落。ピークの八九年一二月の水準（三万八九一五円）の半値以下で低迷を続けた。

資産バブルがはじけるなか、為替だけは円高が続いた。九一年から九二年にかけては一二〇円台から一三〇円台で推移したが、九三年二月から円高が急速に進み、八月一七日には一〇〇円割れ寸前の戦後最高値一ドル＝一〇〇円四〇銭を記録した。

景気後退を受け、日銀はいち早く金融政策を緩和に転換、九〇年八月に六％に引き上げられた公定歩合を九一年七月に〇・五％引き下げ、さらに六回の利下げで九三年九月には一・七五％にまで下げた。政府も毎年のように過去最大規模を更新する景気対策を打ち出した。九二年八月の一〇兆七〇〇〇億円、九三年四月の一三兆二〇〇〇億円、わずか五ヵ月後の九月に六兆二〇〇〇億円の緊急経済対策を決定。九四年も二月に所得・住民税減税、公共投資の拡大などを柱とする総額一五兆二五〇〇億円の総合経済対策を決めた。

しかし、日本経済を資産デフレから抜け出させる効果はほとんどなかった。

五五年体制が崩壊して猫の目のように政権が代わったことも不幸だった。安定した政権のもとでなければ、危機的な状況で目標を目指した的確な政策を実行することはできない。政策が政争の具になり、歪められることが多いからである。

九二年に細川護熙氏が「日本新党」を旗揚げし政界再編が動き出した。九三年には金丸信前自民党副総裁の逮捕、ゼネコン汚職事件と続き、衆院本会議で宮沢喜一内閣不信任案が可決され、六月一八日に衆議院解散となった。自民党離党代議士が「新党さきがけ」と「新生党」を結成、七月一八日の総選挙では自民党が過半数割れ、社会党が惨敗し、対照的に「日本新党」「新党さきがけ」「新生党」の三党が台頭、五五年体制が崩壊した。宮沢内閣は総辞職、細川連立内閣が発足することになった。九四年になると、四月八日に細川首相が辞任を表明、新生党の羽田孜氏が首相に指名されたが、六月には総辞職に追い込まれ、自民党、社会党、新党さきがけが手を組み、社会党の村山富市委員長を首相に擁立した。

政治の混迷をよそに、八四年の日米円ドル委員会で方向が示された金融の自由化は最終局面を迎えていた。九一年一一月から小口定期預金金利の自由化が始まり、九三年六月に定期預金金利は完全自由化された。九四年一〇月には流動性預金も含めた預金の金利自由化が完了した。金融機関の業務分野規制についても九二年六月、金融制度改革関連法案が成立、子会社方式で銀行、証券の相互乗り入れが始まった。

金利の自由化は金融機関経営者のモラルハザード（倫理の欠如）を惹起する面がある。

バブル時代は土地と株に投資すれば濡れ手で粟のように儲かった。拡大路線を突っ走った金融機関は、不動産と株式に投資する企業に資金をつぎ込んだ。しかし、バブルが崩壊すれば、歯車は逆回転する。その嚆矢がイトマン問題であり、それに続いたのが金融証券不祥事である。

金融機関の融資の担保は基本的に不動産である。地価が上昇している間は、担保価値が上がり、信用創造が拡大する。しかし、一度地価が下落に転じると、金融機関の不良債権が累増する。損切りできればいいのだが、損切りしようとすると、地価の下落に拍車をかける悪循環に陥る。信用収縮にならないように、不良債権を塩漬けにして時を待とうとするが、塩漬けの土地は事業化できないから、金利だけ払わなくてはならない。金利が自由化されたのはこうした時期だった。

金融機関は高い金利を出せば、預金をいくらでも集められた。つまり、土地を塩漬けしやすい環境になったのだ。

しかし、ミルク補給（金利払い）は永遠に続けることはできない。資産デフレが長引けば、大手金融機関はまだしも、まず、中小金融機関には限界がやってくる。

九四年一二月九日、ついにそのときがやってきた。

東京都にある二つの信用組合が経営危機に陥り、事実上経営破綻したのだ。

一つは東京協和信用組合、もう一つは安全信用組合。両信組とも預金量約一二〇〇億円、貸出金約一一〇〇億円の中規模信用組合だった。両信組は不動産投資の失敗で経営難に陥ったイ・アイ・イグループとその親密企業にそれぞれ五〇〇億円近くの融資を実施、両信組合計で一〇〇〇億円を超える不良債権を抱え、行き詰まった。

政府と日銀は「信用制度の保持」を定めた日銀法二五条を発動、日銀の信用力を前面にこの二信組の救済に乗り出す。二五条発動は昭和四〇年の証券不況時に山一証券に対して特別融資を実施して以来のことで、日銀が破綻処理のため設立する新銀行「東京共同銀行」に出資するのは戦後初めてだった。

東京協和の理事長、高橋治則氏は一九四五年一〇月生まれ、六八年慶大卒。一時期〝環太平洋のリゾート王〟とまで呼ばれた。八六年春のサイパンのホテルを手始めに、オーストラリア、ニュージーランド、ハワイ、タヒチ、香港など環太平洋圏を中心に高級リゾートホテルなどを次々に買収、事業を展開した。専用の航空機で環太平洋各地を飛び回り、海外メディアから「東京の裏通りから来た巨人」（豪紙、『ジ・オーストラリアン』）などと取り上げられたこともあった。「イ・アイ・イ―インターナショナル」を中核にわずか十数年で不動産、ホテル、海運、金融など約一〇〇社、総資産一兆円を有するコングロマリットを作り上げた。

しかし、バブルの崩壊とともに転がり落ちた。グループの資金繰りが逼迫し、中核企業の

「イ・アイ・イ―インターナショナル」は約七〇〇〇億円の負債の返済が滞った。メインバンクの日本長期信用銀行からグループ解散を求められたが、高橋氏は「事業家として死ぬわけにいかない」と抵抗。九三年七月、長銀から金融支援の打ち切りと派遣役員の引き揚げを通告され、窮地に立たされた。

長銀に見放された高橋氏は東京協和信組と、同じ慶応幼稚舎出身で三歳年下の盟友、鈴木紳介氏が理事長の安全信組を舞台に次々と「自己貸し」を実行。自力でグループの立て直しを図ろうとしたが、その融資が不良債権と認定されてしまったのである。

信用制度の維持の基本は預金の保護である。預金を保護しないと、取り付け騒ぎの連鎖が起き、健全な金融機関まで倒産に追い込まれる恐れがある。従って、信用秩序の維持のためには、破綻した金融機関の債務超過分を預金保険や公的資金で穴埋めする以外に道はない。

二信組のケースでは、日銀と都市銀行、長期信用銀行、信託銀行など民間金融機関が各二〇〇億円出資して資本金四〇〇億円の「東京共同銀行」を設立、両信組は預金、貸し出しなど全事業を新銀行に移管して解散する、というスキームが作られた。債務超過分を穴埋めするため預金保険機構が資金援助するほか、日本長期信用銀行など両信組と関係が深い民間金融機関が低利融資し、東京都も収益支援をすることになった。

年が明け、九五年一月一七日午前五時四六分。近畿地方を強烈な地震が襲った。マグニチュード七・二の直下型地震で、死者六四三二人、約五一万棟の住宅が全半壊、一部損壊し、都市型基盤をほぼ壊滅状態に陥れた。阪神淡路大震災である。二信組の受け皿となる新銀行「東京共同銀行」は大震災四日前の一月一三日に発起人総会を開き、三月下旬の営業開始を目指し動き出していたが、大震災の被害が拡大するのと軌を一にするように、二信組の処理策は迷走を始める。

九五年二月二一日、私は夕刊当番で、午後六時過ぎにデスクの仕事を終えた。

神田で食事をして、八時過ぎに神田分室に向かった。金融グループの担当デスクとして、グループのキャップ、矢代真一記者と打ち合わせをするためだった。

神田分室は日銀本店と神田駅のちょうど真ん中あたりにあるビルの一階にあった。日銀記者クラブから歩いて五分ほど、日経新聞社本社からは一〇分ほどの距離である。

経済部の金融グループは、二つに分かれていた。一つは金融機関の再編など経営問題を取材する「金融機関グループ」。もうひとつは為替・金利などのマーケットを取材する「マーケットグループ」である。両グループの二〇人前後の記者は全員、日銀記者クラブに所属しているが、日銀記者クラブには六人分ほどの席しかなく、金融グループの記者たちは神田分室を拠点にしていた。

阪神淡路大震災から一ヵ月余り経ち、兵庫県を地盤とする金融機関の経営に大きな影響が出るのが確実だった。特に第二地方銀行最大手の兵庫銀行は、系列のノンバンクを通じて不動産投資に多額の融資をし、それが不良債権となっていて、大震災がなくても「最も危ない銀行」のひとつだとみられていた。

夏にかけて、兵庫銀行の処理策が大きなテーマになることは明白だった。

当時、東京協和、安全の二信組の経営破綻に続くのはどこかがマスコミの最大の関心事だった。兵庫銀行のほか、木津信用組合、コスモ信用組合の名前が挙がっていた。この三金融機関の処理が済めば、次は住宅金融専門会社（住専）の処理が課題になる、というシナリオは衆目の一致するところだった。

兵庫銀行を中心にした〝危ない金融機関〟の問題についての打ち合わせが終わったところで、矢代記者がちょっと困ったような顔で聞いてきた。

「コスモ信組のことなんですけど……」

コスモ信組の理事長は泰道三八氏。預金量約四四〇〇億円で、都内最大手の信用組合である。三八氏の父の泰道照山氏が一九五二年に設立した全繊信用組合が前身で、七三年五月に三八氏が理事長に就任してから拡大路線を推進、八三年一二月に東京昼夜信組、八七年四月に東洋信組、八九年四月に大生信組を次々に合併し、普通銀行への転換を目指していた。

泰道三八氏は元衆院議員で、初当選のとき大量の選挙違反者を出し、次の総選挙で落選した。一九四五年一月生まれ、東京協和の高橋氏と同い年で、やはり六八年の慶大卒だった。定期預金金利が完全に自由化された九三年六月には最低預入限度額一〇〇万円の個人向け自由金利型定期預金「マンモス１００」を発売、高金利を売り物に年間一万口座の獲得を目標に掲げ、資金集めに走っていた。

「実は、日銀のある幹部に言われているんですよ。日経さんは何を考えているんですか、って」

「はっきり言ってくれないとわからないよ」

「大塚さんも知っているでしょう。時々、日経にコスモ信組の広告が載っているでしょう。あれ、問題じゃないか、というんですよ」

「ああ、例の〝マンモス〟だな。でも、二、三年前から載っていないか。それに、このところは見ないような気がするな」

「今年に入っても載っているんですよ。コスモ信組も二信組の一件以来、資金繰りが苦しくなっているようなんです。だから、ものすごい高金利で必死になって預金を集めているんです」

「最近も載っているのか。それはまずいな」

「日銀の幹部は、モラルハザードだというんです。日経さんはそれに加担しているんじゃないか、と……」

「そう言われると、その通りだね。もう止めさせたほうがいい。部長に話しておくよ」

私は本社に戻ると、九階の資料室で、縮刷版を調べた。マンモス発売直後の九三年七月一日の日経新聞朝刊二二面、下五段の右半分にコスモ信組の「スーパー定期マンモス100」の広告があった。「自由金利時代の、自由な選択」「100万円から1年もの金利が年4・0％」と大きな活字でアピールしている。

それから月一回くらいのペースで、同じ大きさの広告が日経新聞には掲載され続けていた。九五年一月分は縮刷版がまだないので、新聞の綴じ込みをくった。一月三〇日には懸賞金付き定期預金「当たるカモ」の広告が載っていた。「当せん確率13％」「1等賞5万円×1000本」などのコピーで、「マンモス」の紹介はなかった。

私は平田保雄経済部長に、コスモ信組の広告は載せないように広告局に話したほうがいいのではないか、と進言した。

平田部長は明確な回答はしなかったが、消極的にもみえなかったので、自分の役割は終わったと考え、それ以上、この問題を取り上げることはしなかった。

10 超高金利預金の誘惑

この頃、二信組問題は政治問題化して、国会審議の大きな争点になっていた。

高橋治則氏の政官界との癒着が次から次へと明るみに出て、政界では安倍晋太郎・元外相や、国会で証人喚問を受けた山口敏夫衆院議員（元労相）、中西啓介前議員（元防衛庁長官）ら政界に幅広い知己を持っていた。山口元労相とは「政治家になる以前からの友人」といい、元労相の親族関連の企業へ両信組から四〇億円を超える巨額資金が融資されていたことが発覚、新進党幹事長代理を辞任した。中西元防衛庁長官は、六〇〇〇万円分のパーティー券を購入してもらっていた。二人とも、二信組が破綻した翌日の九四年一二月一〇日に旗揚げした「新進党」の有力者で、それが問題を複雑にした。

また、高橋氏は知人の経営コンサルタント、窪田邦夫氏を通じて田谷廣明東京税関長、中島義雄主計局次長などの大蔵省幹部にゴルフ場や料亭で接待攻勢をかけ、官界にも人脈を広げていた。こうした癒着が明らかになると、日銀法二五条を発動して二信組の預金者を全額守るのは政治的な意図があるのではないか、という疑惑が広がった。マスコミも公的資金を使う処理策に批判の集中砲火を浴びせるようになった。

バブルの崩壊で融資先企業の経営が苦しくなって利払いが滞ると、二信組は利払い資金も貸さなければならなくなり、さらに資金を集める必要があった。高金利をえさに預金集めに走ったが、それでも資金繰りが追いつかず、ついに破綻した。二信組だけでなく、欲をかいて預金した預金者も自業自得なのである。それが国民の税金で守られるというのは、早い者勝ちのようなもので、欲得ずくで動いた人間だけが得をしている。許せない、という国民感情が噴出したのである。

そこに目をつけた政治家たちが大口預金者リストを国会に出せと騒ぎ、村山富市首相が率いる社会党政権はそれに応じた。本来なら金融システムを守りたい大蔵省が重しになるところだが、高橋氏に接待を受け派手に遊んでいた大蔵官僚が多数いたこともあり、身動きが取れなかった。

私は金融関係の取材の責任者だったので、二信組問題への対応に忙殺されていたが、三月に入ると、三菱銀行と東京銀行の合併の取材に動き出した。

両行の合併を三月二八日付夕刊でスクープし、四月から五月にかけては合併発表後のフォローに追われた。また、四月一九日には円相場が一時一ドル＝七九円七五銭と史上最高値を更新し、急速な円高にも目配りする必要があった。

もう一つ、「次の危ない金融機関」とされた三金融機関のなかで、第二地銀最大手の兵庫銀行の取材に全力をあげようとしていたこともあった。預金量はコスモ信組の四〇〇〇億円台に比べ、兵銀は一兆円を超す。何よりも兵銀は「銀行」と付いた金融機関が、戦後初めて破綻するケースになる。

焦点は三月期決算で不良債権をどう扱うかで、五月連休前後にアドバルーン的な記事は日経新聞も含め各紙が書いたが、結局、不良債権は隠蔽されたまま決算発表になり、コスモ信組、木津信組も含めた三金融機関の処理は先送りになった。月末に株主総会のある六月中は動きがなかったが、今度は二信組の刑事責任追及の動きが急を告げた。六月二七日、東京地検特捜部が東京協和信組の高橋治則前理事長、安全信組の鈴木紳介前理事長らを背任の疑いで逮捕したのだ。

そんななか、五月九日の日経新聞夕刊に再びコスモ信組の預金の広告が載ったが、私は気づきもしなかった。

夕刊五面の下五段の左半分に「コスモの定期預金『マンモス』　1年ものお預け入れ額1000万円以上3・00％、300万円以上2・80％、100万円以上2・60％」と大書きされていた。このころ、都市銀行のスーパー定期（預入額300万円未満）の一年ものの金利は年一・一％程度、スーパー定期300（預入額三〇〇万円以上）の三年ものは年二・〇％前後で、コスモ信組のほうが一〜二％高い。

七月に入ると、兵庫銀行、木津信組、コスモ信組の三金融機関の処理策が焦眉の急となり、取材合戦が本格化した。預金の流出が拡大、資金繰りに支障をきたす恐れが出てきたのだ。

兵庫銀行を含め株主総会集中日の六月二九日前日の二八日に、TBSの「ニュース23」が「コスモ信組の再建案固まる」と報道、「コスモ信組には二〇〇〇億円の不良債権（四〇％）がある」と明らかにした。後で聞いた話だが、このニュースはかつて私の部下だった金子知晴記者が取材したそうだ。金子記者は私の財政研究会キャップ時代に部下にいたが、日経を去り、TBSに入社していた。

私は自宅でこのニュースをみて、少し焦った。その日、私は明け番（デスクの仕事のない日）で、昼間は取材に動き、夜は午後一〇時前に帰宅していた。

一瞬、「コスモ信組破綻に備えた取材を急がないといけない」と思ったが、考え直した。株主総会直後から破綻処理が動くはずはない。三金融機関のうち、兵庫銀行は上場している。その兵銀が株主総会を終えて一週間か二週間で破綻してしまっては投資家に説明できない。しかも、七月二三日には参議院選挙が控えていた。当局が選挙に影響を与える可能性のあるシナリオを考えるはずはない。Xデーは八月下旬以降が濃厚だ。

だが、ことは金融機関の資金繰りであり、当局のシナリオ通りにことが運ぶかどうか予断を許さない。三金融機関のうち一つでも資金繰りが詰まれば、他の二つに波及する。とにかく資金繰りのチェックをきっちりとやらせよう。

七月一九日夜、神田分室で矢代キャップから三金融機関の取材状況を聞いた。最も資金繰りが切迫しているのはコスモ信組で、参院選挙が終わる二三日以降ならXデーがいつになってもおかしくなかった。

コスモ信組は特異な金融機関で、九五年三月末時点の預金量は四三九三億円、貸出金は四九九二億円と貸し出しが預金を約六〇〇億円も上回っていた。信組は預金が貸し出しを大きく上回っているのが普通だ。預金集めはするが、地域限定などの制約から貸し出し先の開拓には限界があり、余った資金は都市銀行などに短期金融市場を通じて提供するのが普通だ。しかし、コスモ信組は預金を貸し出しが大きく上回り、いくら高金利で預金集めをしても追いつかない状況になっていた。

報告が終わって、矢代キャップがまた、遠慮がちに切り出した。

「実は、七月に入って、変な噂が流れているんです」

「何?」

「コスモ信組に高利預金をしている人間が日経にいるらしいっていうんです」

「誰が言っているんだ?」

「日銀のある幹部です」

「そうか、何かわかったら教えてくれ」

私は「マンモスに預金している奴がいてもおかしくはない」くらいに思って、それ以上突っ込んで聞かなかった。


それから一週間後の七月二六日。秒読み段階に入ったコスモ信組の処理策についてどう報道するか話しあうため、午後八時前から本社五階の編集会議室で四〇分ほど会議をした。

平田部長の基本方針は「信用不安を煽るような報道はしない」「破綻の引き金は引かない」で、私もその考えに異論はなかった。昭和四〇年の証券不況時に山一証券の経営危機を巡り、大蔵省と大手マスコミが報道自粛の協定を結んだ話は有名だが、今回はその昭和四〇年の証券不況に匹敵する金融危機だと認識していたからだ。

会議が終わると、私だけ、平田部長に呼ばれた。午後一〇時過ぎだった。

「君、矢代君から聞いているだろう」

「…………」

すぐには何のことかわからず黙っていると、平田部長はそのまま本題に入った。

「実はね、法務室の野田（幸雄）さんから、変な情報があるんだ。うちの鶴田（卓彦）社長が泰道理事長と親しくて、ハワイ旅行したりする仲で、コスモ信組に高利預金をしているというんだ。それが『マンモス』の広告と関係しているとみて、週刊誌の記者たちが取材しているらしいんだ」

初耳だった。日経新聞社に高利預金をしている奴がいるとは聞いたが、それが鶴田社長だとは知らなかった。矢代キャップが情報として平田部長にのみ上げたのだろうと推察できたが、答えようがないので黙っていると、平田部長は続けた。

「島田（昌幸）君に聞いてみたんだ。そうしたら、島田君は泰道理事長とハワイ旅行をしたことは認めるんだ。でも、今年ではないと言うんだな。この八月も鶴田社長はハワイに行くらしいが、泰道氏と一緒ではないと言っている」

島田氏は平田氏と一九六九年の同期入社で、八〇年代後半に大阪経済部から東京の経済部に転勤になり、経済部での取材経験なしにデスクになった。毎日朝から深夜まで会社にいる、滅私奉公タイプの徹底した体力派で、九一年三月に西部支社の編集部長に就任、九三年三月から二年間、秘書室長として鶴田社長の秘書を務め、九五年三月からは日経産業新聞編集長に就いていた。

この話を聞いたとき、「島田氏は秘書室長でもないのによく知っているな」と思うべきだったが、つい聞き流してしまった。

「まあ、鶴田社長との関係はないのだろうが、日経の関係会社などがコスモ信組の大口の預金をしている可能性もあるので、もう少し調べるよ」

平田部長はいつもこの手のやり方をする。本音は鶴田社長を巡るマスコミの取材の動向を知りたいのだが、調べろとは言わない。

コスモ信組が今日明日にも破綻しかねないという状況で、自社にかかわる取材を優先しろとは言えない。そこで、野田氏の話を引き合いに出し、遠まわしに情報収集に動かそうという思惑なのだ。私はそれを薄々察して、矢代キャップに特段指示もしなかった。

二日後の二八日、私は明け番だったが、コスモ信組の資金繰りは綱渡りで、本社と神田分室を行ったり来たりし、帰宅したのは午前一時過ぎだった。三〇分ほどして矢代キャップから電話があった。

「コスモ信組の件ですけど、毎日新聞が暴発したという情報があります」

「そうか。でも、記事を見てみないとな。まあ、土曜日だから取り付けのようなことはないだろう」

「夕刊はどうしますか?」

「とにかく、記事をみて、都や当局の反応を確かめてからだな。一応、朝は青島幸男知事ら東京都関係を含め回るように態勢を組んでくれ。朝の取材結果を聞いてからだ」

午前三時半、矢代記者からまた電話が入った。『毎日新聞』朝刊をみての報告だった。

「見出しは『コスモ信組　自主再建困難　都、大蔵・日銀　収拾策協議入り』です。扱いは一面トップ記事の真下です。三段扱いの横見出しですね。それから経済面（九面）のアタマ記事で、受けていいます。見出しは『信用秩序の維持を優先　東京都と大蔵省・日銀が一致――コスモ信組問題／不良債権処理が急務に』となっています」
私の自宅にも午前七時過ぎに『毎日新聞』の朝刊が配達されてきたので、すぐに目を通した
が、中身はすでに矢代キャップから報告を受けた通りだった。
〈バブル期に不動産やノンバンクへの融資を急拡大。預金による資金調達の不足分を他の銀行
からの借り入れで補うなどして、一九九一年三月末には貸出金残高が約七千億円にまで膨らん
だ。しかし、バブルの崩壊で不動産融資の焦げ付きなどが相次ぎ、現在は融資額約五千億円の
うち、回収不能債権が約千八百億円に上っている。東京都は全信組連を通じて金利三％、二百
億円規模の融資を実施していた〉
はっきり言ってどんな記者でも知っているような内容である。
「東京都と大蔵省・日銀の金融当局がコスモ信組について『自主再建は困難』との判断を固め
た」ということを書くかどうか、それにつきる。当局が「自主再建は困難」と判断しているこ
とも誰でも知っていることだった。
この日の『毎日新聞』の一面トップは大蔵省・中島義雄氏の、東京協和信組・高橋前理事長
との癒着を暴く記事だった。中島氏は二八日に財政金融研究所長を解職され、依願退職してい
る。
見出しは「イ、アイ、イ社株　公開時に取得／二信組関係者と出資契約の大蔵幹部／二月に
３０００株売却／高橋元理事長も関与か」だった。当時の状況を考えれば、コスモ信組、中島
氏のスキャンダルのどちらをアタマ（一面トップ）にしても良かった。
中島氏の処分は三月一三日に田谷廣明・東京税関長が更迭されて以来だったものの、本人が

辞職しており、とりあえずは山を越えつつあるニュースだ。これに対し、コスモ信組は、間違いなく破綻への引き金を引く記事だった。

常識的には一面トップでいくのが自然だ。

金融危機はマスコミを含め、多くの日本人が経験したことのない状況に突入し、毎日の編集幹部にもためらいがあったのかもしれない。

昭和四〇年不況のときに西日本新聞が山一証券の経営危機を報道した結果、取り付け騒ぎが起きた例もある。以降、新聞界には「危機の引き金を引くのは避けるべきだ」という雰囲気があった。

こんなことを考えていると、電話がなった。深山勉記者からだった。

深山記者は矢代記者と同期入社だったが、産業部の在籍が長く、経済部に異動になったのは二年半前。最初の一年目は労働省詰め、二年目は通産省詰め、三年目に「同期のキャップの下でいいから金融取材をさせてほしい」という本人の強い希望で、金融グループに入り、中小金融機関を担当していた。まさに、二信組やコスモ信組は直接の担当なのである。

深山記者の仕事振りは常軌を逸しているようなところがあった。

午前三時、四時まで連日記者クラブにいるので、労働省詰めのときはその〝過剰労働〟ぶりが問題になり、午前二時くらいまでには帰るようデスクが注意するようなこともあった。普通、午前三時、四時まで仕事をしている記者は出社が夕方近くになるようなことが多いのだが、深山記者は超人的な仕事ぶりで、午前四時過ぎに帰宅して、一時間ほど自宅にいてすぐに朝駆けにでる、というようなこともしばしばなのである。

　コスモ信組の問題が大詰めを迎えてからは、夜も寝ずに取材していたようで、特に都庁の幹部に食い込んでいた。

「高村（袈裟茂《けさしげ》・労働経済）局長に会いました。今日、明日は何もしないって言うんですよ。『月曜日の朝に顧客が殺到すれば業務停止だ』と言っています。これから、坂庭（敏弘・労働経済局）次長か北爪（由紀夫）商工計画部長を回ります」

「わかった。矢代キャップとよく連絡を取って取材してくれな」


　受話器を置くと、すぐにまたベルがなった。今度は矢代キャップからだった。

「今日は大蔵省も日銀も、都も何も動かないようです」

「そうか。それならうちの基本方針を考えると、夕刊は記事にしようがないな」

「そうですね」

「平田部長には報告しておく。方針が違うようなら連絡するよ」


　二九日の夕刊には記事を掲載しなくても、三〇日と三一日に何も報道しないわけにはいかないだろう。毎日新聞の報道によって、三一日の月曜日にはコスモ信組の資金繰りは行き詰る可能性が高い。「都が業務停止命令を出して、破綻処理に入る」以外に選択肢がないのだ。


　日曜日午後六時前、コスモの預金者という人から会社に電話があった。

「お宅の新聞はコスモの預金の広告を載せているよな。記事が全然出ていないけど、何か関係があるのか」

「まったく関係ありませんよ。ちゃんと報道しています」

「それじゃ、預金の利息はちゃんと払ってもらえるんだろうな」

「それは電話ではお答えできません。新聞を読んでいただくしかありません。でも、当局は預金を全額保護する方針です。それには金利も含まれます」

三一日に東京都が業務停止命令を出すのはほぼ間違いない。しかし、「業務停止命令」と書けば、取り付け騒ぎが起きる、という考えが頭をよぎった。金融の混乱につながる記事を書くのは経済を専門とする新聞として信頼を失う行為で、すべきではない。それが見識だと思っていた。いま振り返ってみると、毎日新聞が書いたあとに、日経がなにを書いても事態は変わらなかったかもしれない。しかし結局、当たり障りのない記事を載せることにした。

三〇日付朝刊では一面に二段見出しの記事を載せた。見出しは〈コスモ信組支援準備　資金繰りで都・大蔵など対応協議　混乱なら全信組連融資〉、三一日付朝刊は三面トップに〈コスモ信組資金繰りで全信組連　四〇〇億円の無担保融資枠　都、預金者保護へ財政資金〉という記事を置いた。

三一日月曜日、かんかん照りの猛暑だった。午前七時二〇分、日本橋にあるコスモ信組本店前に預金者が並び始めた。八時五八分、本店正面のシャッターが上がる。一〇時、預金の流出額は約一二六億円。一一時、全二四店への来店客は一八〇〇人に達する。午後二時、預金流出額が四三二億円に膨み、全信組連の無担保融資設定枠（四〇〇億円）を突破。午後三時三〇分、都庁幹部が泰道三八理事長と都内のホテルで会談。泰道氏が三一日付で辞任を表明したのを受け青島幸男知事が武村正義蔵相、松下康雄日銀総裁と相次ぎ会談してコスモ問題を協議、午後七時に業務停止命令が出され、コスモ信組の暑い一日は終わった。

夕刊締め切り前の昼過ぎ、深山記者から「午後七時に業務停止命令を出す」との情報が入ったが、記事にはしなかった。本来なら毎日が先陣を切った以上、夕刊で報道すべきだったが、自重するのが見識と思い続けていた。

深山記者の取材通り、東京都の青島幸男知事は午後七時過ぎから都庁で記者会見、コスモ信組に業務停止命令を出したと発表した。東京都が信用組合に業務停止を命令するのは、一九六三年に多額の不正貸し出しの発覚で経営破綻した東京昼夜信用組合以来三二年ぶり。業務停止命令の骨格は（１）八月一日から当分の間、新規貸し出しなどの業務を停止する（２）預金は全額を保証し、払い戻しに応ずるが、満期前の定期預金の解約には応じない――など。日銀は払い戻し資金が不足する場合、特別融資を実施するが、処理策については今後、東京都、大蔵省、日銀の三者で検討することになった。二信組と違い、処理策が決まらないうちに資金繰りで行き詰まったのだ。

業務停止命令が出ると、預金の引き出しができないので、店頭は平静さを取り戻した。

残る二つの金融機関、兵庫銀行と木津信用組合の破綻も秒読み段階に入った。兵銀も木津信組も〝危ない金融機関〟であることが周知の事実になり、二金融機関の資金繰りも逼迫してきたのである。

八月九日、私は、明け番であったが、昼間は取材に出、夜は本社で待機していた。午後九時過ぎ、平田部長から矢代キャップに本社に上がるように指示してくれと言われた。

矢代キャップが本社に上がってくると、経済部の隅に呼ばれた。

「例の件だけどな。鶴田社長は泰道と旅行などには行っていないので、問題がないことがはっきりした。預金していたのは鶴田社長でなく、日経事業出版で、金額もたいしたことはないということだ」

私と矢代キャップが黙って聞いていると、矢代キャップをみた。

「矢代君、何かその後、情報はあるか」

「ありません。バタバタしていたので、このところこの関連の話は聞いていません。ちょっと聞いてみます。その上で、報告します」

「そうか。それでやってくれ」

話は二〇分ほどで済んだ。

矢代キャップが神田分室に戻ると、今度は私が平田部長に経済部の隅に来てもらった。

「実は、日経金融新聞で、『ドキュメント　コスモ信組』という連載企画を考えているようです」

「え、そんな企画をやるのか。いつからだ?」

平田部長は顔をしかめた。

「すぐにでも、やりたいようです。来週から始まるんじゃないですか」

「止めさせたほうがいいな。君が矢代キャップに話して止めるようにしてくれ」

翌日の八月一〇日木曜日も明け番だった。午後、矢代キャップに電話して平田部長の言葉を伝えた。

経済紙の見識と言ってみても、毎日新聞の報道がスクープであることには変わりがない。矢代キャップにも、毎日新聞にやられたという気持ちがあったのだろう。抜かれた案件についてはあまり報道したくないという気持ちになるのが新聞記者の悲しい性である。

矢代キャップは異論を挟まなかった。

11　社長のスキャンダルを追いかけた記者

兵庫銀行、木津信組からの預金流出は止まらず、八月末に破綻処理策を発表するのが確実になっていたが、確定した情報がない限り、事前には報道しないというのが新井淳一編集局長と平田経済部長の判断だった。

私には苦い経験があった。ほんの三ヵ月前のことである。兵庫銀行について、結果として誤報になった記事を一面トップで掲載したのだ。

四月二六日付の朝刊の見出しは〈兵庫銀に民間・日銀出資　救済案固まる　大蔵省調整、増資一千億円以上〉だった。兵庫銀行を清算せずに生かしつつ、処理する案だった。救済案には（1）一〇〇〇億円以上の第三者割当増資により債務超過に転落するのを防ぐ（2）不良債権償却のために預金保険機構が一二〇〇億円程度贈与する（3）増資に応じた金融機関に対して預金保険から増資額と同額程度の低利融資をする（4）既存株主の責任を明確にするため減資を検討する——などが盛り込まれている、と書いた。

記事を書いた晩の午前三時頃、帰宅途中のハイヤーに本社から電話が入った。西村吉正銀行局長に電話してほしいという。

西村局長は殺気立った声でまくし立てた。

「輪転機を止めろ。誤報だ。取り付け騒ぎが起きるぞ」

この時点ですでに新聞は出来ていて、もう後の祭りだった。

大蔵省や日銀は朝から私の主導した記事の全面否定におおわらわになり、その結果、取り付け騒ぎは起きずに済んだ。また、日経新聞だけでなく、朝日新聞なども連休を挟んで、兵庫銀行の処理策についての報道をした。結果としてそれらも誤報になったが、信用不安は起きなかった。

ずっとあとになって、西村氏と会食した際、西村氏はこう言っていた。

「君の書いた例の兵庫銀行の記事を誤報と言ったけど、本当は間違いとも言えなかったんだ」

兵庫銀行頭取の吉田正輝氏は、大蔵省銀行局長ＯＢだった。大蔵省は吉田氏に傷をつけないため、できれば兵庫銀行を清算したくないと思っていたのだ。兵銀は阪神淡路大震災の直撃を受けており、救済しなければ被災地の経済に大きな影響を与えるという大義名分もあった。しかし、二信組問題で大蔵官僚と高橋治則前理事長との癒着に対する批判が強まり、断念せざるを得なかったのだろう。

この苦い経験から、見えない影におびえずに報道することが大事だ、と学ぶべきだったが、羹《あつもの》に懲りて膾《なます》を吹いてしまったのである。

八月二八日、コスモ信組に対する処理策が最終的に決まった。

東京都、大蔵省、日銀が決めた処理策は東京都、預金保険、日銀、関係金融機関などが破綻処理としては過去最大の総額二五〇〇億円強の資金を拠出、日銀も日銀法二五条に基づく特別貸し出し（日銀特融）一〇〇〇億円を一〇年間実施し、二〇〇億円分を支援する一方、コスモ信組は年内にも東京共同銀行に事業を譲渡、解散するというものだった。

発表にあわせて、深山記者が九五年五月時点の大口（一億円以上）の預金者・融資先リスト（匿名）を入手し、七面に掲載した。東京都が二九日に開く都議会・衛生労働経済委員会に提出する予定のリストだった。大口預金は四五〇件、総額一〇四八億円、大口融資は六九五件、総額四四〇四億円に上った。預金は個人が多く二〇億円近い人もいた。ちなみに、二信組の大口の預金者・融資先のリストは実名で国会に提出されたが、都議会に出されたものは匿名だった。

紙面作りが終わり、一段落したのは午前一時を回っていた。矢代キャップから平田部長とともに口頭でコスモ信組への預金疑惑について報告を受けた。取材源の日銀幹部に八月九日に平田部長から説明を受けた日経としての調査をぶつけ、再度、調べてもらったというのである。その内容の詳細は前回の七月同様にメールを送ったという。

一つは、コスモ信組には八％というべらぼうに高利の預金があり、日経関係の者が含まれていて、それが鶴田社長だという情報があること。

二つは、東京都が五月時点で作成している大口預金者リストには鶴田社長の名前はないようで、情報が事実とすればその前に引き出したのではないか、ということ。

三つは、八月上旬に一時都市銀行の広報レベルでも鶴田社長の預金の噂が流れ、うちの記者に雑談ベースで聞いてくるというようなことも何度かあったこと。

報告を終えて引き上げようとする矢代キャップを呼び止めた。

「矢代君」

「俺は、前にメールはもらっていないよ。コスモに高利預金をしているのが日経にいると口頭で説明を聞いたけど、そのときは八%という高利預金のことは言わなかったし、鶴田社長と噂されていることも聞いていない」

矢代キャップが八%の高利預金に日経関係者がいる話は七月中旬にメールで報告してあるような言い方をしたからだ。

「え、メールで読みませんでしたか？　確か、神田分室で高利預金している者がいるらしいという話はしましたよね。その翌日だったんじゃないかと思いますよ。それがどうも鶴田社長らしいっていうんで、メールで送ったんですよ」

「君からのメールはちゃんとみている。なかったよ」

「そうですか。じゃ、七月はバタバタしていたんで、送り忘れたんです」

「今度のメールはさっき読んだよ。八%というのはべらぼうだ。これは七月にはわかっていなかったの？」

「ええ、それは八月に入って聞きました」

「ちょっと誤解していた。せいぜい、三%くらいじゃないかと思っていた。もし本当なら、大変な問題だな。君に文句を言っているわけじゃない」

　私は矢代キャップとのやりとりで、思い出したことがあった。

　七月二一日の夕方、平田部長から編集会議（部長会）の報告を聞いているとき、最後に〝君も知っているように〟という顔つきで私のほうを見て、ぽつりと言ったのだ。

「コスモに日経社員で高利預金を持っているのがいるらしい」

　疑惑が鶴田社長に向けられているとまでは言わなかったが、このネタ元は矢代キャップが最初に送ったメールだったのだ。平田部長は私にも矢代キャップが送っていると思い込んでいたのだろう。実際、七月二六日に法務室の野田氏からの情報を説明したときも、平田部長は鶴田社長がコスモ信組に高利預金をしているらしいという疑惑について私が知っている前提で話していたことからもうかがえた。

　その日、帰りは深山記者の夜回りの車に同乗した。

「コスモ信組には二桁の金利があるらしいんですよ。亀井静香議員など親密な政治家が対象らしいですけどね。亀井議員は導入預金の疑いもあるとの噂が流れています」

「君の入手したリストは匿名だから、わからないだろうけど、日経関係者もいるらしいね」

「ええ、そうなんです」

　耳打ちするように声をひそめていった。

「うちの社長の名前が出ているんです」

「何か、情報があったらメールで送ってくれよ」

「わかりました」

日経に絡む疑惑について、深山記者と話したのはこのときが初めてだった。

翌日、八月三〇日、予想通り、兵庫銀行と木津信用組合が破綻した。

不良債権の回収不能額は七九〇〇億円に達し、民間金融機関などの出資で新銀行を設立、その新銀行に事業を譲渡し、兵銀は清算するというのが処理策の骨格だった。新銀行は預金保険機構から過去最大の四〇〇〇億円強の資金贈与などを受けて今後一〇年間で損失を処理する。大蔵省出身の吉田正輝頭取ら経営陣は引責辞任、従業員はいったん解雇したうえで一部は賃金を引き下げたうえ新銀行で再雇用することになった。

信組業界二位の木津信組については山田勇（横山ノック）大阪府知事がコスモ信組と同様の業務停止命令を出した。木津信組の貸出金残高は九五年七月末で一兆九八三億円。不良債権額は約八〇〇〇億円で、このうち約六〇〇〇億円が回収不能に陥っていた。処理策は最終合意していなかったが、債権・債務を東京共同銀行に譲渡し、解散する方向だった。花崎一郎理事会長と鍵弥実理事長は経営責任を取って辞任、後任に日銀ＯＢの長谷村資非常勤理事が理事長に就任した。

〝危ない金融機関〟の処理策がすべて決まったことで、九月に入ると、金融システムは一応平静さを取り戻した。次の課題である住宅金融専門会社（住専）の処理は年末の予算編成がヤマ場になる。当面は、私もほっと一息といった感じだった。

数日後、深山記者からメールが入った。深山記者からのメールは九月下旬まで三通。本人が極秘と何度も念を押すので、平田部長にも話さなかった。

一通目には泰道三八氏と政治家との関係が書かれていた。メールで取り上げられたのは亀井静香、平沼赳夫、宮沢喜一、加藤紘一、浜田卓二郎の五議員。特に関係が深いとされたのは亀井静香、平沼赳夫の両議員で、亀井議員については「導入預金への関与だけでなく、亀井議員本人ではないが、関係企業がかなりの高金利（二ケタ台）で預金しているとのうわさがあり、金も借りているらしい」、平沼議員については「三八氏の衆議同期で仲がよい。顧問料を受け取っていたがコスモ信組の破たん前にとりやめた」と記されていた。

半年後の九六年三月一九日付『毎日新聞』夕刊一五面にこんな記事が載った。

〈泰道三八氏は衆院選挙で落選後も）政界とのパイプは持ち続け、平沼赳夫前運輸相がコスモ信組から二億四〇〇〇万円の融資や関連企業『コスモマネージメント』から四百二十万円の顧問料を受けたり、亀井静香元運輸相が泰道氏の依頼でコスモ信組に一時、七千二百万円を預金したことが明らかになっている〉

深山メモとかなり合致しているのである。

もう一通は鶴田社長にかかわる内容だった。コスモ信組元幹部に対する取材結果である。ブラックに近い筋が「日経の鶴田社長が二桁の金利で多額の預金をしている」との情報を確認に来たというのである。それも八月中旬と下旬の二回取材があり、最近は、ＮＨＫ、朝日、読売も接触してきているという内容だった。

最後の一通は九月下旬にかけて送られてきた。九月一四日に東京都の幹部二人を取材した結果である。

「東京新聞の都庁詰め記者が鶴田社長の件でしつこく聞いてきて大変困っている」

「東京新聞の記者がいうには『鶴田社長がコスモに多額の預金をしていて、しかも金利は二桁もらっていた』。ついては事実を確認したいので、そこの部分だけ預金者リストをつくってくれ、と言われている」

「五月の検査結果に基づく一億円以上三億円未満の預金者リストには鶴田社長の名前がないのは知っているが、それ以前とか、三億円以上や一億円未満ではまったくわからない」

こうした情報を記載したうえで、深山記者自身が「九五年三月末の預金者リストがあるなら、それを見せてほしい」と依頼していることも書かれていた。

もし、金利二桁ということが事実なら金利という名目の贈与のようなもので、そんな便宜供与を新聞社の社長が受けていたとすれば、大スキャンダルだ。

三通のメールを受け取ってしばらくした九月二六日に大和銀行のニューヨーク支店で国債不正売買による一一億ドルという巨額損失事件が表面化したことに加え、年末の予算編成に向け住宅金融専門会社（住専）の処理策への関心が集まり、コスモ信組問題への関心は日を追うごとに薄れていった。深山記者からも新しいメールは送られてこなかった。

そんなときである。

「今度、深山君にドイツ語の語学研修が認められた。本人に話して、手続きを取るように言ってくれ」

平田部長からこう言われて、私はびっくりした。深山記者が特派員を希望しているなどとは露ほども思っていなかったからだ。

「え？　深山君は語学研修なんてやりたがっているんですか」

「ドイツ語圏の特派員をやりたいと希望を出している」

私はなんとなく疑問に思ったが、本人が希望しているならいいことだと思い、早速神田分室に行き、深山記者を捕まえると、語学研修の手続きをするように指示した。

「え、何で、私が語学研修ですか。ドイツ語ですか」

「君はドイツ語圏の特派員を希望しているんだろ？」

「希望なんてしていませんよ」

「でも部長はそう言っているぞ。本当に希望していないのか？」

深山記者は考え込んだ。

「……。確か、人事についての申告で、一回書いたことがあります。でも、それだけです。それに私、ドイツ語できませんよ」

「何で、ドイツ語圏を希望したんだ」

「それは、大学の第二外国語でドイツ語をやっていたから、という単純な理由です」

「そんなこと言っても、もう、語学研修が認められたんだから、やればいいじゃないか」

「それはやりますけど、困りますよ。本当に語学ができないんです。英語だって全然駄目なんですよ」

「まあ、特派員で出ることが決まったわけじゃないし、勉強だと思ってやればいいじゃないか」

「わかりました。でも、何もできないんですよ」

深山記者は本当に困った顔をしているのである。しかしこういうとき、内心喜んでいるのに、表面上は困った困った、を連発する輩もいる。深山記者がどちらか判断はつかなかった。

それから、平田部長の命令で、時々、深山記者に語学研修をちゃんとやっているか、確認した。その度に、深山記者は「ええ、やっていますけど、全然、上達しません」と困り顔で言うのである。私も段々、本当に特派員に出たいわけではないのかもしれない、そういう判断に傾きだしていた。

深山記者が語学研修を始めて一年余り経った。九六年一一月下旬、翌年の三月の人事異動で海外特派員に転出する記者が決まり、そのなかに深山記者の名前があった。転出先はフランクフルト支局。私は平田部長に呼ばれ、深山記者にその旨を伝え語学研修に力を入れるよう指示するように言われた。

「おい、君、フランクフルト支局だってよ。ちゃんとやっているんだろうな、語学研修は？」

「え、本当ですか。やっていますけど、私全然駄目ですよ。困りますよ。弱ったな」

「そんなこと言ったって、もう決まってしまったんだから。とにかく、まだ三ヵ月あるから、語学研修を全力でやれよ」

「そんなこと言われても、忙しくてできませんよ」

「矢代君にも言っておくから、仕事は極力外してもらって語学研修をやれよ」

「わかりましたけど、どうして、特派員なんて話になってしまったんでしょうかね」

「だって、君が希望していたわけでしょ」

「それは前にも話しましたけど、一回書いたことがあるだけです。このところはそんな希望は書いていないんですけどね」

「人事は希望をきいてやるわけじゃないから、まあ、いいじゃないか。絶対に海外に行けない家庭の事情があるわけじゃないんだろ」

「それは、わかっています。でも、私、困ったな。本当に困ったな」

　私はこのとき、深山記者は特派員を希望していないが、平田部長が深山記者の将来にとってプラスになると考えて送り出そうとしているのだろうと考えた。


　この人事が極めて異例のことだったと知ったのは五年後、〇一年春である。

　特派員人事を決めた九六年秋の時点では、ドイツ語のできる別の記者がフランクフルト特派員に出ることでほぼ決まっていた。ところが、その人事に平田部長が強引に横やりをいれ、深山記者に変えてしまったのだというのである。特派員を所管する当時の国際部長には、なぜそうなったのか、まったくわからなかったという。

　深山記者は自ら認めているように英語もドイツ語もできない。ドイツ語のできる記者を飛ばして、深山記者にするのはいかにも不自然なのである。それに、平田部長という人間は、極めて慎重な人間で、疑念を持たれるような人事をごり押しするようなことは、通常はしない。それをあえてやったのはもっと大きな力が働いていた可能性が高いのだ。

　決まった人事をひっくり返す。それができるのは突き詰めれば鶴田社長以外にいない。一歩譲って新井淳一編集局長や前任の杉田亮毅専務でも可能だろうが、鶴田社長の了解を取り付けてやるだろう。そんなことを考えているうちに、コスモ信組を巡る鶴田社長の噂がよみがえってきたのである。

もはや、人事を決めた少数の人間が語らなければ真相はわからない。しかしなぜ、ドイツ語ができず、しかも希望もしていない深山記者をフランクフルト特派員にしたのか。深山記者のキャリアパスとしてドイツ語圏の特派員を経験させ、ドイツの専門記者に育成したいという言い逃れはできるだろう。しかし、日本に帰国した深山記者の処遇をみると、そうした育成の仕方をしているとはとても思えない。

私が今、猛省するのは金融機関の破綻報道について誤った判断をしていたということである。

新聞の使命は読者の知る権利を満たすことであり、原則として報道は自粛すべきではない。金融機関を特別扱いせず、企業倒産と同じ視点で取材し、報道するという姿勢で臨むべきだった。「誤報」事件から誤った教訓を引き出してしまった。

仮に〝自主規制〟していなければ、コスモ信組をめぐる鶴田社長の疑惑について、もっと多くの情報が入っていた可能性もあるのである。

第2部　サラリーマン記者

1　赤坂「クラブひら川」

手元に、Ａ３サイズ六枚の資料がある。

資料を入手したのは、〇四年二月二五日である。

言論報道機関の経営者として不適格であるとして鶴田卓彦社長の取締役解任を株主総会に提案し、会社の経営正常化へ乾坤一擲《けんこんいってき》の勝負に打って出てから一年あまり経っていた。

この日の午後五時過ぎ、携帯電話が鳴った。出ると、週刊現代の記者だった。

「大塚さんが面白い資料を持っているという話を小耳に挟んだんですけど、本当ですか」

「…………」

咄嗟のことで声が出なかった。実は、前日の夜に大手新聞の記者から電話があり、「面白い資料が送られてきたので見てほしい」と言われ、この日の昼過ぎに新橋駅前の喫茶店でその記者と会って資料のコピーを貰ったばかりだったのだ。

「本当なんですね」

記者は畳み掛けてきた。

「今、打ち合わせの最中なんだ。急ぎなの？」

「急いでいます。どこにでも行きますから、一時間くらいのうちにお会いしたいんです」

「じゃ、横須賀線の西大井駅まで来てよ。途中で抜けて会うから。駅に着いたら電話して。改札は一つしかないから」

西大井駅は、私の最大の支援者、和佐隆弘氏の自宅マンションのあるところだ。和佐氏は私の一二歳年上、日経新聞ＯＢで元論説委員である。私の株主提案に即座に応援すると言ってきてくれ、以来、行動を共にしている。和佐氏は数年前から、病に侵された夫人を介護する日々を送っていて自宅からあまり離れることができないので、打ち合わせはいつも和佐氏の自宅近くの喫茶店でやっていた。その日は和佐氏に続いて応援に加わった吉川嘉治、石埼一二、山本堅太郎、河合良一、石塚義孝の五氏を交えて、三月三〇日に開かれる日経新聞社の株主総会に向けた作戦会議を開いていた。


小一時間したところで、また携帯電話が鳴った。

「着いた？　じゃ、五分で行くから」

私はメンバーに三〇分ほどで戻ると言って、席を立った。

西大井駅前には、喫茶店やファーストフード店が二、三軒あるが、比較的混んでいるところが多い。私は喫茶店ではまずいと思い、中華料理店に入った。この時間ならほとんど客がいないだろうと思ったのだ。案の定、ほかに客は一人もいなかった。

「メシを食うか、それともビールでも取るかい？」

「いえ、僕はメシはいいです」

「それじゃ、ラーメンとビール一本」

中年の女性店員に注文を出した。

「おい、誰が言っているんだ？」

「実は今朝、編集部に電話があって『日経新聞絡みで面白い資料が送られて来ていないか』という問い合わせがあったんです。調べたけど、来ていないんですよ。それで、大塚さんなら持っているんじゃないかと思って、電話したんです」

「……実はね、昼過ぎにある大手新聞の記者からその〝面白い資料〟を貰ったばかりなんだ。匿名の封筒に資料だけが入っていたというんだな。昨日、デスクから受け取ったと言っていた。だから、着いたのは昨日か一昨日だ。雑誌や新聞に送りつけているのかと思っていたけど、お宅には送られていないんだね」

　この二日前の二三日に発売された『週刊現代』に、「日経の杉田亮毅社長が論説主幹の小島明専務に対し、日本経済研究センター会長のポストを用意し、辞表を出すように求めたが、小島氏がそれに抵抗している」という記事が載っていた。小島氏は〇三年五月に鶴田会長に対し辞任を求め、相談役に退かせた人物である。

　資料が流出したのは、この『週刊現代』の記事に刺激を受けたためと考えられる。当然、週刊現代の編集部には同じものが送られたはずと思ったのだ。

「そうです。来てないんですよ。どんな資料なんですか。是非、コピーさせてくれませんか」

「必ず、記事にするんだろうな。資料を貰ってから、すぐに和佐さんたちとの打ち合わせになったので、電車のなかでぱらぱらみただけなんだよ。でもね、ビックリ仰天するような資料だよ。それは間違いない」

「そりゃ、見せてもらわないとなんとも言えませんが、そんなすごい資料なら四ページか五ページ、場合によっては六ページ取ってやりますよ」

私に資料をくれた大手新聞の記者は、「すごい資料だけど、新聞じゃあ記事にできないから、大塚さんの好きなように使ってください」と言って、コピーをくれたのだ。

「じゃあ、みせるよ。隣のコンビニでコピーして来いよ」

私は四つ折りにしたA3サイズ六枚の資料を胸ポケットから取り出した。

資料は六枚ともエクセルで作成された表で、一番上に「利用日別リスト」という表題が付いていた。その下が「利用日」「担当者名」「金額」「仕訳摘要」「部門名」「支払日」の六項目について記載した表だった。一枚目の表題にだけ手書きで「クラブ『ひら川』」と書き込まれていた。

「うーん。すごいですね。クラブ『ひら川』の利用リストじゃないですか」

記者は中華料理店を飛び出した。五分ほどでコピーを終え、戻ってきた。

「目の玉が飛び出るような金額ですね。間違いないですか」

「間違いないよ。こんなの、偽物作れないよ。ちゃんと記事にしてくれよな」

「わかっています。でも、どうしてうちには送られて来ないんだろう?」

「そんなことどうでもいいだろう。でかい見出しでやってくれよ」

「他のマスコミにも送られているかもしれないので、今週やります」

「間に合うのかい?」

「もちろんです。仕訳摘要の記載されている接待相手を一件ずつ当たります。じゃないと危ないですから」

「そこまでやれるの?」

「今晩からやれば十分間に合います」

週刊現代は、木曜日の夜には出稿を終えないといけないと聞いていた。

「じゃ、戻ったほうがいいのか」

「ええ。ゆっくり、ラーメンは食べてください。僕は戻りますから。何か気づいたことがあったら教えてくださ い。大塚さんの調査した結果との照合もお願いします」

「わかったよ。夜九時頃に電話くれるかな。それまでに見ておくから」


ラーメンを食べ終えると、和佐氏らが打ち合わせしている喫茶店に戻った。店の前で、持っていた資料をブレザーの胸ポケットに押し込んだ。「資料のことは、今日は話さないことにしよう。なにかの都合で、週刊現代が記事にしないかもしれないから」。時計を見ると、午後七時少し前だった。中に入ると、話は終わっていて、みな生ビールを飲んでいた。

「どうですか、決まりましたか？」

「ＯＢ株主約一〇〇〇人に株主総会で我々の提案に賛成してくれるよう呼びかけることは決まった。総会の二週間前に総会の案内が送られてくるので、それにあわせて送付する。来週また相談しよう、ということだ。君もビールを飲めよ」

そのあと小一時間、ＯＢたちの昔話に耳を傾けた。

小宴がお開きになったのが午後八時前。帰路西大井駅から品川駅までは吉川氏らと一緒だった。品川駅で京浜東北線に乗り換え、ようやく独りになった。以前なら京浜急行で青物横丁に帰るところだが、一〇年以上前に多摩川沿いの下丸子に引っ越していた。

ブレザーのポケットから資料を取り出して見たくて仕方がなかったが、京浜東北線は混雑していてとても取り出せる状況でなかった。蒲田に着いて多摩川線に乗り換え、車両の隅の席に腰を下ろし、資料を取り出した。会食相手の名前が書かれている「仕訳摘要」を上から下へ目で追った。自分の知っている人物がいないか、と思ったのだ。都市銀行など大手銀行のトップの名前は出てこなかった。知った名前は千葉支局時代に付き合ったオリエンタルランドの加賀見俊夫社長くらいだった。

帰宅すると、私はすぐに自分のクラブ「ひら川」の実地調査の結果と照合した。

私は〇二年九月から一二月上旬までの約三ヵ月間、毎夜九時前後にクラブ「ひら川」を定点観測していた。「ひら川」前の通りか、裏手の路地に黒塗りのセンチュリー（品川3××　ふ88－××）が駐車しているかをチェックしたのだ。パソコンのなかの文書を開き、照合してみると、資料に記された日付は鶴田氏が店を訪れた日とほぼ合致していた。

しばらくすると、週刊現代の記者から電話が入った。

「どうですか」

「ほぼ一致している。自信を持っていいよ」

「わかりました。四ページでやります。記事に大塚さんのコメントが欲しいので、明日また電話します」

「わかった。リストを見て考えておくよ」

電話を切るとすぐに、和佐氏に電話した。週刊現代が記事にすることがはっきりしたので、和佐氏ら支援グループにリストを渡す必要があると思ったのだ。

資料は日経新聞社秘書室からクラブ「ひら川」への支払い明細だった。期間は二〇〇一年、〇二年、〇三年の三年間。「部門名」はほとんど「(東) 秘書室」となっていた。

〇一年分は二ページで、支払い回数は一七七回、支払い金額は三五五三万四一〇七円。〇二年分も二ページで、支払い回数一四三回、支払い金額三三六五万三九七四円。「担当者名」は両年ともほとんどが「鶴田卓彦」だった。一人当たりの料金は三万円程度、一回の総額は二〇万~三〇万円が多く、四〇万円以上支払っている日も数回あった。

週休二日、祭日や年末年始、夏休みを考えれば、ひと月のうち平均一〇日程度は休業で、営業日は二四〇日程度だろう。

加えて、鶴田氏は少なくとも年一回は何かもっともらしい理由（本当は精力剤など漢方薬を買うのが目的と噂されていた）をつけて香港、中国、韓国の三ヵ国のどこかに海外出張すると言われていたし、フランスにもよく出かけた。国内では広告・販売関係の仕事で大阪や名古屋などに出張する必要があったし、年一回の新聞大会も地方で開かれる。国内外への出張日数は年平均五〇日程度、年によってはそれより多いこともある。つまり、鶴田社長が「ひら川」に顔を出せるのは多く見積もっても年に一九〇日程度なのだ。

〇一年の一七七回という数字は、鶴田氏がほとんど毎日「ひら川」に通っていたことを意味する。〇二年の一四三回というのも尋常ではない。

〇三年分は少し内容が違っていた。支払い回数は一一一回、支払い金額は一五八三万六七八〇円で、回数、支払い金額ともかなり減っている。

〇三年一月に私が取締役解任を提案したことを契機に、鶴田氏は三月三〇日に会長に就任、その会長職も五月一六日に辞任、相談役に退いた。

リストをみると、四月末までの四四回はほとんど「担当者名」が「鶴田卓彦」となっているが、五月以降の六七回のうち「担当者名」が「鶴田卓彦」なのは一〇月二七日の一回だけ。残りの六六回は六名の名義に分散しており、「宍戸秀行（秘書役）」の二八回、「長谷部剛（秘書室長）」の一九回、「島田昌幸（常務）」の八回、「竹谷俊雄（常務）」の七回、「新井淳一（副社長）」の三回、「杉田亮毅（社長）」の一回である。つまり、鶴田氏が「相談役」に退いてからは鶴田氏に同行している秘書役の宍戸氏や秘書室長の長谷部氏の名前でクラブ「ひら川」に支払いをしているのだ。ちなみにこの六人のうち、鶴田氏の出身地の水戸支局長を務めた宍戸氏を除くと、全員が経済部出身だった。

クラブ「ひら川」は現在のママ、平川保子の母親の平川佳代が一九八八年四月に開いたナイトクラブである。佳代は赤坂芸者で、鶴田氏はその馴染客だった。

鶴田氏は「ひら川」の開店当時から通い詰める上客だった。

鶴田氏が社長に就任する以前からクラブ「ひら川」に年間三五〇〇万円も会社のカネをつぎ込んでいたのかどうかはわからない。しかし、社長に就任し、絶対権力を握った九三年三月以降は毎年三〇〇〇万円以上のカネをつぎ込んだと考えるのが自然である。九三年から九七年までの五年間は毎年三〇〇〇万円、九八年からの五年間は毎年三五〇〇万円と仮定すれば、鶴田氏が日経新聞社社長として一〇年間で三億二五〇〇万円ものカネを浪費したことになる。

一つのクラブに年間三〇〇〇万円以上も支出するという企業は聞いたことがない。何人もの大企業経営者にリストをみせると、みな顔をしかめ、異口同音に「目の玉が飛び出るほどびっくりした」と言った。どんな大企業でも一つのクラブに使う年間の交際費は多くて五〇〇万円だという。三〇〇〇万円という金額は異常というほかない。

『週刊現代』と『週刊ポスト』は月曜日発売だが、都内ではまれに日曜日に売っているところもある。二月二九日、日曜日の昼前、多摩川線下丸子駅の売店で三月一三日号の『週刊現代』を買った。表紙には「スクープ入手！　日経のドン赤坂のクラブで6500万円飲食の明細書」とある。歩きながらページをめくった。

「明細をスクープ入手／日経のドン　鶴田卓彦前会長／赤坂のクラブに3年間で6500万円つぎこんだ！／読者のみなさん、どう思いますか」

大見出しが飛び込んできた。左右にクラブ「ひら川」の写真と、ブルドッグのような風貌の鶴田氏の写真が置かれていた。

リストでは三年間の支払額が八五〇二万四八六一円だったから、『週刊現代』の見出しをみて「おや？」と思ったが、すぐに納得した。『週刊現代』はリストの「担当者」が「鶴田卓彦」となっている分だけを合計して「六五〇〇万円」としたのだ。

日経新聞社内では鶴田氏の使う「秘書室」の交際費は青天井と言われていたし、副社長以下には「広告」「電子メディア」「社長室」などの各部門で扱う交際費があり、それを使わずに

「秘書室」扱いとするのは鶴田氏が同席していたか、鶴田氏の了解を得ていた可能性が高い。広告局幹部もクラブ「ひら川」を頻繁に使っているというのは社内の常識で、一部では「日経グループから『ひら川』への支払いは一億円近い」との噂も出ていた。

記事にはリストに登場する接待相手に取材した結果も載っていた。接待相手の多くが日経関係者や中小企業の社長が多く、著名人は元衆議院議員の水野清氏、作曲家の船村徹氏、東京芸大元学長の澄川喜一氏らほんの一握り。週刊現代はこうした著名人に取材し、本当にクラブ「ひら川」に行ったのか確認していた。

頻繁に登場した接待相手としては都内の電気器具販売会社社長、運送会社社長、大阪のゴルフ場運営会社社長の三名が挙げられている。日経新聞社とはまったく取引関係がないのに、電気器具販売会社社長との会合には三年間で一〇〇〇万円弱、運送会社社長とは同じく六〇〇万円以上、ゴルフ場運営会社社長にも二〇〇万円近いカネをつぎ込んでいる。日経関係では日経リサーチの後藤克彦社長、日経ホーム出版の田中元・社長の二人が目立つと指摘していた。田中社長はイトマン事件当時、大阪経済部長だった人物だ。

平川保子が鶴田氏の愛人で、〝お手当て〟代わりに年間三〇〇〇万円以上ものカネをつぎ込んだというならわかりやすいが、鶴田氏は愛人でないと主張している。愛人でもない女性の店にそれだけ多額のカネをつぎ込むことがありうるのだろうか。

「ひら川」に通ったからといって日経新聞の売り上げが増えるわけではないし、情報が取れるわけでもない。にもかかわらず、「ひら川」に多額の利益を供与し続けたのだから、愛人に貢ぐよりもむしろ悪質だ。

『週刊現代』が発売になって数日経った三月上旬、私の耳にある情報が入ってきた。

「リストはティー・シー・ワークス（TCW）の特別背任事件の関係で、東京地検特捜部に提出を求められ、作成したものだ」

「リストは杉田社長、新井副社長、法務室長、経理局長の四人しか持っていない。それが流出した」

極秘中の極秘の資料が流出した、この記事の衝撃は大きかった。予想通り、鶴田氏は〇四年三月三〇日の株主総会後に相談役辞任に追い込まれ、クラブ「ひら川」も店を閉めた。

2　社説の欺瞞

組織の退廃の背景に不祥事の隠蔽があるのは世の常である。イトマン事件に絡む「一〇〇〇万円疑惑」、コスモ信用組合の「高利預金疑惑」という、日経新聞社の二つの〝黒い霧〟は忘却の彼方に消えつつあった。しかし、それは組織を蝕み続けた。日経新聞社を言論報道機関として再生させるにはどうすればいいか。二〇〇二年秋、私の得た結論は鶴田卓彦社長〝追放〟という旗を掲げることだった。

自分の会社の社長の解任を株主総会で提案する――。

私はあえてそれを実行し、一年余りの時間を費やして鶴田氏を追放するという目的を達した。鶴田氏の会社私物化が一〇年という長きにわたっていたため、日経新聞社の経営正常化はいまだ道半ばだし、鶴田氏の影響力がまったくなくなったとも言えない。

私の行動は日本のサラリーマン社会ではまったくの異端で、日経社員の多くは「自分にはできない」と思ったようだ。結果的に、現役の日経新聞社員の支持はあまり得られなかった。

また、日経新聞社経営陣は私を懲戒解雇するという暴挙で反撃に出た。それによって世論の支持が私に集まると同時に、日経ＯＢの支援拡大につながり、鶴田氏追放の追い風になったが、〝鶴田氏追放〟と〝懲戒解雇撤回〟の二兎を追うことで私の行動がかなり制約されてしまったことも否めない。

株主として株主総会に議題を提案することは米国では当たり前のことである。日経新聞はこうした米国型の経済システムを定着させなければ日本経済の復活はありえないような主張を繰り返している。しかし、いざ自分の足元で米国型の手法を使った経営改革への動きが出ると、馬脚を現してしまう。大手新聞社がサラリーマン社会そのものであることを白日の下に晒した。

この一年半の間私は多くの人たちから同工異曲に問われた。聞き方は様々でも、突き詰めれば同じことだった。

「なぜあんな大胆な行動を取ったのですか」

私の答は、「鶴田氏の私物化をこれ以上放置すればいずれ日経新聞社は危機に陥ると思ったからだ」である。しかし、多くの人たちは「それは建前論で、本当の理由は別にあるに違いない」と思ったようだ。

「あいつは人事に不満で、自暴自棄になってあんな暴走をした」というのが、大方の推測だった。自分にできないことをする人間がいると、多くの人がそうした形で自分を納得させるのかもしれない。

イトマン事件に絡む「一〇〇〇万円疑惑」、コスモ信用組合の「高利預金疑惑」という、二つの黒い霧をうやむやのまま放置してしまったことに、私は強い悔恨の気持ちを抱いていた。二つの疑惑の背後には、鶴田氏の影が見え隠れしていた。「一〇〇〇万円疑惑」は被害者として、「高利預金疑惑」は隠蔽の片棒を担いだ者として、私はその双方にかかわりがあった。もし私が二つの疑惑の解明に取り組んでいたら、鶴田氏の経営私物化を防ぐことができたかもしれない。その意味で、私には大きな責任がある——それが行動を起こした大きな動機の一つである。

しかし、もちろんそれだけではない。

もう一つの動機は日本の金融システムの崩壊と密接に関係している。

日本経済は九〇年代の経済政策の迷走で金融システムが崩壊し、デフレの泥沼にはまり込んだ。〝失われた一〇年〟である。この低迷の責任は、「日本のリーディングメディア」を自称し、日本経済の方向をリードしていると自負している日経新聞社にもある。私自身も、主に金融分野の取材を担当していたにもかかわらず、自分の頭で考え、自分の責任で発信するという、本来ジャーナリストとして取るべき行動を取らなかった。

「日経らしさ」。

日経新聞社の編集局で頻繁に使われる言葉だ。

私には長いこと、その意味するところがよくわからなかったが、鶴田社長時代になってそれが徐々に見えるようになってきた。どうやら「日経らしさ」とは、米国の受け売り、世論迎合、事なかれ主義だけを是とすることのようだった。理念とか哲学とは無縁の「情報サービス会社」として風見鶏のように臨機応変に立ち回ることが重要で、それは本来の言論報道機関の役割を放棄することを意味していた。

私も「日経らしさ」という行き当たりばったりの社風に迎合し続けていた。サラリーマン社会のなかで「異物」とみられるのが怖かったのである。

日本経済の凋落の原因が金融システムの崩壊にあるのは異論のないことだろう。金融システムの崩壊がより軽微なもので食い止められていれば〝失われた一〇年〟にはならなかったに違いない。

金融システムは「ラストリゾート」（最後の拠り所）である。企業なら倒産しそうになっても金融機関が支えることができるが、金融機関を支えるのは国、つまり国民だ。さもなければ、経済の血液ともいえる金融システムが崩壊し、国が破綻する危機に直面する。国民がそれでもいいというならやむを得ないが、長い目で見れば不幸なことである。

日経新聞社の社是には、「中正公平、わが国民生活の基礎たる経済の平和的民主的発展を期す」とある。金融システムの崩壊を防ぎ、「経済の平和的民主的発展を期す」ためには、公的資金を投入するしかない。私はかなり早い段階から、「資産デフレに歯止めをかけなければ日本経済は壊滅的な打撃を受ける。それを防ぐ特効薬は金融機関への公的資金の投入しかない」と考えていた。

一九九二年夏、銀行局長が土田正顕氏から寺村信行氏に交代した直後に住宅金融専門会社（住専）の日本住宅金融の経営危機説が流れ、系列ノンバンクに多額の不良債権を抱える日本債券信用銀行や兵庫銀行の経営悪化に対する内外の関心も高まってきた。海外では「不良債権は三〇兆円以上」との見方が出始めていた。こうした情報にもっとも敏感なのが株式市場で、七月下旬から株価が急落。七月中旬には一万七〇〇〇円台だった日経平均株価が一万五〇〇〇円割れ寸前まで下落、八月に入りさらに下げ足を早め、一八日にはほぼ全面安の展開となり、日経平均は前日終値比六二〇円一四銭安の一万四三〇九円四一銭と八六年三月以来六年五ヵ月ぶりの水準となった。株式市場では表向きJR東日本の株式公開など、需給悪化懸念が云々されたが、底流にあったのは金融システム不安だった。

これにあわてたのが宮沢喜一首相ら政府首脳だった。羽田孜蔵相が一八日、急遽金融システムの安定化策を発表した。元々、月末にまとめる政府の追加景気対策に盛り込む方向で検討していたが、一八日に株価が年初来安値を更新したため「金融行政の当面の運営方針」と題した安定化策を繰り上げて公表したのだ。

緊急措置は株価安定策、不良債権の処理、貸し渋り対策の三項目だった。

株価低迷への対応策では、金融機関が九月中間決算対策として、株式評価損の穴埋めのために安易に保有株式を売却することを抑制するよう指導すると表明した。益出しのための株式売却が一段の株価下落を招き、さらに株式評価損が膨らむという悪循環を断ち切ることをねらったのだ。

具体策として金融機関に対し配当性向（税引き利益のうち配当金の支払いにあてられる比率）を公表利益の四〇％以内に抑える基準の適用を一時的に停止することにした。金融機関が現行の配当を維持してこの基準を守るためには、株式を売却して利益をカサ上げしなければならないが、配当性向が四〇％を上回るのを容認すれば、株式益出し売却を防止する効果があった。

また、株式評価損の償却も、株価が不安定なため、九月中間決算ではなく九三年三月期まで償却を先送りするよう指導し、金融機関は中間決算では多額の株式評価損が発生しても即座に償却しなくてもすむようにした。

不良債権処理では、不良債権総額の情報開示を進めるとともに、無税償却を弾力的に認め、金融機関の不良債権処理を促進しようというもので、担保不動産の流動化の具体策を検討することを打ち出した。このほか、住専、ノンバンク支援など個別問題についても金融システムへの影響を配慮し、関係者に支援策の早期策定を要請した。

貸し渋り対策では、不動産関連融資などで優良な案件には融資を実施するよう指導し、貸し渋りの原因となっている国際決済銀行（ＢＩＳ）の自己資本比率規制達成のために、永久劣後ローンによる自己資本充実の支援や新たに信託方式の債権流動化を認める方針を打ち出した。

この発表で、株価は急反発して八月末には日経平均株価も約三ヵ月ぶりの一万八〇〇〇円台回復につながった。

しかしこの対策は、しょせん弥縫策に過ぎなかった。

金融機関の不良債権の処理を促進させるには株式の含み益を活用する必要がある。そのためには、株価の下落に歯止めを掛け、含み益が減らないようにしなければならない。小手先の株価対策だけでは株価が一時的に回復してもその効果は限られる。地価の下落が続く限り、不良債権は累増する。それがまた材料となって株価が下落する。

この悪循環を止めるにはとにかく不良債権を減らすしかない。この意味で、対策にはその切り札になる構想が入っていた。担保不動産の流動化策である。

その構想は担保不動産の買い上げ会社を民間金融機関の共同出資で設立しようというものだ。銀行やノンバンクはバブル経済進行期に不動産を担保にした融資を拡大したが、バブル崩壊でそうした融資が焦げ付き、担保として押さえた不動産の処分に苦しんでいる。複数の金融機関が抵当権を設定しているなど債権債務関係が複雑なうえ、都市部では不動産価格の下落傾向が続いていることもあり、こうした不動産にはなかなか買い手がつかないのが実情だった。

問題はそのカネを誰が出すかだった。

民間金融機関が出すのであれば、買い上げ会社に担保不動産を移管する意味はない。さらに地価が下がれば、その損失は民間金融機関の負担になり、自分で持ち続けているのとあまり変わらない。しかし、一部であっても政府系金融機関の融資、出資銀行を経由した日銀貸し出しなどが活用できれば、話は違う。今後出る損失を国に負担してもらえる可能性が出てくるのだ。

宮沢首相は、ことの本質をわかっていた。

八月三〇日夕、長野県軽井沢町で開いた自民党軽井沢セミナーで講演し、金融機関が中心となって設立する担保不動産の買い上げ会社構想について「必要なら公的援助をすることにやぶさかでない」と述べたのだ。

「(わが国の経済対策には)米国のような多額の財政資金が必要な状況にはなっていないが、国民経済、世界経済が脅かされるなら、政府は納税者の了解を得て公的な金を使って防ぐ務めがある。銀行が持っている担保になっている不動産をどのように流動化するか、その仕組みを暮れまでに作ることになっている。これは金融機関が知恵を出し金を出し合って作るのが好ましいが、必要なら公的援助をすることにやぶさかでない。その場合、銀行を救済する意味ではない。金融が動かないで迷惑するのは国民だ。そういう意味で国民経済全体のためならあえて辞するものではない。ただし、そのためには銀行自身がどれだけの不良資産を抱えているかディスクロージャー（情報開示）しないといけない。一種の不安が起こりそうであれば政府も中央銀行も黙って見過ごすことは決してない」

私は、まったく正論だと思った。

実は、この時点で「日債銀と兵庫銀行が危機的な状況に追い込まれている」という情報があった。両行とも夏場にかけ資金繰りが破綻しかけたのだ。特に日債銀は担保を出しても欧米の金融市場で外貨資金を取れなくなっていた。海外で日債銀が資金繰り破綻することになれば日本発の金融恐慌という事態になりかねない。このため極秘裏に大蔵省と日銀が三菱銀行、日本興業銀行などの大手銀行主要行を集め、日債銀に対して外貨のクレジットラインを作るように指導した。三菱などの大手主要行が外貨を調達、それを日債銀に同じ金利で供給する仕組みで、その規模は五〇〇〇億円以上だったとみられる。私はこの極秘情報を記事にしなかったし、社内でも誰にも話さなかった。

この情報が漏れれば、「金融危機の引き金を引く」と思い込んでいたからだ。

当然宮沢首相も、同じ情報を持っていたに違いない。

しかし世論はこの宮沢首相の発言に猛反発した。日経新聞も、社説（八月二七日）で勇ましいアジテーションを展開していた。

社説は〈説得力に欠ける土地買い上げ機関〉という見出しで、一応、構想が資産デフレの防波堤としての意味があることは認めている。そのうえで、論理矛盾に満ちた議論を展開し、週刊誌的に読者の情緒に訴えている。

資産デフレの防波堤にする対策は、状況次第で地価を再び上昇させる要素を持つのは当然である。「地価はまだ下がるべき」という論点に立つなら、資産デフレ対策などありえない。もっと地価を下げて金融機関を追い込め、と主張すべきなのだ。この論説委員は「地価はまだ下がるべきだ」と主張するほどの度胸はないのだろう。だから、資産デフレ対策は必要な素振りはみせながら論理矛盾に満ちた「四つのＰ」などという条件をつけている。

〈まずペナルティー（制裁）。融資先の不動産会社やノンバンクは会社清算に直面するが、自業自得だからやむを得ない。銀行も買い上げで担保割れの損失が確定し、償却で出血を強いられるが、まだ不十分である。株主は配当制限か無配または減資、経営者は更迭を含めた引責、そして従業員は給与カットや人減らしなど、〝構造不況業種〟らしく応分に傷むことは当然だ〉

〈第二はプライス（買い上げ価格）である。地価の下落傾向が続く限り、公的評価額は時間を経るにつれ下がって、実勢より高く買い上げていたということになりかねない。さらに周辺の地価を下げ渋らせせないような措置も講じておくべきだろう〉

〈第三のＰはパーパス（使用目的）である。仮に公的資金を導入するなら、住宅や道路、学校など公共目的に充てることが筋だろう。地上げ途中の虫食いの商業地や、見通しを誤ったリゾート、アングラ絡みの物件などの買い上げには、厳しい線引きをしておかなければならない。買い上げ機関単独では、不良資産化した土地を塩漬けにする役割しか果たせないことになる。

土地神話の復活を待ってツケを一掃するのが狙いなら、銀行のモラルハザード（けじめ欠如）を助長するだけである〉
〈第四のP、すなわちポリシー（政策）の発動である。日本開発銀行などの財投資金や日銀の信用供与など、公的資金の援助を仰ぐのであれば大義名分が要る。財政出動で景気浮揚を図る正統的な総需要政策が車の軸なら、金融システムの安定はその効果を円滑にする軸受けなのだ。だから広く日本のインフラストラクチャー（社会的基盤）を築く経済リストラ政策に、買い上げ機関をしっかり位置付ける必要がある〉
〈すでに銀行の償却を促すために預金者には金利の低下、企業には貸出金利の下げ渋りという負担を強いている。このうえ公的資金が必要なら、まずもってその総額と根拠を明示しなければならない。
信用秩序が揺らいだのは、それを隠れミノにしたせいではないのか。自ら事に処す。そこに信用が生まれる。他人頼みの裸の王様に、信用秩序などあり得ない。
銀行が自己責任を全うできる事業体になること。国民が手を差し伸べるには、その一点を避けては通れない。そこから真の銀行救済が始まる〉
大変、勇ましいアジテーションで、つい三年前までバブルを煽っていた日経新聞の社説とは思えない。反省のかけらもないのは言わずもがなだが、論理矛盾も随所にみられる。買い上げ会社構想は資産デフレの歯止めが目的であるのに、地価がさらに下落するような価格にしないといけないと主張しているのだ。そればかりか、この買い上げ会社は土地の塩漬けが目的なのに、「塩漬けではいけない」と本末転倒なことを言って条件だけを出す、卑怯な手口というほかない。

これまで金融マンはエリート中のエリートと思われていた。給料は高いし、老後の面倒も手厚い。国民の間に「銀行が困るならいい気味だ」という深層心理が充満していたのは事実であり、アジテーションの効果は抜群であった。

銀行経営者たちも「公的資金」という言葉を使わなくなり、政治家たちの銀行アレルギーを知悉し、最初から公的資金投入に消極的だった大蔵官僚たちも汗をかく気にはならなかった。

結局、九二年一〇月末に決まった担保不動産買い取り会社の概要は、担保付貸出債権の買い取りが中心となり、買い取り資金は持ち込む金融機関が融資するということになった。何のことはない、体力のある金融機関が不良債権を償却しやすくする効果しかないものに変質してしまった。

宮沢首相の責任は重い。

問題の本質を見抜いていたのに、国民的な合意が得られないという理由で結局、何もしなかった。日本の最高権力者である首相が、命をかけて辞任覚悟でやる気になればできないことでもなかった。もし断行していれば宮沢首相は名宰相として末長く後世に名を残したであろう。

八五年九月のプラザ合意をきっかけに急激な円高が始まり、竹下登蔵相と澄田智日銀総裁に多数の抗議電話が寄せられた。中には恐喝まがいの電話もあったという。歴史に残る政策転換をするには大きな軋轢を生むのは当たり前で、それを恐れては政治家ではない。

私も、宮沢首相同様に考えていたのに、ジャーナリストとして何も発言せずにやりすごしてしまった。結果論だが、私にも責任の一端はある。

当時、大蔵省銀行局に自民党の政治家たちが「大銀行のトップがうち揃って辞任すれば公的資金の投入も可能だ」と言っているのを聞いていた。私は大手銀行のトップに会う度に、「日本経済のためには公的資金を投入して金融システムを安定させることが不可欠だ。その見返りにトップが全員引責辞任してはどうか」と持ちかけたが、危機意識は薄かった。多くの経営者が「よそはともかく、うちの銀行は別でやっていける」と信じ込もうとしていたのだ。

もう一度、私が経営者の総退陣を条件に公的資金の投入を持ち出したことがある。

兵庫銀行が破綻して一〇日ほど経った九五年九月一一日、大蔵省四階の銀行局長室で西村吉正局長に会った。時間は、午後三時過ぎから四〇分ほど。西村局長は内心、極秘の大和銀行事件のことで頭が一杯だったに違いないのだが、肝心のこっちがその事件をまったく知らないこともあり、余裕の表情のようにみえた。

「今度の兵庫銀行の処理は、一つだけ失敗したと思います」

「どこが失敗なのかね」

「兵庫銀行を清算することにした点です」

「なぜなんだ」

「株式がゼロになりますね。これまで金融機関について上場株式がゼロになる処理はやっていません。マーケットは兵庫銀行を先例とみます。海外の投機筋はねらってくるでしょう。兵庫の次はどこだとね。次が出ればその次はどこだとなります。株式市場で破綻に追い込まれる上場金融機関が出てきますね。いくとこまでいくしかないでしょうね」

「そうかね」

「この間、土田（正顕・元銀行局長）さんが言っていましたよ。『米国じゃ、最初の危機が起きて四年くらいあとに最大の危機が来た』とね」

「何かいい方法でもあったのかね」

「パンドラの箱を開けちゃったんです。他に方法はなかったかもしれないけど。しばらくしたら、次の危ない銀行探しがマーケットで始まりますよ。それだけは間違いない」

「そうかね。そんなことになるかね」

「間違いなくなります。それを避ける方法は一つしかありません。公的資金の注入とか公的な関与を当局が決断しなければだめです。大手銀行トップ全員辞任を見返りにすればいいんです」

「彼ら、そんな気全然ない。駄目だよ。新聞だってちゃんとそういう主張をしなきゃ」

「そうでしょうけど。むずかしいですね」

3　沈黙という「未必の故意」

金融危機元年、九五年は激動の年だった。年初から阪神大震災、オウム真理教事件と、多くの災害や事件に遭遇した。

私は経済部次長として昭和恐慌以来の金融危機の取材を指揮するのに追われていた。前年末の東京協和、安全二信組の破綻に始まり、七月末のコスモ信用組合、八月末の兵庫銀行、木津信用組合と続いた。

次のテーマは、住宅金融専門会社（住専）の破綻処理だった。これには自民党の農林族が深く関与してくるはずで、年末の予算編成の最大の焦点だった。

住専は個人向け住宅ローンを専門に扱うノンバンクとして七〇年代に相次いで設立された。当時は、都市銀行などの大手銀行は大企業への融資を重視、リスクの高い個人向けの住宅ローンに消極的で、住専の設立には国の持ち家促進政策を側面から支援する狙いもあった。実際に住専は業績を伸ばし、日本住宅金融など株式市場に上場するところも出ていた。しかし、八〇年代に入り、大企業が時価発行増資など資本市場からの資金調達に傾斜して銀行借り入れにあまり頼らなくなり、大手銀行が住宅ローンなどの個人向けローンに力を入れ始めた。

住専の融資は銀行から融資を受け、それに金利を上乗せして個人に貸し出す仕組みである。銀行からの融資は銀行が集めた預金に金利が上乗せされている。当然、大手銀行の個人向けローンの金利のほうが安く、個人顧客は住専でなく銀行から借りるようになる。顧客を奪われた住専は、不動産融資など、事業融資にのめり込んで行ったのだ。

八〇年代後半のバブル期は金利も低く、住専各社はこの不動産融資で事業を急拡大させた。イトマンを経営危機に追い込むひとつの要因になった九〇年四月からの不動産融資総量規制で、バブル崩壊が決定的になるが、総量規制の実施後も住専各社の不動産向け融資はしばらくの間拡大を続けた。ノンバンクのなかで住専各社だけが不動産融資規制の対象外だったからだ。資金繰りに窮した不動産会社が住専各社に駆け込んだ。

しかし、総量規制に続き、地価税も導入され、土地神話は完全に崩壊した。そうなると、湯水のごとく不動産融資を続けていた住専各社の経営も、行き詰まることになる。担保とした土地の価格がどんどん下がるのだから、担保不足が大きくなり、不良債権が累増する。九一年暮れからは住専各社の経営悪化が顕在化、融資残高の維持や支援融資といった再建策が打ち出されたがそれでも再建の道筋は見えず、九二年夏からは株式市場で最大手の日住金の経営危機説が流れ、九三年二月には期間一〇年という長期間の金利の大幅減免を柱とする再建案が決まった。五月までにこの日住金方式をモデルに、住総、地銀生保住宅ローン、総合住金、第一住金、日本ハウジングローン、住宅ローンサービスの再建計画を決定した。しかし、「再建案は弥縫策に過ぎず、住専各社が破綻するのは時間の問題」との見方が常識になっていた。

住専各社はノンバンクなので預金の取り入れはしていない。資金は金融機関からの借り入れなので、金融機関が返せといわない限り、破綻することはない。

金融機関の場合は、破綻すれば預金者が動揺して金融システム不安を起こすので処理には慎重を要する。しかし、住専各社は破綻しても影響を受けるのが金融機関だけで、金融システム不安には直結しない、というのが通説だった。

しかし、私はそうは考えていなかった。放置を続ければ不良債権が増え続け、住専に融資している金融機関の破綻に直結する恐れが出てくるからだ。要するに、借金の塊である住専は金融機関と事実上同じで、いつまでも処理を先送りできないのだ。

当局もそうした判断で、大蔵省が想定していたのは、兵庫銀、木津信組の処理にメドをつけ、その次に処理するというシナリオだった。

住専各社の処理は金融システム不安とは別にものすごく難しい問題があった。だからこそ、当局が二の足を踏み、先送りを続けた。住専各社を処理しようとすればその損失を誰が負担するのか、という問題を解決しなければならないのだ。

普通、企業が倒産するとき、その損失は債権者が被る。住専各社はその最大の債権者、つまり、最大の貸し手が農林系金融機関だった。住専八社の借入金合計は約一三兆七〇〇〇億円。うち、農協系金融機関からの借り入れは五兆五〇〇〇億円にものぼった。

農林系金融機関は原則として農協の組合員にしか貸せないうえ、審査などの貸し出しの態勢も整っていない。集めた預金は債券投資やマネーマーケットで運用するほかない。八〇年一〇月、当時の鈴木内閣は住専にも貸し出せるように規制を取り払った。特に、円高対策で低金利になったバブル期は債券投資などでの運用では利ザヤが稼げず、住専向け融資に傾斜していったのだ。しかし、その貸し出しが焦げ付くとなると、体力の弱い農林系金融機関には大打撃になる。場合によっては破綻する懸念すら出て、預金者の動揺を招く公算が大きかった。そこで、住専処理に当たって、農林系とその庇護者である農水省、農林族の政治家たちは「住専処理は母体行の責任でやれ」(母体行責任)と主張し始めたのである。

そもそも、住専八社には設立時に母体になった金融機関がある。大手銀行に代わって個人向け住宅ローンを手がけるねらいだったからで、それが「母体行」だ。都市銀行が母体の住専が二社、長信銀母体が二社、信託銀行、地銀・生保、第二地銀、農林系がそれぞれ一社あった。八社のうち「協同住宅ローン」は母体も貸し手も農林系金融機関で問題にならなかったが、七社は母体が農林系でないのに、貸し手の最大手は農林系だった。農林系金融機関の預金者を守るには、住専処理の負担を母体行に押し付ける必要があったのだ。

これに対し、都銀などの大手銀行は「母体行は住専各社の株主に過ぎない。株主としての責任を超えて損失を負担することはできない」と主張した。普通ならこの母体行の言い分が通るはずだが、政治の世界では通用しない。自民党にとって農業部門は重要な票田であり、自民党が農林系の言い分に与したのである。

こうした複雑に入り組んだパズルを解きほぐすのは隘路《あいろ》を歩むに等しいが、九五年末には決着をつけなければいけない情勢になっていた。日本の不良債権問題の象徴として「ジューセン」は英語になっており、海外からもその決着が注目されていた。

九五年九月二五日、私は自分がスクープした三菱銀行と東京銀行の合併の経緯について講演するため大阪に出張した。一泊して、東京に戻ったのが二六日午後二時前だった。地下鉄丸ノ内線に乗り換えるため、東京駅の地下ホームに降りたとき、売店に積み上げられた夕刊紙の巨大な活字が目に飛び込んできた。

「大和銀」「巨額損失」――。

ぎょっとした。「大和銀行」にも「巨額損失」にもまったく思い当たることがない。

「これはまた、大変なことが起きたに違いない」

一駅先の大手町駅で降りると、駆け足で本社三階の編集局に向かった。

〈大和銀、一一〇〇億円の損失〉

夕刊を手に取ると、白抜き横カットの大見出しが踊っていた。

〈大和銀行の藤田彬頭取は二六日、大阪市内で緊急に記者会見し、同行ニューヨーク支店の証券売買・管理責任者が米国債投資の失敗による損失を隠蔽するために保有有価証券を無断で売却し、約一一億ドル（約一千百億円）の損失を被ったことを明らかにした。同行はこれを特別損失として九五年九月中間期で一括処理するが、業務純益や有価証券、不動産の売却益を計上することで中間期の最終利益は当初予想七十億円を確保できるとしている。／損失は、同行ニューヨーク支店のエグゼクティブ・バイス・プレジデントとして米国債の売買・管理を統括していた井口俊英氏が八四年から一一年間にわたり、簿外で無断売買して生じた損失を同行保有の投資有価証券を売却することで穴埋めしていたことが原因。井口氏は取引確認書の隠匿や有価証券残高証明の偽造により、損失を隠していた〉

大和銀行が大きなダメージを受けるのは確実だった。

一一〇〇億円という損失額自体は、当時の大和銀行にとってそれほど大変な金額ではない。株式の含み益が相当あり、処理すること自体は難しくなかった。しかし、日本の金融システムに対する信認が揺らいでいる最中で、タイミングが悪かった。

しかもその後、この損失事件の米当局への報告の遅れ、虚偽報告など、大和銀行の対応のまずさが次から次へと明らかになり、米金融当局から一一月二日に「九〇日以内に米国の業務から完全に撤退せよ」という処分を受けた。大和銀行は信用不安回避のため住友銀行と合併含みの提携に踏み切り、米国での業務を住友に引き継ぐ事態に追い込まれた。

この大和銀行事件は、住専処理にも少なからず影響を与えた。

兵庫銀、木津信組の処理で男を上げた西村銀行局長が大和銀行事件では危機管理能力の欠如を露呈してしまい、批判の矢面に立たされたのだ。寺村信行氏の後任として銀行局長に就いたのは九四年七月。この年暮れの二信組問題を皮切りに、西村局長は日々、経験したことのない事態に直面し難しい舵取りを強いられた。兵庫銀、木津信組をソフトランディングさせることに神経を集中させている状況で、新たに発生した重大事件にも機敏に反応するなどという芸当は、至難の業だ。

しかし、当局の責任者に言い訳は許されない。

西村局長は八月八日に大和銀行から事件の報告を受けていたのに、米国の当局が報告を受けたのは九月一八日で、一ヵ月以上放置していたのである。その対応のまずさが住専処理策に大きな影響を与えた。

人を貶めて自らの欲望を実現させるのが政治だ。住専処理策を巡る母体行対農林系という対立の構図は大蔵省対農水省という対立の構図でもあった。農水省には自民党に農水族という強力な応援団がいる一方で、大蔵省には逆風が吹いていた。二信組破綻での公的資金の投入で世論の猛反発を受け、それに、今度の大和銀行事件での不手際である。さらに、二信組絡みで田谷廣明、中島義雄の両キャリア官僚の不祥事もあり、旗色は悪かった。

すったもんだの末に決まった住専処理策は、農林系金融機関救済のために六八五〇億円の財政資金（公的資金）を投入するというものだった。いくら住専各社が金融機関でないといっても、その損失負担で農林系金融機関が破綻する事態になれば、金融システム不安につながる。それを避けるには公的資金の投入が必要だ、と大蔵省は判断したのだ。

処理策は、受け皿として「住宅金融債権管理機構」を九六年四月にも発足させ、そこに住専七社の債権債務を移管し、その際に発生する損失（一次損失）六兆四一〇〇億円は設立母体の金融機関が三兆五〇〇〇億円、母体以外の一般金融機関が一兆七〇〇〇億円をそれぞれ債権放棄し、農林系金融機関は五三〇〇億円を管理機構に贈与する形で負担するという仕組みだった。しかし、それでは六八〇〇億円不足するので、九六年度予算の一般会計から補助金として拠出するとともに、業務拡大に備え預金保険機構への五〇億円の追加出資を盛り込んだ。住専から引き継いだ不良債権は管理機構が回収に当たることになったが、損失処理を先送りした回収不能の懸念のある債権が一兆二〇〇〇億円もあり、多額の二次損失が発生する可能性があった。

予算を編成し、成立させる——。

それが経済運営を担う政権与党にとって最も大事な仕事である。自らの編成した予算が成立しないうちに、首相が辞任することはよほどのことがない限りありえない。たとえば、リクルート事件で竹下登首相が八九年四月に辞任したが、予算成立を待ってだった。

ところが、年が明けた九六年一月五日、社会党委員長の村山富市首相が突然退陣を表明し、橋本龍太郎自民党総裁が首相に就任、一月一一日に橋本内閣が発足することになった。新蔵相には社会党書記長の久保亘氏が就任した。年末の二九日には武村蔵相によって篠沢恭助大蔵次官が更迭され、新次官に小川是国税庁長官が昇格していた。九六年度予算の編成に当たった村山首相、武村蔵相、篠沢大蔵次官が全員辞任し、予算審議には橋本首相、久保蔵相、小川次官が当たるという異例の事態になった。

村山首相はなぜ突然辞任を表明したのか、憶測を呼んだ。

私には「住専処理策が最大の理由だ」と思えた。

社会党は長年、野党として政権与党を追及する立場にあった。住専処理策で公的資金を投入することは、野党の立場なら格好の材料だ。ところが、攻守を変えて首相の座に留まれば、公的資金投入の正当性を主張しなければならない。村山首相は、自らの過去の発言との整合性がとれなくなると思ったのかもしれない。しかし、首相として「金融危機回避には公的資金の投入が不可避だ」と判断したのなら、堂々と国民に公的資金投入の必要性を訴え、理解を求めるべきで、それをせずに辞任するのは、敵前逃亡以外の何ものでもない。無責任きわまりない。そんなか、九五年秋くらいから、日本経済は少しずつ持ち直し始めた。九月八日に日本銀行が公定歩合を〇・五％引き下げ、史上最低の年〇・五％とし、政府も九月二〇日に総事業費一四兆二二〇〇億円と史上最大の経済対策を決定、為替相場も一ドル＝一〇〇円台に戻り、景気の底割れは避けられ、再び回復を探る動きとなった。

その流れは九六年に入っても続いた。公共投資、民間住宅建設が景気を牽引したのだ。住専処理策を盛り込んだ九六年度予算は五月一〇日に成立し、住専処理法案と預金保険法改正案など金融関連六法案も六月一八日午後の参院本会議で与党三党などの賛成多数で可決成立、六八五〇億円の財政資金の支出が可能となった。七月二六日には住専七社の巨額不良債権を引き継ぐ「住宅金融債権管理機構」が発足した。夏にかけ病原性大腸菌「０１５７」騒動による個人消費の低迷で景気は足踏み状態となったものの、秋以降は乗用車販売、百貨店売上高の復調、円安傾向による外需の好転などから明るさを取りもどした。一〇月二〇日には初の小選挙区比例代表並立制による衆議院総選挙で、橋本首相は「将来にツケを回すな。消費税の二％引き上げはやる」と公言、衆院選挙を戦った。

その結果、自民党は過半数には届かなかったが議席増の復調を果たし、第二次橋本内閣が発足した。蔵相も久保亘氏から自民党の三塚博氏に交代。九七年四月一日からの消費税の二%引き上げは既定路線となった。それに気をよくしたのか、橋本首相は一一月七日に談話を発表、政治、行政、経済、社会の「変革と創造」を新内閣の使命と位置付け、(1)省庁再編を柱とする行政改革(2)経済の基礎となる金融システム改革(3)経済構造改革(4)財政構造改革(5)質の高い社会保障・福祉政策——を優先課題として取り組む決意を明らかにした。いわゆる「五大改革」である。

一一月一一日、橋本首相は三塚蔵相と松浦功法相を官邸に呼び、銀行、証券、保険会社の相互参入促進や株式売買の手数料自由化など金融分野全般にわたる規制緩和策「わが国金融システムの改革」を二〇〇一年までに実施するよう指示した。八六年、英国が「シティ」復活を目指し証券市場の改革に取り組んだ際に「ビッグバン」という言葉が使われたのにならい、「日本版ビッグバン」と名づけた。

フリー(市場原理で働く自由な市場)、フェアー(透明で信頼できる市場)、グローバル(国際的で時代を先取りする市場)——の三原則をスローガンに空洞化し始めた日本の金融市場をニューヨーク、ロンドン並みの市場に育成するねらいだった。特に九九年の欧州統一通貨「ユーロ」誕生を念頭に橋本首相は「円がローカル・カレンシー(地域通貨)ではいけない」と強調、一二〇〇兆円の個人貯蓄を十分活用できるよう東京市場を活性化する必要があると訴えた。

「日本版ビッグバン」の掲げる目標は間違っていない。

二一世紀の高齢化社会で日本経済が活力を保っていくためには一二〇〇兆円にも上る個人金融資産がより有利に運用される場が必要であり、これらの資金を次代の成長産業へ供給していくことも重要だ。また、日本の金融機関が国際競争力を回復するには護送船団方式といわれる日本の過保護行政からの決別も避けて通れない。

しかし、改革の実施で、金融分野の競争は激化する。まだ不良債権の処理が緒についたばかりの段階で、日本の金融機関は大改革に耐えられるのだろうか。

私は大いに疑問だと思った。その最大の理由は、「金融危機はこれからが本番だ」と思っていたからだ。

確かに、小規模なものはともかく、金融機関の破綻で大きなものは九五年一二月七日の大阪信用組合、九六年五月三一日の太平洋銀行、九六年一一月二一日の阪和銀行の三件だけだった。しかし、地価の下落は続き、下げ止まる気配すらなかった。金融機関の融資は土地が担保であり、地価が下がり続ければ、不良債権も増え続ける。嵐の前の静けさのような状況だったのだ。

私の頭には一年三ヵ月前の土田正顕元銀行局長の言葉がこびりついていた。

兵庫銀と木津信組が破綻する二日前の九五年八月二八日午後三時、経団連会館の隣にある国民金融公庫本店で会った。

土田氏は銀行局長のあと、国税庁長官を経て前年七月から国民公庫副総裁に就いていた。

「もうそろそろですね」

「何が？」

「とぼけなくてもいいでしょう」

「例のとこ（兵庫銀と木津信組）か」

「そうです」

「何も聞いていないよ」

「まあ、それを聞きにきたわけじゃありません。でも、どう思いますか。兵庫銀と木津が片付けば、金融危機は収束しますか」

「どうかな。米国の八〇年代の金融危機を調べてみると、そんなに甘くないよな。最初の破綻がきてから三〜四年後に最大危機を迎えている。日本もそうなるという気がするな」

私は、次の言葉が出なかった。

資金量全米七位のコンチネンタル・イリノイ銀行の救済が八四年。最大手のバンカメリカが経営危機に陥ったのが八七年だった。日本の信用金庫や信用組合のような中小金融機関、貯蓄貸付組合（S&L）の倒産が相次いだのが八八年（二二九社倒産）、その処理策が決まったのが八九年八月。米議会がブッシュ大統領の提案による金融機関改革救済執行法（FIRREA）を可決、一〇年間に金利負担を含め一六六〇億ドルを投入することになり、ようやく危機を脱した。

「これからですか……。二信組が九四年一二月ですね。三年後なら九七年、四年後なら九八年ですね」

「そうだね。安心しちゃ駄目だよ」

土田副総裁の言葉は重いと思った。三年前まで銀行局長のポストにあって大手金融機関の経営内容を知悉しており、それをベースにその後の地価の下落などを勘案すれば、大雑把な不良債権の規模を推定できる立場にいたからだ。

もう一つ、気がかりなことがあった。

大和銀行事件をきっかけに欧米市場でジャパン・プレミアムが発生していたことである。日本の大手銀行は海外の日本企業や外国企業に融資する場合、ドル資金が必要になるが、そのドル資金はユーロ市場など国際金融市場で調達する。その際、邦銀は欧米の銀行より高い金利を要求されるようになったのだ。この上乗せ金利がジャパン・プレミアムである。銀行などが外貨を融通する国際金融市場の基準金利をＬＩＢＯＲ（ライボー、ロンドン銀行間出し手金利）というが、邦銀はＬＩＢＯＲを上回る金利で外貨を調達せざるを得なくなり、その状況が続いていた。海外の邦銀を見る眼が依然として厳しい証拠だった。

欧米だけでなく、日本のマーケットでも同じだった。大和銀行事件をきっかけに債券市場で日本債券信用銀行と日本長期信用銀行の利付金融債が売り込まれ、九五年一一月一三日には日本債券信用銀行の利金債が臨時気配銘柄に指定され、日本興業銀行と日長銀、日債銀の利金債に利回り格差が生まれることになった。長信銀三行はそれまで、同じ利回りの利金債を発行していたが、日債銀と日長銀は興銀より高い金利で資金調達せざるをえなくなったのだ。

マーケットは怖い。金融機関が一つ破綻すれば、「次はどこだ」となる。人為的にコントロールすることはできないのだ。

危ない銀行は、兵庫銀で終わりではなかった。第二地銀では徳陽シティ銀行、福徳銀行など、地銀では大阪銀行など、大手銀行でも日債銀、都銀の北海道拓殖銀行などの名前がマーケットでたびたび取り沙汰された。いずれも、ノンバンクを通じて不動産向け融資を拡大させた金融機関である。こうした危ない銀行の経営状況は改善するどころか、悪化の一途を辿っていた。

金融システムの抱える爆弾は増え続け、ひとつの爆弾が破裂すれば、次から次に炸裂しかねない状況だった。要するに、九六年は台風の目のなかにあったようなものなのである。

だが、日経新聞社内では橋本首相の「日本版ビッグバン」を支持するムードが充満しており、私が自分の抱く危惧を主張すれば、守旧派とレッテルを貼られるムードだった。

私は、「黙っているほかない」と考えていた。

4　モラトリアムの狭間

九七年三月、私は四年間担当していた金融グループの責任者を外れ、経済部次長としてデスク業務だけやればよいことになった。平田保雄経済部長は編集局総務に就き、後任の経済部長には平田氏の三年下（七二年入社）の斎藤史郎秘書室長が就き、経済部内の体制を変えたためだ。

私は内心ほっとした。デスク業務だけでいいなら、当番の日の紙面を大過なく作成すればよい。

「これで自分を偽らずに済む……」

「日本版ビッグバン」へ向けた検討は予定通り進み、六月一三日には金融制度調査会、証券取引審議会、保険審議会が「日本版ビッグバン」の実現を目指す報告書を三塚蔵相に提出した。業務の垣根の撤廃、金融商品の販売自由化などを打ち出し、〇一年までに東京市場の自由化を完了すると謳い上げたのだ。

九七年は消費税率引き上げ前の駆け込み需要が加わって、三月までは個人消費が盛り上がった。しかし、四月以降は消費税率引き上げの反動、特別減税廃止などで低調になり、第2四半期は第一次石油ショック以来のマイナス成長（前期比年率▲一〇・六％）を記録した。

そんな折、大手証券会社による総会屋への利益供与事件が発覚、四大証券、第一勧業銀行などのトップが相次いで逮捕された。夏にかけては七月二日のタイの通貨バーツの実質的な切り下げをきっかけに東南アジア各国で外貨流出や通貨下落が相次いだ。アジア通貨危機の勃発である。日本のアジア向け輸出に多大な影響が出るのが必至で、景況感は一段と悪化した。秋以降に株価が急落し、再び金融は風雲急を告げてきた。

一一月には、一触即発の状況になった。

一一月三日の三洋証券（会社更生法の適用申請）に始まり、一七日の北海道拓殖銀行（北洋銀行への営業譲渡）、二四日の山一証券（自主廃業）、二五日の徳陽シティ銀行（仙台銀行への営業譲渡）と、大手金融機関の破綻が相次いだ。一二月にかけては不安が不安を呼び、富士銀行や安田信託銀行などでも取り付け騒ぎに近いパニック状況になり、財務内容がいいとみられていた東京三菱銀行や郵便貯金への預金の預け替えの動きも加速した。

一二月五日、預金保険対象の金融機関の取り扱うすべての金融商品を、〇一年三月まで全額保護する方針を大蔵省が表明し、ようやく少し落ち着きを取り戻した。九八年一月六日には大蔵省が空売りの禁止など株式市場安定化策を発表、二月一六日には預金の全額保護と、金融危機時の体制整備を狙った金融安定化二法が成立。そして、三月一二日、都銀、長信銀、信託など二一行へ一兆八一五六億円の公的資金を注入した。

九四年の二信組の処理での日銀出資二〇〇億円、九五年の住専処理での財政資金六八五〇億円に続くもので、三度目の公的資金投入である。大蔵省・日銀の接待スキャンダルの最中だったが、国民の反発はなかった。年末にかけて金融パニックがもはや猶予ならないとの認識がようやくコンセンサスになったのだ。

一兆八一五六億円という金額は過去二回の合計の三倍弱になる。しかし、私には焼け石に水のようにしか思えなかった。まだ、日本債券信用銀行などの大手銀行の一部が生き残っており、少し経ったらマーケットはこうした金融機関に襲いかかるに違いない。地価と株価の下落に歯止めがかからないうえ、物価も下落して日本経済が完全なデフレ経済に突入、バブル企業だけでなく、土地神話に基づく担保価値上昇を前提にした土地本位経営を続けていた大企業にも破綻の足音が忍び寄る。

まさに出口はないように思えた。

私は自分のこれまでやってきたことは正しかったのだろうかという疑念に取り付かれるようになった。

私にとって大事だったのはスクープであった。それも、誤報というリスクを抱えながら、記事を書くことだった。リスクに挑むことが生きている証しのように感じていた。ちょっと古臭い言い方をすれば、それこそが実存主義的な生き方だと信じていた。しかし、そうした私の行動はジャーナリストとして失格ではないか、と思い出したのだ。

私は元々、サラリーマンになるために新聞記者という職業を選んだ。

私の学生時代は、全共闘運動が全盛で、全共闘にあらざれば人にあらず、というムードがあった。全共闘運動にシンパシーを感じない人間は〝ノンポリ〟と蔑《さげす》まれた。私も〝ノンポリ〟学生の一人ではあったが、当時もてはやされていたサルトルらの実存主義思想にはシンパシーを感じていた。

当時は教室などで全共闘の連中やそのシンパが自分たちの主張の正しさを押し付けがましく説いて回っていた。そんなとき、論戦を挑むのが私だった。時には彼らの私生活と理念の乖離《かいり》を揶揄し、時には欺瞞に満ちた言動を攻撃した。すると、黙って聞いている連中の一人が近づいてきた。民青（民主青年同盟）という共産党系のセクトの男である。全共闘に敵対する私をみて民青に入れようとしたのだ。そこでも、私は時には揶揄し、時には論破してしまう。ノンポリの連中も私の激しさをみて違和感を覚えたのか、距離を置くようになった。

要するに私は、学生社会において異端者であった。

就職する段になると、ノンポリ学生たちはみな、第一希望として銀行や商社への就職を目指した。銀行や商社が駄目ならメーカーに行くという具合だった。全共闘のシンパの連中の多くも手のひらを返したように〝ノンポリ〟となり、会社訪問を始める。私はそれを傍目に見て、「あいつらとは同じにはならない」と心に決めた。

それでも、私は「自分はサラリーマンになるのが義務だ」と思い込んでいた。私の周辺は自営業者ばかりで、サラリーマンがおらず、サラリーマン社会にまったくの無知だった。就職にはコネが効くことも知らず、大学までの入試と同様に試験の成績で決まるものだと信じていた。

「自分がサラリーマンに向いていない人間である」ことも十分すぎるほどに認識していた。サラリーマンにならずに生活力を持って自由気ままに生きていくほうがどんなにか難しいのに、私は「自分にはサラリーマンとしてやっていくほうが難しい。難しいことに挑戦しなければ人間としての自己の成長はない」と、勝手に解釈していた。〝サラリーマンは気楽な稼業〟とはよく言ったもので、サラリーマンになればどんなに息苦しくても安定した生活は保障されるのだから、それを選ぶのはずっと安易な道なのだ。

しかし、それではどんなサラリーマンになればいいのか考え出すと、はたと困ってしまった。〝ノンポリ〟たちがこぞって目指す銀行や商社には行きたくなかった。銀行や商社は資本主義の象徴のように思われていて、〝ノンポリ〟であることを自ら認めるようなもので、最初から眼中になかった。都会の下町育ちで、田舎に住むのは嫌だったから、全国各地に工場のあるメーカーも気が進まなかった。

モラトリアム（猶予）――。

結局、私が選んだのは大学院に進むことだった。大学の教職員という〝サラリーマン〟なら大企業より自由にやっていけるだろうと考えたのだ。しかし、大学院に行ってすぐに「これはだめだ」とわかった。大学という組織は極めて封建的で、特殊な才能がない限り下積みを我慢しなければ助教授にすらなれないのだ。自分に特殊な才能があるとは思えないし、私のような気の短い人間には勤まらない職場だ。私は、大学の教員になる道を諦めた。

国家公務員、弁護士など、いろいろ思い浮かんだが、行き着いたのが新聞記者だった。もともと、比較的自由に働けそうな新聞記者が向いているのではないかと感じていたが、新聞社に入っても自分のやりたい分野の仕事ができるわけではないので、ためらっていた。

警察回りなど、社会部の仕事はやりたくないが、そんなわがままは通用するわけがない。結局社会部が中心の一般紙ではなく、経済ニュースを中心にしている経済紙、日経新聞社を選択した。日経なら、社会部に配属される可能性は低い。

思惑通り、社会部には配属にならなかった。産業部で企業の取材をやりたいと希望していたが、証券部という想定外の部署に配属になった。

「何だ、株屋の担当か」。当時株式投資は競馬や競輪のような博打のように見られていたので、私もその程度の認識しかなく、蔑むような気持ちを懐いていた。しかし株式市場や企業財務など証券部の担当する分野は資本主義経済の縮図といってもよく、経済の素人だった私にとって非常に勉強になり、エキサイティングな取材分野であった。特に、経済ニュースをスクープするための基礎知識を学んだ。

もうひとつ、新聞社に入社してわかったことがある。入社年次で上四、五年、下一、二年くらいには全共闘などの学生運動の経験者、シンパだった連中が多数いた。そうした連中は学生時代の活動を自慢する傾向があり、「ジャーナリストでございい」とばかりに肩で風を切って歩いている感じだった。批判精神は旺盛で、取材先の企業や官庁に対してステレオタイプの批判記事を書くのがジャーナリストの使命だと思い込んでいるフシがあった。

私にはそれが理解できなかった。転向した連中は〝黙して語らず〟であるべきなのに、厚顔無恥なのである。一般紙ならまだしも、資本主義経済の発展を目指している日経新聞社に入社すること自体が自己矛盾のはずで、酒の席などで学生運動の話になると、私は「じゃあ、なぜ日経なんかに入ったんだ」と問い詰め、嫌がられた。

ジャーナリズムは、自分の座標軸を持ち、その視点から考えるのが基本だ。何から何まで批判すればいいという安易なものではない。企業の経営戦略や政府の政策にしても正しいと思えば、それを堂々と主張すればいい。

しかし、私のような考えの記者は少数派で、サラリーマン記者としてうまくやっていくには自分の主張を声高に言うのはやめたほうがいいと感じた。

記者になって三年、四年と経るにつれ、スクープ取材の面白さに取り付かれた。ジャーナリズム精神をしまい込み、取材対象を批判するような記事は極力書くまいと決めた。それが、「全共闘崩れ」の記者たちへのアンチテーゼになると勝手に思い込んだのだ。

証券部から経済部に移り、通産省記者クラブに配属になると、岡部直明キャップから、よく「君には批判精神がない。ジャーナリストじゃない」と言われた。

私は「はい、はい」と言ってやり過ごし、まったく痛痒を感じなかった。記者クラブから出稿する記事のメニューを作り、原稿をチェックしてデスクに出すのがキャップの主な仕事だ。岡部キャップの行動を観察していて、気づいたことがあった。とにかく、デスクの指示に反論せず、常に低姿勢、唯々諾々なのである。岡部キャップは説教する記事が得意の記者で、外に向かっては大きく吼える。しかし、一歩中に入ると、主人（上司）には従順になる。私は口には出さなかったものの、その批判精神はまやかしだと見ていた。

私はスクープ取材に集中し、批判精神を振りかざすような記事は書かなかった。

「あいつは取材先に丸め込まれやすい記者だ」

と陰口も叩かれ、一面で長期に連載する企画記事の取材班などのメンバーに選ばれることはなかったが、構わなかった。取材班に加わって、記事の主張が自分の座標軸と合わなければ、上司と衝突することになる。それを避けるには、むしろ入らないほうがいい。

スクープ取材をするには転勤せず東京にいるのが一番だ。それには上司との決定的なトラブルは避けねばならない。スクープの種は常に三つや四つ持っていた。一年に一回くらいはスクープをものにする自信もあった。実際、記者になって一〇年目くらいからは、年に一回のペースで編集局長賞か社長賞に該当するスクープをものにしていた。

イトマン事件を手掛ける二年少し前の八七年一二月初め、私をシンガポール支局に転出させる人事が決まりかけた。決定の直前に経済部から国際総部に転出していた平田保雄次長に呼ばれた。彼がどんな思惑だったのかは知らないが、私にとってはありがたい情報だった。

「君はシンガポール特派員を希望しているのか」

「いや、別に希望していません」

「でも、そういう方向になっているぞ。ニューヨークとかワシントンならいいけど、シンガポールじゃ、行っても仕方ないぞ。どうするつもりなんだ。君はまだ日本でやりたいことがあるんじゃないか」

「……………」

「行きたくなければはっきり言わなきゃ駄目だぞ」

「はい、シンガポールに行きたいとは言ったことはありません」

当時、私は大蔵省記者クラブのキャップだったが、デスクとの関係がギクシャクしていた。だから、「シンガポールに行ってもいいかな」という気持ちもなくはなかったが、一～二年、東京にいて取材すればものにできそうなスクープの種が複数あり、取材を続けたいという気持ちも強かった。平田次長の思惑が何であれ、人事の話を事前に伝える狙いは「シンガポール行きを拒否しろ」というメッセージの示唆だろう。

翌日、特派員人事の責任者である市岡揚一郎国際総部長に有楽町にある日本外国特派員協会に呼ばれた。平田次長と経済部筆頭デスクの野々村泰彦次長も同席した。

「君は本当にシンガポール特派員になりたいって希望しているんだな」

市岡部長が切り出した。

「いいえ、希望していません」

「おい、野々村君、希望していないと言っているぞ」

「経済部としてはシンガポールにうちの部から記者を出したいと考えています。それに大塚君が適任だろうということです。人事には希望とかは関係ないでしょう」

「いや、海外は国内と違うから、希望していない奴を出すわけにはいかない」

「……………」

「じゃ、この話はなかったことにする。いいな。野々村君」

「はい、わかりました」

話はこれで終わり、三〇分ほど雑談して帰った。帰り道、私は「これで、また上司に嫌われる材料が増えたな」と思ったが、スクープ取材を続ける意欲も湧いてきた。

かくして転勤することなく、それから一〇年東京に居続け、スクープ取材に取り組んだが、三菱銀行と東京銀行の合併をスクープした九五年春以降は、自分の力の限界を感じ始めていた。

デスクをやりながらの取材ではどうしても無理があるのだ。他のデスクと同じようにローテーションをこなしてその合間に取材をするのだから、記者時代の四分の一くらいしか取材時間はない。三菱・東京の合併は話し合いが九一年秋から始まっていたので、十分に蓄積があった。しかし、これから何年か後に起きるだろう案件をグランドデザインして取材することは物理的に難しい状況になっていた。

しかも、金融システムの病巣は深く、相次ぐ〝治療ミス〟も重なり、この先どうなるかグランドデザインすら描けない。スクープの種は枯渇した。

デスク業を離れ、「編集委員」という一記者に戻る気にもなれなかった。種を発掘するにはデスクを辞める以外にないが、怠け者の私が六〇歳、七〇歳までスクープを追い続けることはできないような気がしていた。

時折、「自分はこれから先、どうしたらいいのか」という思いが頭を過《よ》ぎるようになった。私のような嫌われ者でも、実績を考えればそう粗末に扱うことはできないだろう。いずれは部長、編集局次長くらいにはなり、その後は関連会社の役員くらいにはなれるかもしれない。だが、まだ先は長いのだ。人生一寸先は闇ではあるが、八〇歳くらいまでは生きると思わねばならない。私は五〇歳を目前にして再びモラトリアム状態に陥った。

九八年三月一日、千葉支局長として初めて転勤する辞令が出た。

千葉支局はオアシスだった。

千葉支局は首都圏経済面一ページを作る。若い記者が二人いて、東京の編集局のデスクと連絡を取りながら記事を出稿する。支局長はその出来上がった紙面をチェックし、ミスがあったりすれば責任を取る。それが基本である。若い記者の取材の仕方などの相談に乗り、不満を持ったりしないように労務管理的なことはするが、人事評価する権限はない。むしろ、県知事、市長、地元経済界のトップや大企業の支店長らと付き合いを深めることを期待されている。

朝日新聞や読売新聞の支局には三〇人以上の記者がいるが、日経はその一〇分の一以下なので、抜いた、抜かれた、という競争をする必要はない。そういうなかで記者にどうモラルを持たせるか。飴がたくさん用意されていた。その一つがカラ出張だった。支局の記者は時間外手当が東京の編集局の記者より月五万円くらい少ない。その分、カラ出張で補塡する慣行があった。信じがたいことだが、それが日経新聞社の経営陣の現実であった。

私は支局勤務が初めてだったので最初は少し戸惑ったが、すぐに慣れた。記者、デスク時代の仕事を考えればまったく暇なポストなのである。元来、怠け者の私にはうってつけだった。時間があれば色々なことを考える。バブル崩壊後の日本経済の蹉跌の原因、ジャーナリズムのあり方、日経新聞社のこと……。

バブル崩壊後の日本経済の蹉跌の原因を考えると、ため息ばかりが出た。五五年体制の崩壊、政治の混迷など、複合的な要因があったが、もし、日経新聞が大衆迎合的に主張を行き当たりばったりで変えずに、理念なり哲学なりを持って紙面を作っていれば、もう少し早く日本経済を立ち直らせることができたと思えてならなかった。

九〇年以降の経済政策の迷走の結果、多くのサラリーマンたちが人生設計を狂わせ、苦しみもがいている。その責任は政治家、官僚、企業経営者だけに帰属するものではない。経済を専門とする日経新聞の責任も重い。しかも、この間、私は記者、デスクとしてその最前線にいた。意図してスクープだけを追い、ジャーナリストとしての自覚に欠けていたのは紛れもない事実である。

金融機関の苦境は、バブルに踊った結果の自業自得であり、それを助ける必要はないという考え方もある。しかし、金融機関の破綻を放置した結果、多くの人々の不幸を招くことになるなら、それを避ける方途を考えるべきではないか。

公的資金問題とはそういう問題であった。

経済を中心とした言論報道機関であるなら、後者を選ぶべきではないか。期待されているのは経済的な破綻を惹起することではなく、国民を経済的に豊かにする方向で言論を展開することであるはずだ。仮にそれがその時点で少数派であっても、その主張の正しさは歴史が証明してくれるはずだ。

日経新聞の社説をみると、そのいい加減さがよくわかる。九二年夏の公的資金論議の際には公的資金の投入を認めるような素振りを見せながら、矛盾に満ちた条件を幾つもつけ、事実上の投入反対を主張したことはすでに紹介したが、九四年一二月の東京協和、安全の二信組処理に伴う日銀出資については〈金融システム不安を防ぎ、預金者を保護するための緊急避難策としてやむを得ないだろう〉（一二月一〇日付社説）と容認し、その後も〈破たん前の段階でも公的資金を含めて早期解決を目指すというのは金融システムの不安を解消するうえで避けられない選択だろう〉（九五年九月二八日付社説）と、公的資金の投入論を推し進めた。

ところが、住専処理策が決まると豹変する。九五年一二月二〇日付社説では〈金融システムを安定させ預金者を保護するためには最終的には公的資金の投入は避けられない〉としながらも、〈住専問題は破産処理手続きによる法的処理〉を主張、農林系金融機関の救済になる投入には反対する姿勢を鮮明にした。

法的処理では農林系が破綻して預金者保護ができなくなる。それなのに、預金者は保護すべきだが、農林系の救済はいけないという。支離滅裂なのである。

その後も、日経社説は折に触れ公的資金問題を取り上げたが、ワンパターンのように「公的資金の投入は避けられない」としつつ、よくわからない条件を付けた。その条件とは金融行政を失敗した大蔵省に責任を取れ、というもので、どうやら、大蔵省の解体をせよ、そうすれば、公的資金の投入を認める、と言いたいようなのである。大蔵省が解体されるとどうして責任を取ったことになるのか、まったくわからない。要するに、公的資金の投入容認に対する国民のアレルギーに迎合するため当時の大蔵官僚バッシングに便乗しただけなのだ。

日経の社説は九七年暮れのパニックで、再び、驚くべき豹変をする。一二月一日の社説で、見出しは〈『公的資金』決断こそ経済安定策〉であった。

〈もともと、これだけ巨額な不良債権の処理は、公的資金なしには不可能である。加えて、最近は金融市場の動揺と信用収縮が顕著になってきた。野党各党も、現在の金融危機とそれが及ぼす経済危機を直視すべきだ。……野党にも公的資金の導入に反対する資格はない。それは無責任である。第一に、公的資金なしには現在の金融デフレが是正できず経済全体の危機をもたらすからである。第二には、野党の一部は、五五年体制崩壊のあと政権を担当したが、その当時から重要課題であった不良債権処理を怠ったからである。このいわば過去の「敗戦処理」の先送りが、今日いっそう深刻な危機を招いているという実態を野党は直視しなければならない。過去の処理なしに未来へむけての日本の改革は進まない〉

要するに、無条件で公的資金を投入しろ、と主張しているのだ。

四日前の一一月二七日付社説では〈金融システム安定は経済再生のカギを握る。財政資金導入はその切り札だ〉と主張しながら、やはり四つの条件をつけている。第一は〈財政資金投入は金融機関救済ではなく預金者保護に限定することだ。対象となる金融機関は市場から退場する〉、第二は〈責任の明確化だ。経営責任が徹底して追及されるのはもちろん行政、政治責任も問われる〉、第三は〈情報公開の強化である。金融機関は経営情報の開示に努め不良債権の実態を明らかにすべきだ〉、第四は〈裁量行政によらず透明なルールに基づく処理が条件だ〉。

わずか四日で、これら四条件がすべてなくなってしまったのである。

日経新聞の矛盾だらけの言論は社会正義という美名のもとに展開されはしたが、その現実は極めて動機不純なものであった。上司に取り入りたい、変人扱いされたくない、等々。

私自身、日本経済が泥沼にはまり込むのをただ見殺しにしただけではなかったのか。

この一〇年、「既存のシステムをぶち壊さなければ、新しく生まれ変わることはできない」という意見をよく聞いた。確かに、腐敗した企業組織ではそうだろう。しかし、こと金融システムの場合はそうはいかないのではないか。日本の金融機関は国際競争力を完全に失い、既存の金融システムは破壊されてしまった。そのために三〇兆円を超す公的資金を使って金融システムを安定化させることを余儀なくされた。国民は高給取りの銀行員に対する嫉妬や恨みを晴らし、すかっとしたかもしれないが、後世に残されたツケはあまりにも大きい。

もし宮沢首相にもう少し勇気があったら、こんなことにはならなかった。少なくとも、金融システム安定に必要な公的資金はこれほどの巨額にならなくて済んだ。

一方マスコミの側も、信念なり理念があって論陣を張っていたのならいいが、世論迎合的な言論を展開しただけだったとすればその責任は宮沢首相に比肩するほど重い――。

そんなことを考えながら、私は千葉から日本の動きを見つめていた。

5　カメレオン

私が千葉支局に勤務した九八年三月から〇一年二月までの三年間はまさに金融機関の破綻と再編の嵐のなかにあった。

九八年の日本経済は景気後退が続いた。実質国内総生産は九七年一〇―一二月期から各四半期が前年同期比マイナスとなった。「国内需要の低迷↓企業収益の悪化↓生産・雇用の縮小↓

家計所得の減少→個人消費の減少」という悪循環が続き、企業や消費者のマインドが期を追って悪化した。政府の総合経済対策や金融システム安定化策が相次いで打ち出されたものの、その効果はなかなか出なかった。

四月から予定通り金融ビッグバンがスタート、メリルリンチ、GEキャピタルなど外国の金融機関が続々と日本に参入することになった。ビッグバンで長期政権を狙ったはずの橋本首相は七月の参議院選挙で大敗して退陣に追い込まれ、七月三〇日、小渕恵三内閣が誕生した。一〇月一二日には金融安定化のために金融再生法、金融再生委員会設置法など金融再生関連四法が成立したが、金融システムの不安は続いた。一〇月二三日には日本長期信用銀行、一二月一三日には日本債券信用銀行が破綻し、一時国有化された。

九九年は二年ぶりに景気後退局面から脱出、実質経済成長率は〇・三％で九八年のマイナス二・五％からプラスに転じた。大規模公共事業や住宅ローン減税、日銀のゼロ金利政策の政策効果が下支えをした。企業収益が改善に向かい、企業の景況感も底を打った。国民銀行（四月一一日）、東京相和銀行（六月一二日）、なみはや銀行（八月七日）が破綻したが、大手銀行は一五行へ七兆四五〇〇億円の公的資金が注入された（三月一二日）こともあり、再編気運が一気に高まった。八月二〇日、日本興業銀行、第一勧業銀行、富士銀行が〇二年春の経営統合で合意したのを皮切りに、一〇月七日には東海銀行とあさひ銀行が〇一年一〇月めどに経営統合、一〇月一四日には住友銀行とさくら銀行が〇二年四月までに合併すると発表した。

編集の現場から離れると、新聞を読んでいても今まで見えなかったことが見えてくる。抜いた、抜かれた、の現場ではどうしても自分の新聞より他の新聞をよく読む。しかも、自分の責任分野に偏る。しかし、千葉支局では、じっくり読み比べることもできる。そうして、気づいたのが日経新聞の独りよがり、深刻な紙面の私物化だった。

九九年一二月二七日、月曜日。

いわゆるY2K（二〇〇〇年問題）で大騒ぎの年末だった。

私は県庁前にある支局の応接室で日経新聞をぱらぱらめくった。御用納めの前日、年末の挨拶に訪ねてくる客もなかった。一面にはろくな記事は載っていなかった。休み明けの月曜紙面だったし、予算編成も終わり、年末年始体制になっていたからなおさらだった。

一面トップは〈家電に省エネ効果表示／通産省　エアコンなど六製品〉、ワキは〈トーメン香港資本とCATV連合〉、三番手が〈森トラスト　大和SBCM　初の不動産投資顧問〉、二面のトップは〈自自公幹事長　通常国会早期召集目指す／定数削減法案　冒頭処理は不透明〉、三面のトップは〈手形取引停止処分『商工ローンが原因』急増／全体の二〇％近く〉、いずれもヒマダネだった。わずかに、三面の囲み記事〈日興証券　若手総合職　月給一律三〇万円に／賞与に成果反映〉が面白かった。

そして、一ページめくってびっくりした。五面に〈検証バブル　犯意なき過ち　第一回・宮沢喜一の一五年〉とあり、カットが眼に飛び込んできた。見出しは〈宮沢首相は悩んだ／「やはり言えなかった」〉とあった。記事は一面一〇段を埋めていた。九二年八月時点のことを取り上げていたのだ。

当時、私は証券部次長だったが、この夏場の金融危機には深く関与していて宮沢首相とまったく同じ認識を持っていた。記事に書いてあることは私が知っていることと違うことも随分あったが、基本的な方向性は同じだった。

〈問われるのは政治家としての弱さか。反対を押してでも国民に危機を知らせ、抜本策を打ち出すべきだったのか。ほかに手はなかったのか。今も考えるが、「やはり（危機を）言えなかったということですね」。明晰な宮沢はこう分析する〉

記事の最後はこう締め括られていた。

「一体、宮沢という男は何なんだ！　力のない老兵は去るべきなんだ。黙して語らずならまだいい。こんなマスコミのエクスキューズのための企画記事に登場するなんて……」

同時に、この記事が当時の日経新聞の社説、アジテーションをまったく取り上げていないことの不自然さに怒りを覚えた。確かに宮沢氏はリーダーの資格のある人間ではないが、彼が動けなかった理由の一つに日経新聞の社説があったはずだ。

その宮沢氏が九八年七月、小渕内閣の蔵相に就任、それを「平成の高橋是清」と持ち上げたのもマスコミである。私にはこんな厚顔無恥なことはできない。そこに日本社会の病理を見る思いがした。

「検証バブル　犯意なき過ち」は毎週月曜日付朝刊五面に二〇〇〇年七月三日まで一三回続いた。そして、一〇月九日付朝刊の新聞週間特集の中でこの企画記事についてこのように書いた。

〈激動を正確に伝えるニュース報道や時代を先読みする連載企画と並び、歴史を語り継ぎ、教訓を記録として残す検証企画は新聞に課されたもうひとつの使命である。昨年末から半年以上にわたり、日本経済新聞の隔週月曜日付に掲載した「検証バブル　犯意なき過ち」はこんな問題意識からスタートした。／一九八〇年代後半にみぞうの大きさに膨らんだバブルは九〇年代初めに破裂、日本経済は陶酔から失意の底に沈んだ。だが、「失われた一〇年」とされ、沈滞した空気が支配した九〇年代を含め、断片的な解説はあっても、バブルを系統的に分析し、かつ深層に迫る検証はなかった。／なぜバブルが起きたのか、なぜバブル崩壊の処理が遅れたのか。「バブル問題取材班」は昨秋以降、事実を丹念に洗い直す作業から取り組んだ。政治家や官僚など政策当局者、金融機関や企業の経営者から末端の社員……。バブルに踊った人やバブル崩壊後の判断を誤った人たちなど、当事者を改めて取材し直した。／あえて「失敗を犯そう」と思ってした人はまずいまい。「これで何とかなる」「今の状況ではこれしか手立てがない」との思いで決断をした人が大半だっただろう。なぜ仕方がないと思ったのか。その人が置かれていた立場は。その人が属した官庁や企業を支配していた論理は。取材は人々の当時の様々な思いを忠実に掘り起こした〉

唖然とした。バブル醸成、バブル崩壊の過程で、マスコミ、とりわけ日経新聞の責任への言及はどこにもなかった。〈政治家や官僚など政策当局者、金融機関や企業の経営者から末端の社員……。バブルに踊った人やバブル崩壊後の判断を誤った人たちなど、当事者を改めて取材し直した〉とあるが、最初に検証しなければならないのは自分自身のはずだ。それを避けて通るなら、本来誰の責任も問うことはできない。

私は、この企画記事を責任者として掲載した斎藤史郎経済部長の思惑を察した。

斎藤史郎経済部長は深刻に悩んだような難しい顔をするのが得意で、サラリーマン記者として優秀な男だと誰もが認める存在だった。カメレオンのように機を見るに敏でもあった。斎藤氏は経済部次長時代の九三年から九四年にかけて企画記事「官僚」を手がけ、九四年の新聞協会賞企画部門を受賞した。社内では、この企画は阿部重夫編集委員（のちに『選択』編集長）が親友の永野健二編集委員とともに主導したと見る向きが多かった。しかし、新聞協会賞を受賞したのは斎藤氏で、トップへの登竜門である、秘書室長のポストを射止めた。

「官僚」企画の狙いは突き詰めれば、日本の戦後の発展をリードした官僚たちが自己過信に陥り、それが日本の経済政策を誤らせているとし、政治主導、あるいは民間主導に日本の政治経済システムを変えるよう訴えることにあった。

その主張は一面において正鵠を射ていたと思うが、それが官僚たちをさらに事なかれ主義に追い込んでいった面があったのも否めない。

バブルからバブル崩壊に至る一五年の失敗は複合的な要因による。九二年、遅くとも九三年に金融システム安定のために大規模な公的資金を投入することを決断していれば、日本経済のあり様はまったく違ったものになっていたに違いない。当局が公的資金の投入をタブー視することになった最大の原因はマスコミが作り出した世論である。「官僚」企画もそれに一役買っていたと思わざるを得ない。

こんな独りよがりだけならまだいい。私物化といわざるを得ない記事が堂々と一面に大きなスペースを割いて載り、「いったい、編集局長はなにを考えているのだ」と思うことがあった。

特に、問題だと思ったのは「アジアの未来」というセミナーである。

「検証バブル　犯意なき過ち」が始まる半年前、九九年六月四日金曜日。

前日は終日外出していて、新聞も読んでいなかった。私は午前一〇時過ぎに支局に出社すると、ソファーに寝転んで三日付と四日付の新聞に目を通した。朝日など一般紙を読み終えて、今度は日経新聞に移った。最初に手に取ったのが三日の夕刊である。

一面トップにはこんな大見出しが載っていた。

〈『アジアの未来』国際会議開幕／エストラダ比大統領講演　東アジア共通通貨提唱／高村外相　安保強化へ日中韓など新対話枠組みを〉

「『アジアの未来』って何だろう?」

見出しだけみて『アジアの未来』という国際会議は日本政府がやっているものなのだろう、と早とちりしたのである。

だが、記事を読んでみてびっくりした。なんと、日経新聞社が主催している国際会議だった。

記事のリードは〈アジア太平洋の一一ヵ国・地域の政財界トップらが一堂に集まり、アジアの将来を討議する第五回国際交流会議『アジアの未来』(日本経済新聞社主催)が三日午前、都内のホテルオークラで開幕した〉となっていた。

「こんなことが許されるのか」

日経新聞の宣伝以外のなにものでもない。すぐに、四日付の『朝日新聞』と『読売新聞』を虱潰しにみた。エストラダ大統領の講演が記事になっているのか、調べたのだ。案の定、まったく載っていなかった。もし、エストラダ大統領の講演内容にニュース性があれば、朝日、読売も記事にする。要するに、エストラダ大統領の講演には何のニュースもなかったのである。

しかし、日経新聞はその講演を一面トップで大々的に報じている。読者を愚弄するにもほどがあると思った。

第五回国際交流会議『アジアの未来』に出席したのはエストラダ大統領だけではない。マハティール・マレーシア首相、リー・クアンユー・シンガポール上級相、グエン・タン・ズン・ベトナム第一副首相、アリ・アラタス・インドネシア外相、ウ・ウィン・アウン・ミャンマー外相、高村正彦外相などが出席者として名前を連ねていた。「経済再生の戦略と二一世紀のアジア」「危機を乗り切る経営戦略」「アジア通貨・金融安定への道筋」をテーマに講演したり、討議したりするのだ。参加費七万円で二〇〇〇人の聴衆を集めることになっているが、それだけで、会議の費用が賄えるはずもなかった。

要人の旅費や滞在費はすべて主催者持ちだろうし、要人たちは法外な講演料を取っているだろうと思った。発展途上国の首脳ならカネさえ出せばいくらでも招致できると聞いたことがあったからだ。億単位のカネがかかっているのは間違いなかった。広告宣伝費としてそれだけのカネをかけるだけの意味があるなら構わないが、とてもそうは思えなかった。

書庫に入り、縮刷版を調べてみた。

第一回は九五年五月一八日、一九日に開かれていた。一一月のＡＰＥＣ（アジア太平洋経済協力会議）大阪総会を控え、その前にアジア各国と日米の政府高官やビジネスリーダーがアジアの将来ビジョンを語り合い、二一世紀に向けてアジアがどうなっていくか探るというねらいがあったようだ。出席者にはマハティール・マレーシア首相、リー・クアンユー・シンガポール上級相、ウィンストン・ロード米国務次官補、和田一夫・国際流通グループヤオハン代表らの名前があった。

第一回から第四回までもその報道ぶりは常軌を逸していた。常に一面トップか準トップの扱いで、夕刊一面の半分くらいを埋め尽くしている。読んでいて気がついたことがあった。記事の本文の冒頭に必ず、同じくだりがあったのだ。

〈講演に先立ち開会のあいさつに立った日本経済新聞社の鶴田卓彦社長は「アジア経済全体に明るさが出てきており、危機に陥ったいくつかの国でプラス成長が見込まれるなど今年は〝再生元年〟になる」との認識を示した〉（九九年六月三日夕刊）

この件を載せんがために日経新聞社は多額のカネを投じてこの会議を開いているのではないだろうか。周年事業で一〇年に一回やるならまだしも、毎年やる会議ではないはずだ。毎年やっているとすれば、それは浪費以外の何ものでもなく、紙面はもちろん、会社の私物化といわざるを得ない。日経新聞社は相当病んでいる、と痛感した。

私はこの頃、五〇歳以降の人生をどうするか、思案し続けていた。もう、金融分野の取材をする気分にはならなかったし、この一〇年の日本経済に責任のある自分が日経新聞の編集に積極的に関与する資格はなく、日経新聞社にいる限り「黙して語らず」で行こうと考えていた。イトマン事件の「一〇〇〇万円疑惑」はのどに刺さった小骨のように残ってはいたが、疑惑を解明する手立てがあるわけではなかった。はっきりしていたのは日経新聞社で安定収入を得つつ、自分のやりたいことをやろう、ということだけだった。「自分のやりたいこと」はいろいろあったが、「これだ」というものがあったわけではなかった。

日経新聞社の病状は徐々にわかってきたが、極力、もう自分には関係のないことだと思うようにした。だから、紙面の私物化がどれほど深刻でも自らそれに異を唱えようなどとは考えなかった。自分のいる間は経営も大丈夫だろうくらいに思っていたのである。

　千葉支局にいて県内の経済界の人たちと付き合っている限り、ジャーナリストとしての責任など考える必要もなく、気楽に楽しく過ごせたこともあったし、私物化の現実を実感することもなかったので、怒りがこみ上げてくるようなこともなかった。

　しかし、そんなオアシスで過ごす日々は永遠ではなかった。

6　異常な人事

　私が千葉支局から東京の編集局に戻ったのは〇一年三月である。今度のポストは、ベンチャー市場部長だった。

　ベンチャー市場部というのは証券部とともに上場企業の業績や財務戦略などを取材するセクションである。証券部は東京証券取引所一部、二部に上場している企業をカバー、ベンチャー市場部はジャスダック、東証マザーズなどに上場している企業を担当している。九〇年代半ばからのベンチャー育成ブームにのってベンチャー企業に株式市場での資金調達をしやすくする環境整備が進み、ベンチャー企業の株式公開が急増し、それに対応する形で、できたのがベンチャー市場部だ。かつて私が所属した証券部の弟分のような存在で、部員は約二五人である。

　その担当する紙面は「ベンチャー面」「企業財務面」「マーケット面」で、部長はその紙面の責任者であり、デスク・部員の管理をするのが仕事だ。時々、一面や企業面に出稿するものの、義務的なものではなく、ボランティアのようにしか思われていない。従って、一面をどうするかが最大の関心事である日々の紙面作りからは埒外の存在である。

赴任する三日前の二月二六日、前任の中村良部長から引き継ぎを受けるため、午後一時から食事をした。中村部長から部の抱えている懸案や部員の人事評価、時間外手当の配分などについて説明を受けた。

「そうそう、大事なことを忘れていた」

一通り、説明が終わったところで、中村部長が切り出した。三月の異動で配属になる部員のことだった。

「今度の異動ではデスクを一人増員してもらうことになっていたんだけど、駄目になったんだ」

「え、駄目では困りますよ。だって、紙面が週一ページ増えるのでしょう。来年はまた一ページ追加になる予定なんでしょう」

ベンチャー市場部の担当する企業財務面一ページを作るのは水、木、金の三日間だったが、四月から火曜日が加わり、四日間になることになっていた。デスクはローテーションで回しているので、一人のデスクが月一五日程度、当番をするのが普通だった。ベンチャー市場部では月一七〜一八回の当番をこなすきつい体制で、これ以上、当番を増やすと、朝刊の当番をやって深夜に帰宅して、すぐに、夕刊の当番で出社することになる日も出てきかねない。そこで三月からデスクを一人増やし、負担を軽くすることになっていた。

「そうなんだよ。一人増やさないと困るんだ。フランクフルトから戻る植田（圭一）君を予定していたんだけど、主事から参事補に昇格しなかったんだ」

　どこの新聞社も似たり寄ったりだが、社員に資格制度が導入されていて、デスクは参事補以上という決まりだった。

「え、どうして。植田君の同期入社（八四年）はもう三年前から参事補になっているじゃない？　今年ならないと、四年も遅れることになる」

「そうなんだ。おかしいんだ。俺もよくわからない。植田君は一年間ドイツに社費留学させていたのでうちの部でキャップをやってフランクフルトの産業担当として派遣された。まじめだし、うちの部ではよくやっていたし、フランクフルトでも普通にやっていたと思うんだけどな。君も少しは知っているんだろう」

「知っていますよ。ここに異動する前、経済部に少しいましたね。三年くらいいたんじゃないかな。まじめで、ちょっと不器用だけど、一生懸命コツコツやるタイプでしたね。何でそんなに遅れるんですかね」

「一年前に産業部に戻った深山君、知っている？」

「知っているよ。彼も経済部からフランクフルトにいきましたからね。植田君の一年上の八三年入社でしたね」

「その深山と植田がよくなかったらしいという話は聞いていたけど、うちの部でデスクとして戻したいといって、欧州総局もそれを了解して昇格できるはずの評価で申請していた。それなのに、駄目だったんだ」

「何ですかね。変ですね。昇格を申請したのは今回が初めてですか」

「そんなことないよ。去年も申請したと言っていたから。とにかく、植田君がフランクフルトに出るときから変だった。本当は、深山君が九七年三月に出るとき、植田で決まりかけていたらしいんだ。経済部で金融もかじっているし、うちの部で株式市場も取材していたから、金融担当で何ら問題なかったんだ。でも、それがひっくり返った。そうしたら、半年後の九七年九月に産業担当で植田君も出すことになったんだ。国際部長に聞いてもよくわからないというんだな」

「それでどうするんですか」

「ヤミデスクの了解を取った。だから、金融新聞のデスクか、本紙でも当番が二人いるときは片割れで使えばいい」

ヤミデスクというのは、デスクの資格になっていないが、デスクの仕事をやらされる記者のことだ。私自身も財界担当記者でイトマン事件の取材をしていた九〇年春から一年間、月二、三回やらされた経験がある。要するに、デスクが当番回数を減らすためにデスク一歩手前の記者をデスクとして使うのである。植田君の場合は私と違って取材はせず、完全にデスクの当番に組み込まれる、文字通りのヤミデスクだった。

「完全にデスクのローテーションに組み込んでいいわけね」

「そうだ。でも、来年三月の人事ではなんとしても昇格させてくれよな」

「わかりましたけど、でも、何でそんな評価なのかな。この部にいたときだってそんな低い評価じゃなかったんでしょう?」

「そうだよ。当時の部長にも聞いたけど、かなり上位のランクの評価をしていたという。当時、俺もデスクで使っていたわけだから」

「フランクフルトの三年半の間に何かあったということですかね」

「よくわからない。とにかく、最優先課題でやってくれよ」


中村部長と別れて、千葉支局に戻る道すがら、植田記者のことが頭から離れなかった。

「深山君をフランクフルトに出すように動いたのは、平田保雄経済部長だ。その片棒を担いだのは俺だ。もし、植田君の昇格が極端に遅れている原因がそこにあるのだとしたら……」

当時の記憶を手繰り寄せた。

「確かに異常だった。深山のフランクフルト行きが決まったのは九六年一一月だった。その一年前に突然、平田部長に『深山にドイツ語の語学研修が決まったから手続きをするように指示してくれ』と言われたんだ。本人に言うと、深山は『希望していない』と言い張り、本当に困った顔をした。それで、時々、研修の状況を本人に聞かされたが、本人は『全然、駄目』と連発、なぜ自分がドイツ語をやることになったのか、腑に落ちない顔をし続けた。そうしたら、本当にフランクフルトに行くことになってしまった」

「あのころ、俺は『いやよ、いやよはいいのうち』くらいにしか思わなかった。でも、深山君は本当にいやだったのかもしれない。中村部長の話を聞く限り、深山君のフランクフルト行きには裏があったのかもしれない」

三月一日から、東京本社編集局三階のベンチャー市場部に出勤した。

産業新聞のデスクをやっている深山君が近くの通路を通ることが一日に一回か二回あった

が、深山君は私のところによってきて話しかけてくるようなことはなかった。私は自分のほうから声をかけて聞いてみようかな、とも思ったが、思いとどまった。

一週間経っても深山君は相変わらず一度も声をかけてこず、無関心に素通りするだけだった。もし、フランクフルト行きが本人の希望通りで喜んでいたなら、伝書鳩のような役割とはいえ、希望をかなえるのに一役買った私に一言くらいあってもいい。それがないのはやはり、本人にとってフランクフルト行きは困ったことだったのだろう。

夜、自宅に戻ると竹山敏男編集委員から電話があった。竹山編集委員は私がイトマンに止めを刺した九〇年九月一六日付記事を書いたときの経済部デスクだ。ワシントン支局、米国留学など海外経験が豊富で、特派員人事にも精通しているので、フランクフルトの駐在記者の人事がどうして決まったのか、探ってもらっていたのだ。

「やっぱり変だったらしい。誰だか知らないけど、フランクフルトは決まりだったというんだ。それを平田さんが強引に横槍を入れて深山にしてしまったというんだ。深山はドイツ語だってだめだし、英語もできない。当時、人事に関係した幹部は『なぜそうするのか、まったく理解できなかった』と訝《いぶか》しがっていたよ。平田さんはちゃんと理路整然と説明する人だよな。あのときはまったく理不尽で平田さんとも思えない行動だったんで、びっくりしたと言っている」

受話器を置いて考え込んだ。

「深山を海外支局に出す、それが絶対に必要だったのは間違いないだろう」「それなら理由は何だろう」

思い当たるのはひとつしかなかった。

「コスモ信用組合のことだ」「深山はコスモ信組の大口預金者に鶴田社長がいるという噂に絡んだ情報をメールで何度か上げてきた」「もし、何が何でもフランクフルトに出す必要があったとすればそのことしか考えられない」

植田圭一記者がフランクフルトから帰国し出社したのは人事が発令になって一週間ほど後だった。海外駐在記者は現地での引き継ぎなどがあるので、二週間くらい遅れて赴任してもいいことになっているのだ。帰国してしばらくたった三月中旬、私は植田君を食事に誘った。

神田の中華料理店に入り、ビールと料理を注文し、切り出した。

「君には申し訳ないが、ヤミデスクをやってもらう」

植田記者が出社した日にこれから一年の仕事の内容は説明していた。

「ええ、わかっています」

「今日は、来年のこともあるので、率直に君の話を聞いておかないといけないと思ってね」

植田記者は黙ったままだった。

「あのね。前任の中村部長も君がどうして昇格しなかったのか、わからないと言っている。君に何か思い当たることはないか」

「さあ」と言って植田記者は考え込んだ。

「君がフランクフルトにいる間の評価が極端に低かったとしか考えられないんだ。中村部長は留学する前にこの部にいたときの評価は上位になっていたと言っている。それに、この一年の評価は普通以上になっている。中村部長が国際部や欧州総局と連絡を取りながら君をデスクで迎えられるように根回しもしていたようだ。それなのに、昇格しなかった。だから、何が原因かわからないというんだ」

「……。どんな評価を受けていたのか、わかりません」

「君がフランクフルトに赴任したのは九七年九月からだね。三年半駐在したわけだけど、最初の二年半が問題なんだと思う。何か思い当たることはないかな」

「どんな評価なのか聞いたことがありませんからね。自分としてはちゃんとやっていたと思っていましたけど、仕方ないですよ」

「九七年三月にフランクフルト駐在記者として赴任する話があったというのは本当なのか」

「そんなような話は聞いていました」

「でも、そうならなかったわけだけど、なぜ、駄目だったか、知っている?」

「知りません」

「フランクフルトの駐在記者は二人だよね。一人が産業系、もう一人が証券・金融系だよ。九七年三月は証券・金融系の記者がボンに移るので、その後任ということだったよね」

「そうですね」

「君は経済部で金融も少しかじっているし、この部で証券やマーケットの仕事もこなしている。君じゃなくて、代わりに派遣された深山君は経済部にも四年いたけど、産業部の長い記者だよ。証券・金融系の後任なら君のほうがいいわけだよね。ドイツ語だってできるんだし……。それなのに、君は産業系の駐在記者の後任に半年遅れでなったわけだよね。常識的には逆だよね。深山君はドイツ語ができないんだから、逆なら彼に半年余分にドイツ語の勉強をさせられる。どうして君でなく、深山君だったのか、思い当たることはないかね」

「そう言われればそうかもしれませんが、僕はその辺の事情はわかりません」

「そうか。それじゃ仕方ないな。どっちにしても、来年はちゃんと昇格できるようにできるだけのことはするよ。なぜ、君が忌避されているのか、知っておく必要はある。何か思い当たることがあったら話してくれよ」


植田君から話を聞いた数日後、竹山編集委員に飲みに誘われた。千葉支局から戻った私の歓迎会という名目だった。ひとしきり九〇年九月一六日付朝刊のイトマン事件の報道についての文句を言われたあと、思い出したように声をひそめていうのである。

「おい、深山って奴、ひどい奴だぞ」

「なんで？」

「あのな、深山は鶴田社長がコスモ信組に高利預金をしているという情報で、脅していたっていうんだ。それで、フランクフルトに出たらしいぞ」

「え、誰が言っているんですか」

「それは言えない。でも、深山ってメモ魔なんだろ？」

「そういえば、日銀クラブにいたときパソコンに膨大なメモを溜めていましたね」

「そう、そのメモを見たっていう奴から聞いたんだ」

「え、どこで？」

「フランクフルトでだと思うよ」

「竹山さん、それは違うね。あいつ、ドイツ語が全然できないんだよ。英語だってだめだよ。実際に、本人は嫌だ、嫌だって言っていたんだから。それから、コスモ信組の高利預金の取材はしていたけど、事実関係がどうかというより他紙の動きをフォローしていた感じで、純粋に会社のためと考えて動いていたように思いますよ」

「そうかな。まあいいや」

このとき、すべてが読めたような気がした。

深山記者をフランクフルトに転出させる人事の狙いはコスモ信組の「高利預金疑惑」の隠蔽にあった。それを正当化するために植田記者の昇格を意図的に遅らせ、評価の極めて低い記者に仕立て上げたのではないか——。

植田記者は飛び切り優秀というわけではないが、それほどダメな記者でもない。あえていえば平均レベルだろう。同期トップが五年で参事補に昇格するなら、第三選抜くらいで昇格して当然なのだ。しかし、そうしてしまっては深山記者との差別化ができない。深山記者も植田記者同様に記者としての実力は普通レベルだ。植田記者より一年上の深山記者は第二選抜で昇格している。

差別化するにはどうすればいいのか。二ランク以上評価の低い第四選抜か第五選抜にしてしまえばいい。そうすれば、植田記者に決まりかけていた人事をひっくり返して深山記者をフランクフルトに送り込んだ人事権者の判断を正当化できるし、体面も保てる。後々、誰かが人事を問題にするようなことがあっても、

「植田君の評価はどうなんだ。深山君より全然低いじゃないか。確かに深山君は英語もドイツ語もできないが、うちは海外には語学だけの記者は出さないんだ」

と言い訳することができる。人事の異常さを感じていた者達も反論できない。

ここまで考えて、私は、「まったく空恐ろしい連中だ」と思った。自分たちの邪な人事を正当化するためなら、一人の記者の人生などどうでもよいのだ。


私がベンチャー市場部に来て一ヵ月半余りたった四月一七日、火曜日である。出社する電車の中吊り広告をみて、びっくりした。『週刊朝日』四月二七日号の中吊り広告に「日経新聞の恐怖人事」という大見出しが載っていたのだ。

私は電車を降りると、キヨスクで『週刊朝日』を買った。そのまま駅のベンチに座り、ページをめくった。

記事は与党三党の緊急経済対策を批判した社説が鶴田社長の逆鱗に触れ、書いたA論説委員が日経産業消費研究所の主席研究員に飛ばされたというのだ。A論説委員が誰なのかは、日経の記者なら記事を読めばすぐにわかる。佐野正人論説委員である。佐野論説委員は税制に精通した記者で、経済部の編集委員も兼務している。

出社するとすぐに九階の資料室に上がり、三月一〇日付の社説を読んだ。

〈森政権末期のどさくさに紛れて、何でもありの対策をまとめて出してきた。与党三党の緊急経済対策を拝見しての率直な印象である。／与党が政府に対し経済の難局を克服する手だての実行を「緊急経済対策」として迫る場面はこれまでにも何度かあった。デフレ懸念の広がりや株価の落ち込み、銀行決算への影響が憂慮される現在の状況で同じ行動に出たこと自体は理解できるとしても、今度の経済対策はいくつかの点でやはり異例である。／いかにも急造りだというのが第一点。えひめ丸の沈没事故時の対応などの相次ぐ失態や株価急落で森喜朗首相が追い詰められたあたりから「緊急経済対策」が急浮上した。政権の延命策に使ったとの見方がつきまとう。政府との意見調整や党内での論議を重ねた形跡もなく、立案のプロセスが不明である。／内容も粗雑なところがある。一時的な損失隠しに過ぎない株式買い上げ機構の設立や中小金融機関に対する金融検査の弾力化を堂々と主張するのは、責任与党とも思えない。／売り物にしている証券税制の軽減も十分な検討を積んだのかどうか疑問である。株式譲渡益課税や配当課税を現在の半分程度にし、しかも株式にかかる相続税まで半分にするという案を列挙しているが、税の公平性や他の金融商品との均衡も含めて議論すべき課題だろう。／だいいち今は、株式譲渡益に対する源泉分離課税を存続させる税制改正法案が国会で審議中だ。この時期に与党が別の案を出すなら、審議中の法案を修正せよという要求が野党から出てもおかしくない。／異例ずくめのなかで最大のものは、この緊急経済対策の実行責任者がはっきりしていないことである。立案の経緯からいって、政府との調整はかなり手間取ることが予想される。政府、与党の最高責任者である首相の指導力、調整力が必要とされるが、その首相の退陣表明が近いとされているのである。／金融危機で揺れた九七年一〇月からの四次にわたった対策のように、与党の経済対策には経済路線を修正させるだけの重みがあった。今度の緊急経済対策は、深く考えない森政権の体質を最後まで象徴している〉

佐野論説委員はちょっとエキセントリックで子供っぽいところがあり、年下の記者から煙たがられていた。

しかし、この社説はどう読んでもまっとうな主張であり、揚げ足を取られるようなところはまったくなかった。宮沢首相に公的資金投入を断念させた九二年八月二七日に載った社説とは大違いで、論理も明快だった。

『週刊朝日』の記事では、「社説が日経新聞社のマッチポンプだったから、鶴田社長の面子が丸つぶれになったのが粛清人事の理由」というのである。銀行保有株式の買い上げ構想と証券税制の優遇措置が与党三党の緊急経済対策に盛り込まれたが、そのアイディアは亀井静香政調会長が鶴田社長に依頼して出してもらったものだった。日経の社長に頼んで目玉にしたアイディアがその社説で批判されれば亀井政調会長でなくても怒るだろう。実際、亀井氏は鶴田社長に文句を言い、鶴田社長は文字通り〝鶴の一声〟で佐野論説委員を飛ばしてしまったのだ。

「鶴田社長にそんなアイディアが浮かぶわけがない。どうせ、編集局幹部に天下っている秘書室長経験者に下問し、やっつけ仕事で出したアイディアだろう」と私は想像した。

二週間後、『選択』五月号に「『株式買い上げ機構』迷走の内幕」という二ページの記事が載った。亀井氏の依頼で、鶴田社長が秘書室→編集局長→経済部長という流れで、経済部に政策メモを作らせたと書かれていた。

「本当に能天気な連中だ。『失われた一〇年』に対する自分たちの責任を棚上げして、官僚に代わって俺たちが政策立案をしてやろうと考えて喜々としてメモを作ったんだろう。末期症状だ……」

私はそう思ったが、何も言わなかった。

後に知ったのだが、佐野論説委員の更迭以上に理不尽な人事が九七年春にあった。やはり、論説委員の筆禍である。その人の名は大阪駐在論説委員の西村武彦氏。和佐隆弘氏の三年後輩の六五年入社。問題になった社説は九七年一月一七日付朝刊、阪神淡路大震災の三年目の朝に載った。〈阪神大震災の復興へ優先順位を〉という見出しで、住宅など生活面の復興が遅れる中、神戸市が神戸空港の設置を運輸省に申請したことに疑問を呈し、神戸港の機能強化に取り組むほうがいい、という意味の主張を展開した。

全文は引用しないが、多くの人が「もっともだ」と受け止める常識人の主張だ。しかし、この社説が鶴田社長の逆鱗に触れたのだ。神戸空港推進派のリーダー、牧冬彦神戸商工会議所会頭（神戸製鋼所相談役）と笹山幸俊神戸市長の二人が社説を読んで鶴田社長に抗議の手紙を送りつけたためだ。鶴田氏は即座に梶田進常務大阪本社代表を謝罪に行かせ、西村氏を更迭してしまった。

牧会頭は、鶴田社長の囲碁仲間だったのである。西村氏はその後日経データ大阪支社取締役主席研究員、日経クイック情報顧問、日経新聞社大阪編集局読者応答センター企画委員といった閑職をたらい回しにされた。

当時の秘書室長は大蔵官僚らの思い上がりを批判する「官僚」企画を手掛けた斎藤史郎氏だったが、もし斎藤氏にひとかけらでもジャーナリストとしての自覚があればこの人事は身を持って阻止しなければならなかったはずだ。

7　記者たちの出世競争

ベンチャー市場部長など、編集局でもはじパイの部長は支局長並みに暇なポストであった。私は通常、午前一一時前後に出勤し、夕刊のマーケット面をみる。そして、午後一時ごろ昼食に小一時間出て、午後二時ごろに戻る。午後五時前までは何もすることがない。一面出稿があれば午後四時からの局次長会に出席するが、それがなければ午後五時からの部長会までやることがない。あるのはその日の担当紙面の中身についてデスクの相談に乗ることだけだが、それも二〇～三〇分で済んでしまう。

午後五時からの部長会が終わると、一応その日の紙面の構成や局長の指示などをデスクに伝える。夜の会合があれば別だが、なければまたしばらくやることがない。三〇分ほどは席にいるが、デスクの目障りになるので、外出して夕食をとり、午後八時前くらいに席に戻る。しばらくすると、大刷りができる。それを読んでデスクに気づいたことを指摘する。そうこうしているうちに午後九時を回り、朝刊の検討会が始まる。検討会に出席していたデスクが戻るのが午後九時半で、特段問題がないと判断すればしばらくして帰宅する。

昼間も時々、金融機関のトップや大蔵官僚ＯＢなどの取材に出たが、自分なりに日本経済の状況を判断する材料にしただけで、そこで得た情報を流す気はなかった。すでに知っている話が一ヵ月ぐらい後に一面トップ候補で出稿されることも何度かあった。

こんな日常生活で、一つだけ面白い仕事があった。それは月三回か四回まわってくる紙面審査という仕事だ。その日の朝刊をよく読んで他の新聞と比較し午後五時からの部長会で論評するのだ。この当番のときは一時間から二時間、新聞をじっくり点検するので、暇を持て余すことはなかった。

紙面審査を始めて半年程経った頃、部長会が終わって自分の部に戻ろうとすると産業部畑の鎌田真一編集局総務から呼び止められた。

「紙面審査であまり産業部の記事を取り上げるなよ」

私が取り上げた記事は五本だった。たまたま、国際部の記事が一本で、産業部が四本だった。

「そんなことありませんよ」

「君のときは産業部の記事ばかりじゃないか。とにかく、文句を言うなら事前に言えよ」

私は無視して何も言わなかったが、席に戻ると、紙面審査の幹事に電話をした。

「紙面審査で取り上げるときは事前に担当の部長に話しておく必要があるんですか」

「そんな必要はないけど、他の部長は審査するとき事前に話しているようだね」

「そんなの意味ないでしょう。部長は自分の担当紙面は読んでいるはずだから、何を言われても、そこで答えられなきゃ仕方ないでしょう」

「誰か、何か言ったの？」

「いや。でも、事前に言う必要はないんでしょ」

「それは構わないよ」

腹がたったが、他の部長が当番のときの紙面審査を思い返すと、腑に落ちたことがあった。ベンチャー市場部の記事はあまり取り上げられることはないが、たまに取り上げられると審査担当の部長が部長会の前にやってきて、

「今日の部長会で取り上げますが、ここはどう考えればいいんでしょう」

と言うのである。私が説明すると、納得して帰っていくことが何度かあった。紙面審査などといっても、馴れ合いなのである。あらためて編集局幹部の堕落ぶりを思い知ったが、もう何を言っても始まらないと痛感した。

一年近くが経ち、人事の季節になった。小さい部ながら二人の記者が海外駐在記者で出ることになり、残った最大の課題は植田圭一君を参事補に昇格させることだった。

年が明けて〇二年一月一七日、私は金融新聞の当番だった。

金融新聞はその編集長がいて、彼が紙面編集の責任者である。しかし、編集長は一人で、月曜日から金曜日まで毎日午後一一時頃まで動けない。このため、証券部長、経済部長、商品部長、ベンチャー市場部長の四人が月二回ずつ編集長の代わりを務めることになっていた。

金融新聞は素人が作る専門紙と言っても過言でない代物だった。編集長は大抵、金融の取材経験に関係なく同期で三番手か四番手くらいの人物を就ける慣行で、社内では若い記者の教育用の媒体くらいに思われていた。

午後三時半過ぎからの編集会議で紙面内容を固める。あとは紙面の出来上がる午後九時半過ぎから検討会を開いて点検することになっているが、常時、版を起こす（新たに紙面レイアウトを組みなおす）のは一面と三面だけで、残りの紙面はよほどのミスでもない限り、版は起こさない。金融新聞の編集長当番は午後八時前くらいから一時間半かけてじっくり紙面を読むのが仕事なのだ。午後九時半過ぎからの検討会が終わると、編集長当番は版を起こす面のチェックをデスクに任せることになっていた。その日、私は午後一〇時半過ぎ、帰宅するため社を出て神田駅に向かった。

鎌倉橋のところで、社に戻る喜多恒雄編集局総務に出会った。

「おい、植田のことだけどな。今年も無理だぞ」

編集局総務は編集局長を補佐する立場で、大抵二人いる。この一年は平田局長より二年下、七一年入社の鎌田総務と喜多総務だった。そのうちの一人が人事を担当していて、喜多総務が人事担当だった。

「え、何で無理なんですか。絶対に昇格させてくれなきゃ困るよ」

「でも、無理だ」

「なに馬鹿なこと言っているんですか。植田君はもう三年も遅れているんですよ。彼のどこが悪いのか。そんな馬鹿なこと言うなら全部、ばらしますからいいですよ」

立ち止まっていた私は喜多総務を置いて歩き出した。

喜多総務と私は八二年三月から通産省クラブで一年間、並んで座っていた。そのとき、たわいのない秘密を握ったのだ。当時は下三人が早番といって夕刊の担当を交代で務めていた。喜多氏もその一人で、週一回夕刊担当をやっていた。その喜多氏から時々、朝電話が入った。

「腹痛なので、交代してほしい」。しばらくしてわかったのだが、お腹が痛くなるのは特定のデスクのときだった。そのデスクとは、強面《こわもて》を売りにしている堀川健次郎次長である。喜多氏は取材はするが、原稿を書くのが苦手で、夕刊に記事にしなければならないことがあると、堀川デスクに罵倒される恐れがある。おそらくそれを避けたかったのだろう。

もう一つ、面白い事件に遭遇した。土曜日の夕方、二人の間にある電話が鳴った。私が取ると、喜多氏の夫人だった。受話器を渡すと、突然、「君、誤解だよ。誤解だよ。そこで待っていて」と言うなり、受話器を置き部屋を飛び出していった。喜多氏はマメな男で、女性にもてたのである。

「おい、待てよ。ちょっとそこで話そう」

案の定、喜多総務は私の後についてきた。鎌倉橋の交差点を渡って神田駅方面に向かい、一杯飲み屋に入った。

座敷に上がり隅の席に着いた。もう食事は済んでいるので、ビールと簡単なつまみを取った。

「わかった。できるだけやるよ。でも、平田局長の評価が低いんだ」

「平田局長に植田君を評価する材料があるんですか。何も知らないでしょう」

「平田さんが経済部長のときにあいつ、経済部にいたろう。そのときの評価じゃないかな」

「そんなの、一〇年近く前でしょう。そんなことで昇格させないんですか。去年だって、昇格させてデスクにする話だったんでしょう。何で駄目だったんですか」

「その話は中村（前部長）から聞いているけど、よくわからないんだよ」

「喜多さんらしくもないですね。社内人事のことなら何でも知っているじゃないですか。きちっと調べて、ちゃんとやってくださいよ」

「わかったよ。でも、他の奴の昇格に影響するかもしれないぞ」

「大体、日経の人事評価は絶対評価なんでしょう。それなのに、いつも部全体で何点分下げろ、と言ってくるじゃないですか。そういうのは絶対評価と言わないんだ」

「そんなこと言っても、人件費の総額を決めていてその範囲に収めるために調整するんだから仕方ないだろう」

「それなら相対評価と言えばいいじゃないですか。日経のように人事評価を合議制でやっていない会社なんてありませんよ」

「もういいよ。ひどい会社なんだ。お前、知っているか」

「何をですか」

「赤坂にどれくらいカネが流れているか」

「赤坂って、何ですか」

「知らないのか」

「ああ、鶴田社長がよく行っているというクラブですか」

「そうだ」

「いくらですかね。年間五〇〇万円ですか」

「なに馬鹿なこと言っている」

「もっと多い？　一〇〇〇万円？　三〇〇〇万円？」

喜多総務は首を振る。

「え、五〇〇〇万円？」

「一億円近いんじゃないか」

「八〇〇〇万円とか九〇〇〇万円とかということ？」

喜多総務は頷いた。

「何で知っているんですか」

「そんなこと、いいだろう」

「あ、わかった。小孫君に聞いているんだな」

秘書室長は二年務める慣行で、鶴田社長の担当は初代が島田昌幸（取締役社長室長）、二代目が斎藤史郎（東京編集局次長）、三代目が小谷勝（大阪編集局次長）、四代目が岡田直敏（東京経済部長）で、五代目の小孫茂君は前年三月から在任し一年近く経ったところだった。

喜多総務は質問に答えずにぽつりと言った。

「とにかく異常なんだ。腐敗しきっているよ」

「喜多さんだって行ったことあるんでしょ。どこにあるんですか」

「なんて言ったっけ？　ラブホテルがあるだろう。あの近くだよ」

「ありましたね。名前はなんていうんですか」

「お前、そんなことも知らないのか」

「いや、聞いたような気もしますが、忘れちゃった」

「『ひら川』、っていうんだよ」

「女性問題の喧《かまびす》しい、喜多さんも負けそうですね」

「お前、つまらないこと言うなよ」

「そりゃ、わかっていますよ。でもちゃんとやってくださいよ」

「やるよ。でも、他の奴が割を食うかもしれないぞ」

「え、なぜですか。他の奴には関係ないでしょう」

「昇格させる人数は決まっているんだ」

「そんな馬鹿なことあるんですか。じゃあ、絶対評価なんて言わなきゃいいんだ」

「まあ、そう言うなよ。なんとかするから」

「じゃあ、いいですよ。少し、喜多さんの得意の人事情報を教えてくださいよ。鶴田社長はどうなるんですか」

「それがわからない。二一世紀を社長で迎えたいと思っていたのは間違いないけど、去年辞めなかったから、辞めてもよさそうだけどね。でも、辞めないいんじゃないか」

「それじゃ、杉田さんじゃなくなる？」

「そういう声が強くなっているね」

「え、じゃ誰なの？」

「一気に島田（昌幸）まで飛ぶ、っていう声が出ている」

「へえ、そうなんですか」

喜多氏と別れて、帰路についた。電車のなかで考え込んだ。

新聞社のようなサラリーマン社会は残酷だ。評価基準が主観に基づくからだ。たとえば証券営業のような職種のサラリーマンなら、評価基準はいくら手数料を稼いだか、につきる。どんなに上司から誹謗中傷に近い噂を立てられたりしても、毎年トップの手数料を稼ぐ営業マンは最上級の評価になるのが当然だ。そうしないと、逆に上司がおかしいと判断される。

ところが、新聞記者の場合は評価基準が主観的だ。たとえば、本来は有意な人材であっても、上司がその記者をつぶそうと思ったら簡単だ。「あいつは原稿が下手だ」とか「あいつの原稿は全部書き替えなければ使えない」と言い続ければいいのだ。デスクという立場にあれば記者の原稿を直すのが仕事だから、やろうと思えばわざと読んでもわからないように作り直すことだってできる。

記事は千差万別、十人十色だ。「わかりやすい」とか「文章がうまい」という評価基準も同様だ。本来なら一〇人くらいの人間が読み、総体として「わかりやすい」とか「うまい」と評価すべきなのだ。しかし、人事権を握った上司が「だめだ」「だめだ」と言い続ければ、その記者を使う人間はいなくなり、それが評価として決まってしまう。その逆も可能だ。実際は無能な人材でも「あいつはできる」「できる」と言い続ければ、高い評価を得てしまう。

入社するまではジャーナリストとしての希望に燃えている。しかし、四～五年すると、自分の能力がみえるようになってくる。多くの者は自分が毒にも薬にもならない平々凡々な記者であると気づき始める。そうすると、どういうことが起きるか。

新聞記者になろうというような人間には政治的な人間が多い。多数派を占める平々凡々の記者は何をするか。まず、要領の悪い記者の排除に乗り出す。人並みの記者の能力を備えていても「遅い」とか「のろい」という評判は新聞社という組織にあっては致命的だ。新聞は一分一秒でも早く読者に情報を伝えるという使命があるからだ。次に、平々凡々の記者が追い落としを目指すのが誰もが認める名文家とか、特ダネ記者である。それに、理念なり思想なりをしっかり持っている記者も嫌われる。

新聞社というのは嫉妬社会である。「協調性がない」「生意気だ」「傲慢だ」「バランス感覚がない」等々、悪い評判はいくらでも立てられる。それが事実でなくても、これに歯向かうのは相当なエネルギーがいる。大抵、嫌われるのは自分に自信があるタイプが多いから、自分に関する悪評など意に介さず放置してしまう。しかし時がたつにつれ、評判が定着すると、もうどうにもならない。

こうして平々凡々の要領のいい記者たちが牛耳る社会が完成する。かつては新聞社は個性的、独立独歩の精神の旺盛な人間の集団だった。それが大企業になった今日の新聞社では、その種の人間が刺身のツマのような存在になっている。

「植田記者は大手新聞という特異なサラリーマン社会の犠牲者かもしれない――」。私はそんなことを考えていた。

8　問題子会社

二月に入っても喜多総務は何も言って来なかったが、部長会で毎日顔を合わせているのに、何も言わないのだから、植田君の昇格は大丈夫だろうと思っていた。

〇二年二月五日の出勤途中、京浜東北線の電車の中吊り広告に「日経子会社『ティー・シー・ワークス』巨額手形流出!?」という文字を発見した。ティー・シー・ワークス? 聞いたことのない社名だが、『週刊朝日』が日経新聞社の100%子会社と書いているのだから、そうなのだろう。

東京駅で『週刊朝日』を買った。「日経子会社『ティー・シー・ワークス』巨額手形流出!?

／マチ金融に大量の振出手形が…社員も知らない驚愕実態」。見開き二ページの記事だった。思い当たることがあった。前年の暮れあたりから、「多額の損失を抱え込んだ子会社がある」という噂が社内の一部で流れているのを小耳に挟んでいた。

そのとき、私は日本オプティマーク・システムズ（ＪＯＳ）のことだろうと思っていた。ＪＯＳは九九年四月、株式の大口売買を完全に電子化するシステムの運営会社として日経新聞社グループ主導で設立された。売買情報が取引完了前に市場に流れるのを防ぐ「非公開性」「匿名性」が特徴で、投資家は情報流出に伴う株価変動などのリスクを回避できるのが売り物だった。二〇〇〇年一二月から大阪証券取引所がオプティマーク市場を創設、売買を開始した。ところが、七ヵ月後の〇一年六月末に休止に追い込まれた。売買がほとんどなかったのが原因で、音頭を取った日経グループが休止に伴う損失を全額負担せざるを得なくなっていたのだ。

ＪＯＳの問題は株式市場にかかわる案件だったこともあり、直接は証券部の担当だが、ベンチャー市場部長の私にも少しは情報が入っていた。

だがよく考えてみれば、ＪＯＳの問題は半年以上前に休止になっており、社内で周知の事実だった。噂されていたのはティー・シー・ワークス（ＴＣＷ）のことだったのだ。

『週刊朝日』によれば、そのＴＣＷの手形が前年（〇一年）夏から大量に街金融に流れているというのだ。しかも、手形が「割り止め」を食らったというのである。「割り止め」とは「手形に信用力がなかったり、その元になる取引にあやしいにおいがあったりすると、金融機関が割引をしないと判断する」ことだ。日経新聞社の１００％出資子会社の手形が「割り止め」になるのは前代未聞のことだが、記事を読んだだけではTCWが何をやっているのか今ひとつわからなかった。

もう一つ、『週刊朝日』では「TCWの嶋田宏一社長が昨年八月に専務に降格になり、島田昌幸取締役社長室長が社長を兼務している」とあった。関係会社のトップ人事なのだから、部長会で平田保雄局長が説明するはずだが、何度思い返しても説明を聞いた記憶は蘇らない。きな臭い案件だから説明しなかった可能性が濃厚なのだ。

本社に着いて、インターネットで調べてみたが、『週刊朝日』の指摘通り、TCWのホームページは「工事中」だった。仕方なく九階の資料室で調べ、ようやくわかった。

TCWは九一年一月七日に設立された100%子会社だった。資本金は一億円で、日経新聞社の主催するイベントの企画・運営、展示会装飾及び店舗内装の企画・設計・施工が事業内容だった。登記上の本社は日本経済新聞社本社と同じ、東京都千代田区大手町一丁目九番五号だったが、実際は神田須田町に本社があった。社員録をみると、嶋田社長が専務に降格になったのも事実だった。嶋田氏は住所録にも名前が載っており、日経OBであるのは間違いないが、日経での最終ポストはわからなかった。

それから一週間くらい、いや数日経った時だったと思う。私のところに日経の社用封筒で日経新聞改革委員会という差出人の手紙が届いた。宛先は日経新聞社東京本社の住所で、ベンチャー市場部長という肩書きも付いていた。手紙をコピーする前に回収されてしまったうえ、記録にも残し忘れたので、正確には日時を特定できない。

手紙が届いて数日経ったとき、午後二時前くらいだったと思う。夕刊が終わり、デスクたちは全員席を外していて私だけが自席でテレビをみていた。鎌田真一編集総務がニヤニヤ笑って近づいてきた。

「おい、ちょっと」

私が席を立つと、「君のところには変な手紙は来ていないか」というのである。

「ああ、改革委員会ってやつですか。来てましたね」

「回収しているんだ。あったら出してくれ」

私は自席に戻り、机の引き出しから手紙の入った封筒を取り出して渡した。

「部長全員に来ているんですか」

「全員かどうかは知らない。困るんだよな。こういうことをする奴がいるから」

後で、隣の証券部長に聞くと、やはり同じ手紙が来ていて回収されたという。それ以上、確かめなかったが、編集局の部長全員に送られてきた可能性が大きかった。

手紙の中身は詳細に覚えていない。ただ、ＴＣＷの手形乱発は融通手形取引にかかわったのが背景で、経済新聞としてあるまじき行為と断罪、腐敗しきった鶴田卓彦社長の率いる日経新聞社の経営陣を打倒するために決起せよ、そんな呼びかけだったように思う。

手紙が届いたのが人事異動の内示の二月一八日の直前で、社内は人事異動の噂で持ちきりだった。手紙が回収されてしまったこともあり、話題になることはなかった。

私もベンチャー市場部長の職にもう一年留まることがはっきりしていたので、二月中は次の人事異動を前提にした部の取材体制をどうするかデスク陣と相談したり、地方や海外に転出する記者たちの送別会をやったりと、多忙だった。

そのうちに手紙が来たこと自体、忘れてしまった。

○二年三月一日、人事異動が発令になった。植田圭一記者もようやく参事補に昇格し、晴れてデスクになった。私もベンチャー市場部長二年目に入り、少し仕事が増えることになった。「局番補佐」の部長をやることになったからだ。

「局番」とはその日の夕刊または朝刊の編集責任者をいう。その「局番」を補佐するのが「局番補佐」だ。

新聞社の要、編集局の最高責任者は編集局長である。朝刊、夕刊のすべての紙面に責任を持つ。編集局長の下に局次長という肩書きの記者が一〇人前後いる。新聞社によっては「局長補佐」という呼称のところもある。また、日経新聞社では筆頭局次長を編集総務と呼んでいる。日々の紙面作りの責任者はこの局次長が交代で務める。当番局次長という。当番局次長、それが「局番」である。局番にはその補佐役としてやはり交代で整理部長一名と出稿部（経済部、政治部などの記事を出す部）の部長一名が付く。つまり、夕刊にしろ、朝刊にしろ、当番局次長を含めた三人で紙面作りの責任者になるのである。

夕刊は午前九時に出稿部のデスクを集めた会議を開く。出稿予定の説明を受け、当番局次長が二人の部長の意見を聞きつつ、掲載するページや記事の扱いを割り振っていく。これは建前で、実際は一面に掲載する記事を選別するだけで、ほかのページはデスクにまかせっきりにしているのが実情だ。夕刊の場合は一版、三版、四版の三版あり、一版が午前一〇時過ぎから大刷りが順次出てきて、三人が見出しや組方なども含めすべての紙面をチェック、問題があれば手直しを命じ、問題がなければ印刷に回すゴーサインを出す。三版は正午前後、四版は午後一時過ぎから大刷りが出てくる。一版同様の作業を繰り返し、午後一時半過ぎに仕事は終わる。

　朝刊は夕刊より紙面も多く大変だ。朝刊は一一版、一二版、一三版、一四版の四版で、夕刊より一版多い。局番はやはり三人体制だ。午後三時から出稿部のデスクを集めた会議を開く。夕刊は一〇分ほどで終わってしまうが、朝刊の会議は三〇分くらいはかかる。ページ数が多いうえ、一面だけでなく、三面に掲載する記事の中身も詰めるからだ。

　午後三時の時点では夜にかけて何が起きるかわからないが、とりあえずどんな中身の紙面にするか決めておく必要がある。

　一面、三面のおおよその中身が決まると、午後四時から編集局長をヘッドにした編集局次長会を開き、局番がその日の紙面作りについて説明、意見交換する。この会議には一面と三面に出稿する部長も出席するが、一面には政治部、経済部、産業部、証券部、国際部の五部からの出稿がほとんどで、出稿の少ない流通経済部とか商品部とかベンチャー市場部などはあまり呼ばれない。ここで紙面作りの方針が確定し、午後五時から編集局の全部長が出席する部長会に移る。

　部長会は三〇分くらいやるが、編集局の部長が毎日の紙面作りに参加しているという形を作るための儀式以外の何物でもない。局番がその日の紙面作りについて説明するが、質問はほとんど出ない。説明が終わると、局長が説教をたれたりすることが時々あるが、一五分ほどで終わりということもある。また、役員会や常務会があると、その決定事項などを局長が各部長に伝える。しかし、すべてを伝えているわけではなかった。部長会が終わると、午後五時四〇分から局番の主催するデスク会。各部のデスクが担当紙面のトップ記事などを説明するが、これも儀式で、一〇分ほどで終了する。

局番の仕事はこれで前半の仕事はとりあえず、終了する。

後半戦は午後八時ごろから。文化面とか経済教室面とかニュースの入らないページから大刷りが出来てくる。ピークは午後八時四五分過ぎから午後九時過ぎにかけてで、ニュース面がほぼ同時に出てくる。読む間もないが、すべてのページが出揃った段階で、各部のデスクを集めて検討会を開く。一面から順番にデスクが次の版でどういう紙面にするか、説明していく。それに局番三人に意見があれば言う。それが終わると、今度は一二版以降に出稿を予定している記事があるかどうかを聞く。何もなければ、一一版でおおよその紙面が固まったことになる。大刷りが出てくるのは一二版が午後一一時前後、一三版が午前〇時前後、一四版が午前一時前後で、一一版と同じようにより読みやすく見やすい紙面になるようにチェックする。ただ、検討会はやらないし、一二版、一三版と段々、版を起こすページも減り、一四版は一面、三面、社会面など数ページになる。一四版のすべてのページを印刷に回すゴーサインを出すのが午前一時半過ぎになる。

一応これで、朝刊の局番の仕事は終わる。

ただし一二版以降に一面トップクラスのニュースが入ってくるようだと、紙面を大きく変えねばならず、大忙しになる。たとえば一面トップになる記事が一三版から入るとなると、今までの一面トップ記事をどうするか決めねばならない。両方ともニュースならいいが、経済のトレンドをまとめた傾向ものをアタマにしていたりすると、ワキにするわけにもいかない。傾向ものは記事を短くしにくいのだ。その場合、一面トップを経済面などのトップ記事に落としたりする。傾向ものでなくニュースものであれば、一面で一番扱いの悪い記事を中のページに移すことになる。

もっと大変なのは一四版に年に一度あるかないかのニュースが飛び込んできたときだ。ニュースの本記は一面トップに据え、さらに中面で解説やインサイドストーリーまで入れる必要がある。そんなときは一三版まで載っていた記事を数本ボツにするしかない。こういうときはミスも起きやすく、次の版で直すということもできず、細心の注意を払わねばならない。読者には失礼だが、一一版は半製品のようなもので、誤植なども残っているし、文章がわかりにくかったりする場合がある。版を追う毎に紙面の完成度が増していくわけで、完成品はやはり一四版なのだ。その一四版をぶっつけ本番で作ることになるのだから、かなり神経を使う仕事になる。

この「局番補佐」の仕事が月五回か六回、回ってくるので、これまでの一年より忙しくなった。

三月二六日、今度は『サンデー毎日』〇二年四月七日号にやはり見開き二ページの記事が載った。

「スクープ　日経新聞１００％子会社の異常な経営実態／工事〝丸投げ〟先は倒産、手形が市中へ流出、役員は本社と兼任」。記事には「ＴＣＷの工事丸投げ先のパワー建設が倒産したこと」、「ＴＣＷがパワー建設に丸投げした工事の発注主のなかにＴＣＷを知らないところがあり、架空工事の疑いがあること」の二点が書かれていた。

「これは本当にやばいことじゃないか」

三日後の三月二九日、日経新聞社の第一三〇回株主総会が午前一一時三〇分から開かれた。日経は株主が社員とOBに限られており、ずっと無風総会が続いている。

大阪経済部に所属していた記者が数年前、出席したことがあった。たまたま総会の前日に東京に会議で出張してきて、大阪に戻る前に時間が空いたので、出席したのだという。すると、総会が終了すると同時に、羽土力《はとつとむ》大阪経済部長から電話がかかってきたという。

「おい君、何で総会に出たんだ？」

「何でと言いますと……。一応、株主なので自分の会社の総会がどんなものか、見ておこうと思いまして。何かまずいんですか」

「総会に出るなら、部長に報告してもらわないと困るんだ」

要するに、現場の記者は総会に出席させないというのが会社の方針なのだ。私自身、入社以来総会に出たことはなかった。多くの記者は自分の会社には無関心で、総会に出ようなどとは考えない。出席するのは会社側が指名した部長クラス以上の幹部と関係会社の役員、それに組合幹部だけだ。当然、質問も出ないシャンシャン総会になり、三〇分くらいで終わってしまう。その後、株主懇談会というセレモニーに移る。株主懇談会では組合の委員長が一〇項目くらいの質問をし、それに社長が答える。質問は事前に会社側に渡されていて、回答も事前に準備されている。茶番以外の何物でもない。この株主懇談会も含め、総会は大抵一時間余りで終了するという。総会にチェック機能がまったくなかったわけで、それが鶴田卓彦社長の独善を可能にしてきた。私を含め社員の無自覚が背景にあった。

第一三〇回総会も例年通り終わった。総会後には必ず取締役会が開かれる。取締役会があると、その内容については午後五時からの部長会で、編集局長が翌日の紙面の説明に入る前に説明することになっている。この年も同じだった。

説明は取締役会の決議事項、報告事項の順に行われる。決議事項が済んで、報告事項になったとき、初めてTCWの問題について平田局長から報告があった。

「ええと、次はTCWの件。これはひどい不正が行われていたことがはっきりしたので、嶋田前社長と小川豪夫前常務を取締役解任にしてね、担当の部長は懲戒解雇にした。嶋田前社長の前の社長だった森本信之取締役相談役も申し出て辞任した。それから六四人の従業員を対象に希望退職を募集したが、二九人が応募し、辞めることになった。ただ、そのうち一人は不正へ関与している可能性があるので、希望退職を認めず、通常の退職扱いにしたそうだ。四月末をめどに刑事事件として告発する方向で準備する」

説明が終わって、「何か質問があるか」と聞かれたが、いつものように部長たちの質問はまったくなく、通常の紙面の説明に移り、少し長めの部長会は五時四〇分過ぎに終わった。

私は、その説明を聞いて腹立たしい気持ちになった。TCWについては『週刊朝日』と『サンデー毎日』が報道しているのにこれまで何の説明もなかった。それが今回突然、説明したものの、まるで他人事のような感じで、親会社の責任にはまったく言及していないからだ。私はもう何も発言すまいと心に決めていたので、その場では何も言わなかったが、このときからこのまま黙り続けることがいいのか、疑問に思い始めた。

ＴＣＷの問題は二人の取締役を解任、一人の部長を懲戒解雇して刑事告発するというのだから、親会社の日経新聞社の担当役員が記者会見するくらいの対応が当然だろう。仮に他の上場企業で同様の事件が起きれば日経新聞も発表すべきだと主張するはずだ。それが会見どころか社員向けに処分と刑事告発検討の事実を話すだけで、不正の内容、損害の金額などはまったく説明しないのだ。

私は二月中旬に来た手紙のことを思い浮かべた。「確か、日経新聞改革委員会とかいったな。部長よ、改革に決起せよ。そんな内容だった」。少なくとも誰か一人くらい、質問する部長がいるのではないか、と周囲を見回したが、質問はなかった。自分が質問しないのに他の部長の質問に期待することが間違っている。日々の紙面審査すら馴れ合いでやっているのだ。

私は、暗澹たる気持ちになった。

部長会でＴＣＷ問題が説明されたので、社内では、公然と噂が飛び交うようになった。

「損害は五〇億円くらいらしい」

「いや、一〇〇億円を超えているらしい」

こんなもっともらしい噂も流れた。

「鶴田社長は秘蔵っ子の島田昌幸常務を温存するため、ＴＣＷ社長に羽土力取締役を送り込み、羽土にすべての責任を押し付け、幕引きするつもりだ」

半年前の〇一年九月からＴＣＷ社長を兼務していた島田社長室長が常務に昇格すると同時に兼務を外れ、羽土出版局長を取締役に選任、社長に送り込んだ。そのねらいを解説しているのだ。

噂は玉石混交である。四月になって『サンデー毎日』と『週刊朝日』が再びＴＣＷの問題を取り上げた。週刊誌の報道は日経新聞社の広報担当に記事の根幹となる事実を確認しているので、まったくの虚偽が書かれていることはまずない。それを読んで、ＴＣＷの不正がどんなものなのか、ある程度、わかるようになった。

四月八日発売の『サンデー毎日』四月二一日号は見開き二ページの「これが架空工事の証拠だ!!日経新聞１００％子会社　手形疑惑の詳細判明」、一週間後の四月一五日発売の『週刊朝日』四月二六日号は三ページの「巨額手形流出『ティー・シー・ワークス』元幹部が告白　日経子会社架空水増し発注『裏金作り』」という記事だった。

いずれも、ＴＣＷの架空工事の仕組みを詳細に解説しており、事件の概要が少し見えてきた。不正は兄弟会社の創商建築、パワー建設と組んだもので、発注主は創商建築、ＴＣＷが受注して六％のサヤを抜き、パワー建設に丸投げするという手口だった。『週刊朝日』では「手形の発行を許可していたのは本社経理局」とも書いてあった。

経営陣もまったく説明しないわけにはいかないと思ったのだろう。四月二六日に開いた全国支局長会議で、鶴田社長と杉田亮毅副社長がＴＣＷ問題について言及した。「五月連休明けに刑事告訴する」と表明、損害額については杉田副社長が「八九億円」と説明したという。

春と秋の年二回開く支局長会議は経営戦略や編集方針などを支局長に説明するものだが、地方勤務の不満をガス抜きするねらいもあった。ＴＣＷについて何も説明しないわけにはいかないと思ったのだろう。

しかし、公式の席での説明はこれが最後だった。

9　愛人疑惑を追う

私が〝サラリーマン記者〟と決別して遅まきながら〝ジャーナリスト〟として立とうと決断したのは〇二年六月である。

日経新聞社の経営陣が、社員に対してすら、TCW問題がどんな事件だったのか原因を分析して公表する気がまったくないことがはっきりしたからだ。〇二年五月二九日の部長会で、平田保雄編集局長の話を聞いた。この日は取締役会の開かれた日で、部長会では最初に取締役会の報告があった。

報告の最後に平田局長が言った。

「取締役会の報告とは別だが、席上、島田昌幸常務から発言があった。『TCWの件については社内外から問い合わせが相次いでいるが、予定通り刑事告発の手続きを進めている。当局との関係もあり、現段階では詳細を説明できない。動きがあったときにきちっと説明するので、待っていてほしい』。まあそういうことだ」

耳を疑った。日経新聞の記者たちが企業取材で常に求めていることを否定する発言だった。島田常務は外に向かって偉そうなことを言うような人間ではない。体力派で滅私奉公タイプである自らをわきまえたところがあり、そんな人間が説明責任の重要性などに思いも及ばなくても仕方ない。しかし、平田局長と、三月に編集総務に昇格した斎藤史郎氏はジャーナリストであることを売り物にし、日経新聞の社論をリードしていると自他共に認めている人間だ。九年前の長期連載「官僚」は平田局長が経済部長、斎藤総務が経済部次長として企画を統括し、大蔵官僚ら官僚たちの傲慢が日本を危うくしている、と斬って捨てた。

私の記者時代、デスク級以上の幹部が現場の記者たちによく言っていたことがある。

「大蔵省や通産省の記者クラブにいると、官僚に言いくるめられて、その官庁の代弁者になる。そうならないために、批判精神を持たないといけない」

私は内心、「何をステレオタイプな」とせせら笑っていた。大蔵省であれ通産省であれ、官僚たちは自分の利権だけで動いていない。私は間違っていると思えば批判したし、正しいと思えば支持した。若い記者たちには「自分の頭で考え、自分の責任で行動する、それが大事だ」と言わなければならない。

私のようなひねくれ者と違い、サラリーマン記者の優等生、平田局長にしろ、斎藤総務にしろ、「官僚の代弁者になるまい」と思っていたのだろう。

だが、「官僚の代弁者」になってはいけないのはもちろん、「経営者の代弁者」にもなってはいけないのだ。その矛盾に自覚的にならずに行動できるところに日経新聞社幹部の病巣があった。

私は入社以来、〝サラリーマン記者〟として生きるため、〝ジャーナリスト〟を封印してきた。しかし、今後はジャーナリストとしての行動をとることにし、ようやくモラトリアム状態から抜け出すことになった。「黙して語らず」という独りよがりの責任の取り方も止めようと決意した。

腹は決めたが、「さて、どうするか」と考えると、展望は開けなかった。部長会で「ＴＣＷ

の問題で説明責任を果たせ」などと突然発言しても、奇人変人扱いされるのが落ちだ。鶴田社長に匕首を突きつけなければ、ことは動かない。問題はそこまでどういう手順で持っていくか、だ。思いを巡らせたが、結論はなかなか出なかった。

〇二年六月一〇日、私は金融新聞の当番だった。午後六時過ぎ、一人で食事に出た。食事を終えても、まだ午後七時前で、大刷りが出始める午後八時までまだ時間があった。神田駅前の書店に寄ると、六月発売の月刊誌が出揃っていた。『文藝春秋』、『月刊現代』などの目次をパラパラめくって、次に『噂の真相』七月号を手に取った。

特集の一つに「愛人を装った怪文書まで登場した日経新聞鶴田社長の〝不徳〟の背景」とあった。

記事は六ページあって、立ち読みできる分量ではない。早速買い求め、本社に戻って九階の資料室に上がった。金融新聞のデスクセンターのソファーで読んでもいいのだが、デスクたちが忙しくしているところで読むのは気が引けたのだ。

日経新聞の資料室も『噂の真相』は取っていて閲覧できるのだが、『噂の真相』と『選択』の二誌だけは資料室の担当者に申し入れないと読めないことになっていた。表向きは「自由に閲覧させると、盗まれる」との理由だったが、社内では「誰が読むのかチェックするためだ」と陰口を叩く者もいた。それはともかく、『噂の真相』なら資料室に持ち込み、読み終わって持ち帰っても「盗んだ」などとあらぬ疑いをかけられずに済む。

記事を読んでわかったことが五つあった。

一つはクラブ「ひら川」のママが差出人の怪文書が二月末に出回ったこと。その内容はママ自らが鶴田社長の愛人であると宣言、クラブ「ひら川」はそのお陰で商売が成り立ってきたことを認めたうえで、これからは愛人関係を解消する、というものだった。

二つ目はクラブ「ひら川」は十数年以上前から鶴田社長が贔屓にしていた店で、今のママの母親の代から通い詰めていて、公私にわたって母、娘の面倒を見ていること。

三つ目はクラブ「ひら川」が日経新聞社の夜の役員室のようになっていて、ママが人事にまで介入していること。

四つ目はＴＣＷの問題で責任のあるはずの役員が今年の三月人事でみな昇格し、火消しの論功行賞になっていること。ＴＣＷ社長兼務の島田昌幸取締役社長室長、ＴＣＷ監査役兼務の藺《い》牟《む》田《た》忠男取締役経理局長がともに常務に、ＴＣＷ取締役兼務の富沢秀機常務が大阪本社代表に昇格し、経理担当の大輝精一専務が日経ＢＰ社副社長に転出している。

五つ目はＴＣＷの問題を巡って二種類以上の怪文書が流布していて、その背景に社内の人事抗争があるらしいこと。人事抗争は杉田亮毅副社長と島田昌幸常務の間で生じており、両派とも相手が怪文書の仕掛け人と疑っている。

午後九時前、三階の金融新聞デスクセンターに下りた。ようやく出始めた大刷りを読み始めても、すぐに頭が「これからどう動くか」にいってしまう。どっちつかずでは時間の無駄になると言い聞かせ、金融新聞の大刷りを読むのに専念した。しかし、つまらない記事やわかりにくい記事にぶつかると、いつのまにか「これからどうしよう」と考え始めていた。

「いやいかん」と金融新聞に集中するということを何度か繰り返しているうちに、紙面検討会も終わり、大過なく紙面作りは終了した。

午後一〇時半前には本社を出て、帰路に着いた。歩いているときも、電車に乗っているときも、ずっと考え続けた。

そして、私はひとつの結論に達した。

「まず、クラブ『ひら川』を調べよう」

TCWの問題でけじめをつけさせることが一番大事だが、TCWの手形乱発の実態や原因を調べるのは時間がかかる。しかも、関係者に直接取材することはできない。そんなことをすれば、すぐにばれてしまうし、その時間的な余裕もない。地道に情報を集めることはするが、当面はクラブ「ひら川」のことを徹底的に洗うことを優先しよう。『噂の真相』の記事が事実なら、TCWのような問題が起きたのも、クラブ「ひら川」に鶴田社長以下の経営陣が連日、集うなどという言論報道機関として理解できない経営私物化が背景にあると考えるべきで、その実態を調べておく必要があると思ったのだ。

まず、クラブ「ひら川」のある場所の確認だった。

六月一三日、私は午後六時半から学生時代からの友人と飲むことになっていた。赤坂で待ち合わせて、その後に見当をつけた場所を見て回ろうと考えた。

昼間は時折、小雨がぱらついたが、夜は曇天だった。食事も終わり、さあ、店を出ようとしたとき、切り出した。

「ちょっと、つきあってくれないかな」

「なにもう一軒行くのか」

「いや違う。もう社に戻らないといけないんだが、溜池まで一緒に散歩してくれないか」

「ああいいけど、何で」

「歩きながら話すよ」

入った店は一ツ木通りのＴＢＳの近所だった。店をでると以前のＴＢＳの本社の前を通り、国際新赤坂ビルのほうに向かった。

「その先に、派手なラブホテルがあるの、知っているでしょう」

「知っている。あったね」

「ホテルの手前の路地を左に曲がってコの字形に歩き、この道に戻ってきてほしいんだ。ラブホテルの先にあるビルの前に出てくるはずだから。この道に出る手前にもうひとつ、ビルがあるんだけど、その地下にクラブ『ひら川』という店があるかどうか、確認してほしい。それから、その周辺に停まっているハイヤーや白ナンバーの社用車を見てほしい。僕は君が出て来る先辺りでタバコを吸って待っているから」

「わかった」

五分ほど、待つと、友人が戻ってきた。

「あったよ。ハイヤーは奥の道まで含めると、七、八台停まっていた。白ナンバーは道路にはなかったけど、そのクラブ『ひら川』のあるビルの駐車場に一台いたね。多分、センチュリーだと思う」

「そう、ありがとう」

「何なんだよ」

「クラブ『ひら川』は、日経新聞社の〝夜の社長室〟と言われている店なんだよ。ママは鶴田社長の愛人だと言われている。多分、白ナンバーのセンチュリーが鶴田社長の車だ。周りに停まっているハイヤーは社長のお稚児さんたちの車だよ、きっと」

「鶴田社長はお盛んらしいね。『噂の真相』なんかにも出ているしな。そう考えると、彼の体つきって男性自身みたいだな。で、何をやるんだ？」

「もう少し、待ってくれ。また、頼むことがあるかもしれないから」

「面白そうだな。頼まれるよ」

次にやったのが鶴田社長の社用車のナンバーを確認することだった。これは「宅送り」のときに調べられると踏んでいた。「宅送り」というのは深夜午前〇時を過ぎるとタクシーかハイヤーに相乗りして帰宅することで、車は本社地下二階で配車される。地下二階は駐車場でもあり、時々、白ナンバーのセンチュリーが停まっていた。六月は二四日が金融新聞の当番、二七日が朝刊の局番補佐だった。この二日を「宅送り」で帰宅してナンバーを特定しようと思った。思惑通り、黒塗りのセンチュリーのナンバーは「品川3××　ふ88－××」とわかった。

今度は、住所をもとに、法務局に行って「ひら川」の法人登記を調べることにした。

七月一日、蒸し暑い曇り空の日だった。昼過ぎに昼食に出たまま、麻布十番にある港区の法務局に行った。

「ひら川」の住所はわかっているが、どんな会社組織かわからなかった。株式会社なのか、有限会社なのか、それとも個人営業なのか。もし、個人営業なら、法人登記はしていないだろう。それに、社名も問題だ。「ひら川」ならいいが、違う社名かもしれない。

ともかく、株式会社「ひら川」という社名で、調べてみることにした。

図星だった。法人登記の「現在事項全部証明書」と「履歴事項全部証明書」「閉鎖事項全部証明書」「閉鎖謄本」の四種類の書類を取った。「現在事項全部証明書」はその法人の現在の本店所在地、設立年月日、目的、資本金、役員などが記載されている。「履歴事項全部証明書」「閉鎖事項全部証明書」「閉鎖謄本」は設立からこれまでの役員などの変更を調べるのに必要な書類だった。

このとき、私は登記関係のすべての書類を見れば主要株主もわかるだろうと思っていた。実は、「ひら川」には鶴田社長が出資しているのではないか、との噂を聞いていたからだ。窓口で申し込みをして二〇分ほど待って、四つの書類を受け取った。すぐに待合席に座ってすべての書類をチェックしたが、どの書類にも主要株主は載っていなかったので、また窓口に行って尋ねた。

「法人登記では主要株主はわからないのですか」

「株主を知りたければ、設立趣意書をみないとわかりません。設立趣意書は保存期間が五年です。それより前に設立した会社のものはありません」

「そうですか」

がっかりした。後に、税務署への納税申告書には主要株主が記載されていると聞いたが、その入手は事実上、不可能だとのことだった。

法務局を出て、喫茶店に入り、そこで書類を丹念にみた。

株式会社「ひら川」の設立は八八年四月一日で、設立当時から資本金一〇〇〇万円、代表者は平川保子だった。最初は保子の母、平川佳代が代表だったのではないか、と予想していたが、違っていた。

佳代は赤坂芸者出身である。赤坂では芸者がサイドビジネスにクラブを経営するというケースがままある。佳代がクラブ「ひら川」を開いたのも同様のケースだろう。佳代はお座敷に出たあと、客をそのまま自分の店に連れて行く、というスタイルの営業を考えていたのではないか。だとすると、株式会社「ひら川」の代表者に最初から娘の保子を据えたのも納得できる。大抵、クラブやバーは午後七時半ごろに開店して午前〇時に閉める。芸者の佳代はお座敷があれば、午後一〇時過ぎまで店に出られず、開店時から店を取り仕切るのは娘の保子になる。だから、代表者を保子にしたのだろう。

しかし、設立時の八八年四月時点で、二〇歳代半ばの保子には、それほど多くのなじみ客はいないはずだ。いるとすれば母親の佳代のほうである。佳代のなじみ客の一人が資金援助して、店を出した可能性が高い。

登記上、ちょっと気になることがわかった。一つは九四年九月三〇日に商号が株式会社「平川」から「ひら川」に変更になっていたこと、もう一つはその一年三ヵ月後の九五年一二月二八日に佳代が株式会社「ひら川」の取締役を辞任していたことだ。

商号の変更はともかく、佳代の取締役辞任は不自然だと思った。年齢を考えれば、「ひら川」を開店したのは保子でなく、佳代だったに違いない。母娘が二人三脚で経営している店であるなら佳代が取締役まで辞任してしまう理由があるのだろうか。九四年秋から九五年末までの一年あまりの間に母娘の間に何かがあった可能性が高い。

しかし、その背景を推測する材料はなかった。

『噂の真相』の記事ではクラブ「ひら川」は母が開き、現在は娘が二代目として引き継いでいると書いてあるが、母の佳代が生死を含め今どうしているのかは何も書いていない。佳代は一体、どうしたのだろうか。その手がかりを得るにはどうすればいいか。私は保子の住民票と戸籍謄本を入手しようと思った。法人登記をみて、平川保子の住所はわかっていたので、住民票を入手すれば、それをもとに戸籍謄本も取れるだろうと安易に考えたのだ。だが、これが難題だった。平川母娘と縁戚でもなくまったく無関係の私が区役所などに出向いても入手はできない。

考えた末、店の場所を特定するのを手伝ってもらったくだんの友人に頼むことにした。友人はある企業で総務関係の仕事をしていたので、うまい方法を知っているのではないか、と思ったのだ。

「頼みごとがあるんだけど。この間、場所を確認してもらったクラブ、あそこのママの住民票と戸籍謄本がほしいんだけど、何とかならないか」

「今はもう駄目だね。個人情報保護法制定の動きがあるからな。以前ならそういうことを引き受けるのを仕事にしているのがいたけど、今は全然だよ」

「駄目か。全然か」

「住民票や戸籍謄本の現物は百パーセント取れないけど、調査はできる可能性があるよ」

「それでいいから、ちょっとやってみてよ」

「二週間くらいはかかるぞ」

「それでいいから、お願いするよ」

「おい、お前、何をやろうとしているんだ」

「ちょっと待ってくれ。必ず詳しく説明するから。今言えるのは日経新聞社を改革しようと思っている、ということだけだ」

「……なんとなくわかるけどな。後でちゃんと教えてくれよ」

「心配するなよ」

友人に依頼したのは七月一日の夕方だった。中旬までは結果待ちの状態になるわけだが、この間は私は、非番の日に社内情報に詳しそうな後輩記者三～四人を個別に食事に誘い、クラブ「ひら川」の情報をそれとなく集めることにした。驚いたことに社内には鶴田社長に関する真偽不明の噂話が多数、渦巻いていることがわかった。

「クラブ『ひら川』は鶴田社長へのゴマすりのため広告担当の佐久間俊治副社長も頻繁に通っていますよ。広告局では若い社員も大抵は店に行ったことがあるようです」

「九七年頃、広告局海外駐在社員から聞いた話ですけど、鶴田社長は『ひら川』の母、娘の双方ときわめて親しい関係にあるそうです。この話は広告局では知らない者がいないくらい有名だと言っていましたね」

「それが原因で母親は憔悴して、一時、銀座に別の店を出したが、二～三年後に亡くなってしまった」

「二～三年前、鶴田社長の息子と大学で同期の奴から聞いたんだけど、息子は『親父は事実上の離婚状態だよ』と話していた」
真偽不明とはいえ、こうした噂話が社内に多数流布していることに愕然とした。さらに鶴田氏に諫言しようという幹部が一人もいないことには呆れるほかなかった。

10　赤坂芸者に入れあげる社長

二週間経ってもくだんの友人からは連絡がなかったが、ある日本屋を覗くと、『怪文書Ⅱ』（光文社新書、六角弘著）という本があり、そのなかに、こんな一節があった。

あるとき、赤坂の料亭大女将が自殺した。大女将はある新聞社の社長の愛人と噂され、料亭もその社長がやらせているといわれていた。当然、自殺は花街で大きな話題になった。しばらくすると、真相が明らかになった。他の料亭同様に、大女将は二次会用のバーを併設していて、そこを取り仕切っていたのは大女将の娘だった。その娘のお腹が目だって膨らんできたのだ。父親は誰？　ということになり、詮索の結果、何と、父親は大女将の旦那の新聞社社長だった、というのだ。大女将はショックを受け、死を選んだ。

その日、七月二三日の夜、旧知の都市銀行元企画部幹部と飲むことになっていた。場所はクラブ「ひら川」の入っているビルの近所にある、料亭「やまと」である。
実は、クラブ「ひら川」の場所を確認するため友人と歩いたとき、四～五年前にこの元企画部幹部と宴席をもった店が近くにあるなと気づき、もう一度行こうと持ちかけたのだ。

私が彼と一緒に「やまと」に入ったのは午後六時半過ぎだった。

一時間ほど経ったところで、「やまと」の女将が挨拶に入ってきた。

「やまと」の女将はおしゃべりだった。元々、政治家との縁で料亭の経営を始めたようで、昭和三〇~四〇年代の料亭を舞台にした政官業の癒着に絡んだ四方山話をとうとうとしゃべる。どうやら、かつては建設省と運輸省の関係者が利用していた料亭のようで、著名な政治家の名前もポンポン飛び出した。

私が聞きたいのはその話ではない。クラブ「ひら川」の平川保子の評判、それと日経新聞社との関係だった。しかし、あまりガツガツしても勘繰られると考え、適当に相槌を打っていた。話が途切れたとき、彼が切り出した。

「この辺に日経新聞社の御用達のクラブがあるんだってね」

「あるわよ。このビルの奥にある『ひら川』でしょ。みんな困っているわよ。連日、黒塗りを周辺にずらっと停めるでしょ。迷惑しているのよ。ママだって傍若無人に振る舞うし、鼻つまみよ」

「でも、それじゃ、繁盛しているんだね」

「それはそうよ。この周辺の料亭や割烹はみなお客さんが減って四苦八苦しているのにね。いいのは『ひら川』だけよ」

「『ひら川』っていつごろからあるの」

「あのビルは米屋さんだったの。ビルにしたのは確か、バブル絶頂の頃よ」

女将はお茶を飲んだ。ビールでもと言ったが、もう飲んでいない、というのでお茶を運んでもらっていたのだ。

「それからずっとよ。そんなことよりね、あなた」

女将は声をひそめた。

「あの店、元々、今のママのお母さんがやっていたのよ。芸者だったの。そのお母さんがね、数年前、首吊り自殺したの。その原因っていうのがぞっとするのよ。今のママに新聞社の社長さんの子供ができたのよ。それで、お母さんはショックで自殺したんだって」

私は『怪文書Ⅱ』に書いている話とほぼ合致すると思い、嘴《くちばし》を挟んだ。

「それはいつごろのことなんですか」

「さあ、いつごろかしらね。五～六年前じゃなかったかしら。そんなことよりね。二年くらい前かしら、この話を聞きたい、って週刊誌の記者が来たのよ。なんだか、日経の社長が新聞協会長になったら、記事にするんで材料を集めていると言っていたわ。ひどい話よね。新聞協会長になんか、なっていないんでしょうね」

私は都銀幹部と顔を見合わせて頷いた。

「当然よね」

「新聞協会長にはなっていませんし、これからもないですよ。それで、子供のことですけど、今はいくつくらいなんですか」

「男の子でしょ。自殺したとき幼稚園だったと言っていたような気がするから、今は小学生じゃないの」

あまり日経新聞社の話をするとまずいと思い、この辺で話題は打ち切り、政官業の癒着の話に戻った。


三日後、くだんの友人から電話があった。

「例の件、調査できたよ」

「そう、ありがとう。すぐ会えないか」

大手町の周辺はまずいと思い、御茶ノ水で会うことにした。

「メモを読み上げるぞ」

「わかった」

私は、友人が読み上げるのを逐一書き取った。読み終わると、友人は問わず語りに話し始めた。

「保子の息子は九三年五月に生まれている。保子は六三年一〇月生まれ、まだ三八歳だよ。法人登記の住所、千代田区九段北に引っ越したのは九二年八月だ。それまでは母親の住所と同じだから、同居していたんだろう。子供が生まれるので、独立したのかな。大事なことを忘れていた。保子の息子を認知している男は鶴田社長じゃないね。赤井数雄という男だよ。君、知っているのか」

「知っているわけないだろう。知らないから調べている」

私はメモしながら、答えた。

「じゃ、赤井数雄も調べてやろうか」

「おい、やってくれるのか」

「赤井数雄は出身地はわかっているらしい。茨城県だ。鶴田社長と同じじゃないか。君のほうで住所がわかるといいな。子供の生まれた年を考えると、クラブ『ひら川』の客の可能性があるんじゃないか」

「そうだね。ちょっと調べてみるよ。それから連絡するよ」

「そうそう、母親の佳代だけど九八年一月三一日に六一歳で亡くなっている」

「最近出た光文社新書の『怪文書Ⅱ』に自殺したようなことが書いてあったし、社内でも鶴田社長と保子の間に子供ができて、それで自殺したという噂がある」

「なんか、どろどろしているね」

「ところで、いくらかかった？」

「ああ、いいんだよ。ちょっと、上手い手があったんで、カネはかからなかった」

「悪いな」

「気にしなくていいよ。松本清張の『砂の器』みたいだな……もう一つ、保子は二〇〇〇年五月にマンションを買ったんじゃないか。千代田区九段北から住所を港区南青山に移している。それから類推すると、その頃、売りに出ていた億ションじゃないか。君の会社は、相当つぎ込んでいるようだな。それも調べるといいぞ」

友人と別れ、本社に戻った。席に着いて、インターネットの記事検索で「赤井数雄」とうってみると、意外なことに数件、ヒットしたのである。すべて、中堅不動産会社の東一建物の人事異動に関する記事だった。その部長職に赤井数雄という男がいたのである。即座に九階の資料室に上がり、保子の子供が生まれたころの人事録をみた。眼鏡を外して一人ずつ、丹念にチェックした。

「あ、あった」

思わず声を上げそうになった。

最近の人事録は自宅の住所を掲載していないが、九三年当時の人事録には自宅の住所や出身地が載っていた。赤井の出身地は茨城県とあった。

「これだ。まず間違いない」

住所をメモして、すぐに本社の外に出た。携帯電話で、友人に電話をして、赤井数雄の住所を教えた。

「俺、八月三日から八日まで休んで北陸や飛驒にドライブする。だから、できればその前に取ってくれるとありがたいんだがな」

「わかった。一週間以内にやるよ。マンションの不動産登記はどうする？」

「それは自分でやるよ」

七月三一日、猛暑の日に、もう一度麻布十番の法務局に出向いて平川保子の新しい住所の登記簿を取った。

新住所は南青山三丁目。地下一階、地上一一階建てマンションで九九年六月の新築。平川保子が購入したのは〇〇年五月一〇日。五月二四日に所有権の移転登記がされている。広さは八二平方メートル弱で、場所を考えると、一億円近いと推定できる。抵当権の設定は三〇〇〇万円で、同額が借金だと思われる。少なくとも自己資金が六〇〇〇万円くらいはあったとみられるが、当時三六歳の保子がどうやってそれだけの現金を得たのか。クラブ「ひら川」が相当儲かっているのか、それとも、誰かパトロンから援助を受けているのか。通常の商売をやっているだけではとても買えるような物件ではなかった。

援助している人物はいったい、誰なのか。

八月二日、友人から電話がかかってきた。

「当たりだったよ」

また、御茶ノ水で会うことにした。

「今度はきれいな字でメモしてきたから、コピーをやるよ」

メモを渡すと、また、一人でしゃべり出した。

「この赤井という男も、すごいね。九三年五月に男の子が生まれて二ヵ月後の七月に認知しているんだけど、それからさらに二ヵ月後の九月に本籍を茨城県から埼玉県に移しているらしい。これ、どういう意味かわかるか」

「え、何か、意味があるのか」

「あるんだよ。調べてくれた奴によると、戸籍の仕組みっていうのはこうらしいんだな。赤井は四六年一二月生まれで、七八年に結婚して一男一女がある。茨城県の戸籍にはこれに加え、保子の男の子を認知した事実も記載される。認知のあとに、本籍をそのままにしておくと、外で子供を作ったことがばれてしまう。しかし本籍を移すと、移転先の新しい戸籍、つまり、埼玉県の戸籍には認知した事実が記載されないんだ。戸籍謄本をとっても、外に子供がいることがばれない。それを知ろうと思えば、茨城県の除籍謄本を取らないといけないが、そんなことは遺産相続のときでもなければしないというんだな。戸籍を見たわけじゃないから、百パーセント間違いないとは言えないけど」

「へえ、そうなの」

「男って簡単に認知はしないものだと言うよ。でも、赤井氏は簡単にしているよね。そういうときは普通、夫人と離婚して新しい女と結婚するんだよ。でも、赤井にはそんな気はなかったんだな。赤井は保子と結婚していないんだから。それなのに、赤井はいとも簡単に認知している。あまりないケースだと思うんだ」

「男と女の仲って十人十色以上に千差万別だよ。もう少し事情がわからないとね」

「それはそうだ。でも、自分の妻を捨てる気のない男は仮に外に子供ができても認知したがらない。認知まで時間がかかるんだ。俺の知っている銀座のクラブのママが言っていたよ。認知で揉《も》めに揉めたケースをたくさん見聞きしていると言っていた。裁判沙汰になるくらいまで行かないと、認知しないんだ。二ヵ月やそこらではそこまでいかない。普通は一年や二年はかかるというんだな。スピード認知のときは大抵、愛人と結婚しているというよ。そうでないのにわずか二ヵ月で認知している。うかがい知れない事情があるような気がする」

「赤井と保子の縁は切れているね。切れていなければ鶴田の愛人だなんて話は出てこない。やはり、何か変だ。ただ、赤井に会わないとなんともね」

「それはそうだ。だけどな、鶴田社長と赤井の出身地が茨城県だっていうのは気になるね。それから赤井は鹿児島で生まれているんだ。やっぱり『砂の器』を思い浮かべるね」

出た。

　八月三日土曜日から八日木曜日まで夏休みを取り、北陸、飛驒、白骨などにドライブ旅行に
　八月九日午前一一時ごろ出社して自席に着き、机の上の郵便物をみた。そのなかに日経新聞社の社用封筒があった。裏を見ると、差出人はない。開けてみると、「日経新聞改革委員会」の手紙だった。私のところに来たのは二通目である。消印をみると、「赤坂局」、日付が「8月6日6－12時」だった。最初の手紙からほぼ半年が経っていた。この手紙は回収されなかったので、今も手元にある。

　その趣旨は、「内外とも鶴田社長の愛人問題に目が向いているが、日経の腐敗の元凶はTCW問題で、これに目をむけよ」というのである。TCWの損失は約一二〇億円に達し、日経新聞経営陣の裏金作りがあったのは間違いないと断定し、元検事総長の吉永祐介氏と監査法人のトーマツを使って隠蔽するつもりだと指摘、編集局幹部が真相究明に立ち上がれ、と呼びかけている。四月一日の入社式での鶴田社長の挨拶を引用して鶴田社長の厚顔無恥ぶりも暴いている。挨拶では「言論機関である日経社員を、社会は厳しく見つめています。我々には通常以上のモラルと判断力が求められています」と言ったらしい。社内報「太陽樹」に載ったものを読んだのだろう。

　TCW問題の概要は週刊誌報道などでわかるが、損失額や吉永氏のことなどは社内でないとわからない。

この手紙には、社長室、法務室、経理局などTCWに関係する部署の人間が関与しているのではないかと思った。背景に『噂の真相』の示唆しているような社内抗争があるとしても、主張自体はもっともだと思った。

だが、愛人問題よりもTCWの問題が重要だという指摘は、私には少し疑問だった。

TCWは前代未聞の事件であり、経営陣の責任が重大なのは疑いない。企業経営者に対しその行動原理や倫理性について指針を示している日経新聞社で起きた不正経理事件で、経営陣の致命的な失敗である。しかし、私はその背景に日経新聞社の腐敗があり、その原点は鶴田社長の愛人問題だと思っていた。

イトマン事件の「一〇〇〇万円疑惑」と、コスモ信用組合の「高利預金疑惑」も、この問題と無関係でないかもしれない——。そんな疑念を抱くようになっていたのだ。

それには、いくつかの理由がある。一つはこれまでの調査で、鶴田社長がクラブ「ひら川」にかなり肩入れしており、何かとカネがいるはずだと考えたのだ。もう一つ、鶴田社長が株式会社「ひら川」に出資している可能性があること、三つ目は保子に九三年五月に男の子が生まれたことと、佳代が九五年一二月二八日に「ひら川」の取締役を辞任していることになんらかの関係がある可能性がある。

鶴田氏は九三年春に社長になったが、イトマン事件の「一〇〇〇万円疑惑」は九〇年九月に現金の授受が行われている。「ひら川」の資本金一〇〇〇万円と接点があるかもしれないと疑ったのだ。

コスモ信組の「高利預金疑惑」は九五年である。噂どおり鶴田氏が二ケタの金利で預金していたなら、一億円の預金で年間一〇〇〇万円以上の金利収入が得られた計算になる。平川母娘の間に確執が生まれたとすれば九五年前後だ。何か関係があるのかもしれない。

私は当面クラブ「ひら川」と鶴田氏の関係を詰めることを優先しよう、と思った。だから、ドライブ旅行中に考えていた次の一手を躊躇することなく、実行に移すことにした。

鶴田社長が「ひら川」にどれくらいの頻度で行っているのか、調べることだ。

「ひら川」を見に行ったときのハイヤーの数などを考えると、相当な人数で通っているとは推測できたが、頻度については毎日調べる必要があった。

九月から、月曜日から金曜日の夜九時から一〇時の間にクラブ「ひら川」の周辺に鶴田社長の社用車が停まっているかどうかを点検することにした。自分一人ではできないので、「ひら川」から歩いて二〇分ほどのところに住む六〇代の知人に協力を依頼することにした。

その知人が毎日三〇分ほど赤坂周辺を散歩していたからだ。散歩のコースにクラブ「ひら川」を入れてもらおうと考えたのだ。お盆の最中の八月中旬、その知人と赤坂で食事し、帰りに「ひら川」の周辺を歩いて店の場所を教え、鶴田社長の社用車のナンバーを書いたメモを渡した。八月二六日、月曜日から散歩のコースにいれてもらうことにした。私も週一回か二回、非番の日の午後八時前後に見回るが、知人には午後九時過ぎに散歩してもらい、私のチェックと重複してもいいことにした。

もし、鶴田社長の愛人問題が自分の会社の社長でなく、取材先の社長だったら「ひら川」に偽名を使って通い、店の常連客やバーテン、ホステスに取り入って話を聞くことができた。ターゲットの社長や側近などの当事者にも取材しなければならない。しかし、このケースはそんなことをやろうとしただけで相手にばれてしまい、すべてが水泡に帰してしまう。

ほかにできることは平川保子の男の子を認知した赤井数雄に会うことだった。

赤井に会う方法には名案があったが、これもまったくリスクがないわけではない。赤井と鶴田社長が知り合いなら、情報が筒抜けになってしまう恐れもある。どういう手順で鶴田社長を追い込むか決めないうちに動いて、相手に察知されるのもまずい。

しばらく様子をみることにした。

11 乱れ飛ぶ怪文書

私がＴＣＷの本格的な調査を始めたのは〇二年九月に入ってからだった。

ＴＣＷの場合、取引相手などを当たる方法があったが、昼間から飛び回らなければならないし、夜回りもする必要がある。部長職にある自分の立場を考えると、とてもできなかった。あえてやろうとすれば「あいつはなにをやっているんだ」といった噂が飛び交いかねない。相手に筒抜けになる。

すぐにできることは、ＴＣＷの財務データを集めることくらいしかなかった。

入手は容易だった。週刊誌ダネになっているし、街金に手形が流れているので、東京商工リサーチも帝国データバンクも調査していたからだ。九六年一二月期から〇〇年一二月期まで五年分のデータは手に入ったが、〇一年一二月期のデータは入手できなかった。〇一年一二月期の決算は〇二年春にはまとまっているので、すでに半年以上経過している。それなのに、商工

ＴＣＷの売り上げなどの推移（単位＝百万円）					
	'96年12月期	'97年12月期	'98年12月期	'99年12月期	'00年12月期
売上高	3417	4320	5301	5189	10686
経常利益	100	95	15	14	45
当期利益	57	42	4	0.4	15
総資産	1383	2182	4335	5089	9206
現金預金	317	322	203	576	946
受取手形	422	281	459	1480	4055
売掛金	551	1501	3419	2892	2615
前払費用	463	292	193	6	6
前渡金	—	—	—	90	1573
支払手形	348	362	562	1223	4266
買掛金	374	—	1	0.7	—
借入金	380	400	1220	1800	2000
未払金・費用	241	1193	2327	1854	1620

リサーチにも帝国データにもなかった。日経新聞社が厳しい情報管理をして、外に出さないようにしているとしか思えなかった。

日経新聞社が調査に入ったのがちょうど一年前の九月だから、〇一年一二月期決算は大幅な赤字決算になっているのだろう。社内ですらその実態について隠蔽を続けているのだから、外部から決算内容が漏れるようでは困るとでも考えているに違いない。取材先の企業が不祥事を隠すのと同じことを日経新聞社がやっていることになるわけで、病巣は深い。とりあえず、私は入手したデータをもとに表を作った。

表を作ってみてはっきりしたことは、〇〇年一二月期決算の異常さだ。売り上げは九九年一二月期の五一億八九〇〇万円から一〇六億八六〇〇万円に倍増している。受取手形は一四億八〇〇〇万円から四〇億五五〇〇万円、支払手形は一二億二三〇〇万円から四二億六六〇〇万円にともに三倍増しているのである。
ＴＣＷが日経新聞社グループのイベントの企画などを請け負うために設立されたという経緯を考えれば、親会社の発注が売り上げにたっているはずだ。それが前年と変わらないのに、売り上げが倍増したのは、「なぜだ」と考えるのが普通だ。〇一年に日経新聞社が物凄く大きなイベントをやったという話は聞いたことがない。だとすれば日経新聞グループ以外から九九年の年間売り上げ以上の案件を受注して手がけたことになるが、一件五〇億円にものぼる工事を受注したというなら「よくやった」と話題になるはずだ。それが話題になっていないのだから、小さな内装工事の積み上げなのだろうか。それにしても、そんなことが可能なのだろうか。

経理の素人でもその不自然さに気づく。どんなに遅くても〇一年二月には日経の経営陣は〇〇年一二月期決算をみているはずだ。それなのに、社長を更迭、調査に入ったのは〇一年九月だ。約八ヵ月の間、何をしていたのだろうか。経営陣が意図的に子会社の管理・監督を怠ったとしか考えにくい。つまり、週刊誌で報道されている裏金作りや架空売り上げの計上は事実の可能性が高い。

財務データからも架空工事をでっち上げているらしいことは想像できるが、本当に架空工事なのかどうか、それはどれくらいの金額なのか、そして何のためにやったのか。日経新聞の経営陣はそれをなぜ見逃していたのか。真相を解明するには工事リストなどの入手が必要だし、ＴＣＷの取引先、元役員などに話を聞く必要もある。しかし、それは事実上不可能だった。

次に、怪文書を集めてみることにした。少しでも参考になりはしないかと思ったのだ。再び友人に電話をして日経新聞絡みの怪文書を集めてくれるように依頼すると、総務関係の仕事をしているせいか、わずか二日で集めてくれた。

怪文書を差出人で分類すると、五種類になった。私のところにも来ている「日経新聞改革委員会」のほか、「日本経済新聞社を改革する会」、「日本経済新聞の将来を憂う会」、「日本経済新聞社取材記者有志一同」、それに差出人のないものだった。差出人のない手紙は二通あったが、文字などからそれぞれ別人が作成したとみられ、怪文書を出しているのは計六グループとみられた。

怪文書はいずれもTCW問題を取り上げているが、そのスタンスが差出人によって違う。怪文書を読んでわかったことは、TCW問題に大成建設の子会社、大成設備が関係していること、韓国人がなんらかの関与をしていると思われることくらいだった。

そのほかに目新しい記述は日経広告もこの件で大損していること、それを日経新聞社経営陣が隠蔽していると書かれていた部分だ。これを読んで、数日前に配布になった臨時株主総会の招集通知を思い出した。

日経新聞社の監査役の一人が八月下旬に亡くなって欠員が生じ、新しい監査役を選ぶため臨時総会を開くという。開催日は一〇月七日で、新監査役の候補はこともあろうに日経広告の前社長、木下進氏だった。怪文書によれば、〇〇年に日経広告は広告代金の焦げ付きで十数億円(実際は三〇億円弱)の損失を出している。木下氏が社長から専務に降格になった時期(〇一年三月)から推定すると、降格はこの損失事件と関係があるとしか思えなかった。

日経広告でそんな損失が出たという話は聞いたこともない。私は、「これも隠蔽していたんだな」と思った。それよりももっとけしからんと思ったのはその責任者の木下氏を親会社である日経新聞社の監査役にしてしまう、という発想だ。不祥事の当事者を内部に取り込んで、隠蔽するためとしか考えられない。

「子会社の経営に失敗した責任のある人物を監査役に取り立てるなど、上場企業では考えられないことだ。そんな常識はずれのことを平気でやり、それを誰も止めない。いったいこの会社はどうなっているんだ」

議案に×をつけて投票しようかと思ったが、考え直した。そんなことをして目をつけられても困る。ここは少し我慢しなければ、と考え直して棄権することにした。


調査は先へ進まず、暗礁に乗り上げたままだった。手詰まりのなか、時間だけが過ぎて行った。鶴田社長を退陣に追い込むには愛人問題を取り上げるのは必要条件だったが、十分条件ではない。やはり、経営上の失敗を象徴する事件が重要だった。それには、TCW問題はうってつけだが、そのTCW問題の材料が揃わないのでは打って出られない。焦燥感も芽生え始めた一〇月中旬、友人から電話があった。

「面白いものが手に入ったぞ。出てこられないか」

「何だよ」

「いいから、会ってからのお楽しみだよ」

「そうか。わかった」

腕時計をみた。午後三時過ぎである。

「今すぐならいい。五時から部長会があるから、四時半には戻らないといけない」

大手町から少し離れたところということで、竹橋で会うことにした。

友人が持ってきたのはTCWの架空工事のリストなど、一〇種類の資料が入ったファイルだった。A4の用紙にコピーされた資料をひとつずつ点検した。
①九九年一〇月から〇一年八月までの物件表（三六ページ）
②九七年から〇一年九月現在までの商環境事業部の実態報告（〇一年九月二五日作成＝七ページ）
③日本電気リースとの第二回目の契約について（〇一年一〇月三〇日、石川善幸商環境事業部長作成＝三ページ）
④パワー建設の破産管財人によるTCW元社員B氏に対する事情聴取記録（〇二年八月一三日作成＝八ページ）
⑤門司港マンション新築工事の物件表（実工事と架空工事に分けた物件票）
⑥伊豆平和病院増築工事の物件表（実工事と架空工事に分けた物件票）
⑦甲南馬事公苑の物件表（実工事と架空工事に分けた物件票）
⑧九七年から九九年までの三年間の前倒し物件
⑨九七年と九八年の前倒し物件に入れた赤字制作費
⑩元社員B氏のインタビュー記録（〇二年一〇月作成）

私は飛び上がらんばかりに喜んだ。

「おい、すごい資料じゃないか！　これが欲しかったんだよ。どこで手に入れたんだ」

「一ヵ月くらい前、怪文書を集めたろ。あのとき、君がＴＣＷの問題も闇が深いって言っていただろ。厳しい緘口令が敷かれていて情報がないとぼやいていた。それで網を張っていたら、引っかかってきたんだ」

「どこから入手したんだ」

「それは言えない。でも、ひとつだけ教えるよ。ＴＣＷの元社員Ｂ氏が辞めたとき会社から資料を持ち出していたんだ。あるマスコミにその資料を渡し、不正を暴くように頼んだらしい。それを入手した。絶対に情報を漏らさないという条件でな。約束は守ってくれ」

「心配しないでくれよ」

「そうそう、最後にある『元社員Ｂ氏のインタビュー記録』、これはＢ氏から資料をもらったマスコミが作ったものだよ。Ｂ氏に資料について解説してもらい、そのメモを元に作ったらしい。それにしてもひどいね。クオリティーペーパーだなんてえらそうなこと言えないね。癌は広がっている。はやく根元の癌細胞を摘出しないと。がんばれよ」

「わかった。これでいける気がしてきた。この資料を見ればいくらでも記事が書けそうだけどな。書いてくれるとありがたい」

「いや、まだ、書く気はない感じだな。検察の動きが鈍いようだ。そっちの動きを見ながら、書くつもりのようだ。すぐに記事になるとは期待しないほうがいいね」

「そうか。わかった」

その日、自宅に帰ると資料を丹念にみた。

物件表には架空工事に丸印がつけられていて、実工事と架空工事が区別できるようになっていた。また、懲戒解雇になった石川善幸部長が作成したと見られる「実態報告」と元社員B氏への事情聴取記録を読むと、架空工事の手口などもよくわかった。架空工事に手を染めたのは毎年出る赤字工事の埋め合わせのためだったことも推察できたが、なぜ赤字工事がそんなに頻繁に出たのか、そこが最大の闇であった。

しかし、これだけでも日経経営陣の責任を追及するのには十分な資料だった。

「これで、赤井数雄に会う条件が整ったな」

私は、以前から暖めていた赤井氏に会うための段取りを進めることにした。この頃には、二ヵ月近い調査で鶴田社長が「ひら川」に週五日のうち四日のペースで通っていることが確認できていた。

一〇月二四日午後六時半から、日本プレスセンターのレストラン・アラスカで、七月に朝日新聞社を定年退職した阿部和義氏が主催して年二〜三回開いている大手都市銀行の二人の首脳との会合が開かれた。プレスセンター八階に阿部氏が事務所をもったので、会食の前に部屋をみたいという首脳の意向で、同じビルにあるアラスカを選んだらしい。普段は私に加え読売新聞の論説委員も参加するのだが、この日は所用で不参加だった。四人テーブルでちょうどよかった。

会食の話題はもっぱらフリージャーナリストになった阿部氏のことで、「どんな活動をするのか」「失業保険はもらっているのか」「事務所の家賃はいくらだ」「失業保険で家賃を払うのはおかしくないか」等々……。阿部氏は話題に事欠かない人物で、話は尽きなかったが、午後九時過ぎにお開きになった。首脳二人を見送って、私は阿部氏と一緒に八階の事務所に下りた。

「阿部さん、ちょっと頼みがあるんだけど」

「何?」

「阿部さん、東一建物って知っているよね」

「よく知っているよ」

「やはりね。不動産業界に強い阿部さんだから、知っているだろうと思っていた。その東一建物の幹部に赤井数雄という人がいるんだけど、その人に会いたいんだ」

「東一建物なら、君のところの羽土君がよく知っているよ。彼は、自分の娘を東一建物に入れているし、彼に頼めばいいじゃないの。彼は例のTCWの社長になったみたいだけど、どうしているのかね」

羽土氏の娘が東一建物に就職している! 思わず質問が出そうになったが、飲み込んだ。

「羽土に頼むわけにはいかないんですよ。だから、阿部さんが知っている人を通じて会えるように手配してほしいんですよ」

「わかったよ。でも、なんでなんだ」

「会うまでは理由は聞かないでほしいんです。あとで必ず説明しますから」

「向こうには会いたいという理由をどう説明するんだ」

「東一建物は倒産したでしょう。その経緯を知りたいとでも言ってください。それから、僕が会いたがっているとは言わずに阿部さんが会いたいということで話してほしいんです」

「よし、わかった」

一〇月三〇日、阿部和義氏から電話があった。

「アポイント取れたよ」

「ありがとうございます」

「一一月八日金曜日の午後二時半に、帝国ホテル五階のインペリアルクラブということにした」

「わかりました」

「赤井っていう人、倒産時の社長の側近だったらしいよ。同じ慶応出身ということで、かわいがられていた。それで、管財人からは遠ざけられていたようだね」

「日程が決まったので、明日、説明に行きますよ」

「午後三時ならいいよ」

一〇月三一日、木曜日午後三時、プレスセンター八階の阿部氏の事務所に行った。

「最初は東一建物の広報担当者と連絡を取り、赤井氏に会いたいと申し入れたけど、理由をしつこく聞かれたんで、断念した。それで、昔親しくしていた山下知行という人を通じて頼んだんだ。たまたま、赤井氏と同じセクションにいたんで、うまくいった」

「ほんとうにありがとうございました」

私は鶴田社長と平川保子との関係、二人の間に子供がいるという噂があること、保子の息子を認知したのが赤井氏であることなど、私の調査したことの概要を説明し、赤井氏に会って確かめたいことがいくつかあると話した。ＴＣＷの件で東京地検特捜部が動いていることも付け加え、日経新聞社の経営を正常化するにはどうしても会う必要があるのだ、と強調した。

説明を聞いた阿部氏は顔を曇らせ、しばらく言葉もなかった。

そして、一言、「腐りきっている。朝日新聞ではこんなことは起きない」と言った。それから、東一建物について語り出した。

「前の前の社長は真面目で立派な人だったが、前の社長は女関係もあり、派手な人だった。赤井氏はその人の側近だからな。日経新聞とどんな接点があったのかね」

しばらく考え込んだ。

「そうそう、君に話しておかなければいけないことがあった」

「なんですか」

「君の名前を出しちゃったんだよ。『日経の大塚という人が会いたがっている』と。あまり、嘘をつきたくなかったんだ。でも、そういうことだと、君の活動に影響が出るかもしれない」

「いや、いいですよ。どっちにしろ、会えば名乗らざるをえなかったでしょう。ばれるのが一週間ほど早くなっただけです。私が気にしていたのは、名乗ってはアポが取れないのではないかという点でした。アポを受けたということは、相手も何を聞かれるか覚悟してくるのかもしれません。赤井氏が日経との接点を持ち続けていれば、私が会いたがっていたと通報するかもしれませんね。それはそれで構いませんので、あまり気にしないで下さい。とにかく、会うことが大事なんです」

12　無言の特捜検事

一週間後の一一月八日、帝国ホテルのインペリアルクラブに行くと、阿部氏は五分ほど遅れて姿を現した。アポは二時半だが、事前に打ち合わせするため、三〇分早く待ち合わせたのだ。最初は阿部氏が東一建物の現状や倒産時の社長の消息を聞き、それが済んだ段階で阿部氏が「大塚君がプライベートなことで赤井氏に聞きたいことがある」と言って席を外すことにした。

赤井氏は山下氏とともに、午後二時二五分に現れた。思ったより小柄な人で、身長は一六五センチ弱くらいの中肉中背、端正な顔立ち。どこか鶴田社長に似ているように思えた。私と阿部氏は二人と名刺を交換し、席に着き話した。前社長と面識がある阿部氏は「年賀状を出しても返ってきてしまう。どうされたのでしょうか」と聞き、同席した山下氏が「（前社長は）再婚して、今九州にいます」と明かした。しかし、阿部氏はこの件についてそれ以上詳しく聞くことはなく、不動産業界の話を三〇分ほどした。

午後三時過ぎに、打ち合わせ通り、阿部氏と山下氏は私と赤井氏を残して別室に移った。

私はこう切り出した。

「ご存知かもしれませんが、日本経済新聞社の１００％子会社、ティー・シー・ワークスで架空工事をでっち上げ、一〇〇億円以上の損害を出す事件が起きました。この事件について、現在、東京地検特捜部が捜査の準備を進めています。鶴田社長と、平川保子との関係も調べるとみています。そこで、保子の男の子のことですが、認知したのは赤井さんです。どうして認知されたのか、事情を話せる範囲で話していただきたいのです」

「東京地検特捜部の捜査ですか。知りませんでした。100％子会社なんですか。何をやっている会社ですか」

「内装工事会社です。今年の春に週刊誌で取り上げられました」

「知りませんでした。それで、お聞きになりたいという話ですが、日経新聞ではもう皆さんが知っていることなんですか」

「そんなことはありません」

「二年ほど前でしたかね、私が大阪支店に単身赴任しているとき、自宅に『噂の真相』の記者さんがきたんです。同じことを聞かれました。そのとき、女房が受け答えしたんですが、記者さんは質問書を置いていきました。それには『プライバシーにかかわることなので何も言えない』と答えました。今日も回答は同じです。実は、あなたが私に会いたいと言っている、と山下君から聞いたとき、『この件かな』と思っていました」

「『ひら川』は知っていますよね」

「もちろんです。私の会社の前社長が保子の母で芸者の佳代に誘われて、店に行くようになりました。私も社長に連れていかれました。さっき、山下君が『社長は結婚して九州にいる』と言いましたが、相手の女性は元芸者なんです。社長は夫人を亡くしていて、結婚した相手と愛人関係にありましたので、佳代とはそういう関係はなかったと思います。芸者仲間ですから、佳代の開いた『ひら川』に出入りするようになり、お宅の鶴田さんとも親しい関係にはなったようです」

「『ひら川』は八八年四月に開業したんですが、その時からですか」

「開業したのはいつかは知りません」

「『ひら川』には今も行っていますか」

「もう、大分長いこと行っていません。くだんの女性ともまったく接触がありませんね」

「日経新聞の者と関係がありますか」

「まったくありません。社長に『ひら川に行ってやれ』と言われていたので、社長が行かない時も山下君なんかと時たま行きましたから、『あれが日経の鶴田さんだな』と見て知っていた程度です。あそこは結構いいカネを取るので、いくら社長に『行け』と言われても、そうそうは行けませんでした。本当に時たま行ったという程度ですよ」

「平川保子が青山の高級マンションに住んでいるのは知っていますか」

「知りません。九段のあたりに住んでいると聞いていましたが……」

「〇〇年五月に九段から引っ越したのです。ところで、母の佳代が自殺したのはご存知ですか」

「え、自殺ですか。私が店に行かなくなったあとも行っていたうちの会社の者から『なくなった』とは聞きました。何か、肝臓が悪かったという話でしたが……。自殺だったんですか」

「佳代はあるとき鶴田が娘の保子と親しいのを知ってショックを受けた、と言われています。噂では『それが自殺の原因』となっています」

「………」

「男の子は赤井さんの子供だと、佳代は知っていたんでしょうか」

「それも、プライバシーにかかわることなので言えません」

「男の子には会ったことがありますか」

「やはり、プライバシーにかかわるので、言えません」

「赤井さんの奥さんはこの件をご存知ですか」

「それは知っています」

「認知をすると、後々困ることが起きると思うのですが……」

「それもプライバシーにかかわることなので、勘弁してください。二年前に『噂の真相』の記者が来たとき、記事が出るのかと思っていましたが、何も出ませんでした。日経さんが抑え込んだんですかね」

「日経の者とは接触は本当に何もないんですか」

「ありません。店ともありません。まったく関係ありません。ですから、もしあなたがこの件を取り上げてやろうというなら、おやりになったら良いと思います。(鶴田社長の在任が)長くなると、いろいろ、膿がたまってきます。きちっとしないといけないと私も思います」

「そうですか。わかりました。大変、ぶしつけな質問ばかりで、失礼しました」

一五分ほどだったろうか。

話が済むと、私と赤井氏は別室にいる阿部氏の席に移り、一〇分ほど話したあと、阿部氏が「今日はどうもありがとうございました」と言って席を立った。

私と阿部氏は、クラブの入り口で赤井氏ら二人を見送った。阿部氏に赤井氏とのやりとりの概要を説明した。帝国ホテルを出ると、私は阿部氏とプレスセンターのほうに向かって歩いた。

「赤井氏はちょっと鶴田卓彦に似ていると思いませんでしたか」

「そうかな。（鶴田のように）太っていないじゃないか」

プレスセンターの前で阿部氏と別れた。阿部氏は「聞かなくても良かった話なので、誰にも口外しない」と言った。

一人になると、日比谷公園のベンチに座り、赤井氏とのやりとりを思い返した。

「赤井氏は身代わりで認知した可能性を否定しなかった。もちろん、認めてはいない。だが、認知している事実は夫人も承知していると言った。もし、自分の子供なら『自分の子供だ』と言えばいい。彼の身内の間では秘密ではないのだから『自分の子供』と認めてしまえばいい、それなのに、思わせぶりのことを言うのは、なにか特別な事情があるのではないか。東一建物前社長、赤井氏、鶴田社長、平川佳代、平川保子の母娘、この五人の間に隠された秘密とはなんなのか……」

鶴田社長の愛人問題は灰色のまま残ったが、材料はおおよそ揃った。問題はどういう手段を使って追及していくかだ。私にはそれなりの戦略があったが、誰にも相談していなかった。独りよがりでは失敗するかもしれない。

愛人問題などの調査を依頼していた友人に、話してみることにした。

「いや、例の男に会ったよ」

「赤井数雄か」

「そう」

「どうだった?」

「灰色のままだね。でも、自分の子供だとは言わないんだ、プライバシーだと言ってね。変なのは女房が認知したことを知っているって言うんだ。それから、二年くらい前に『噂の真相』の記者が取材に来たとも言っていた」

「『噂の真相』っていうのは、鶴田社長の絡みで、か?」

「そうだよ」

「それは変だね。鶴田社長のことは調べたのかい?」

「少しね」

「何か、不審なところはあったかね」

「不審と言えるのかどうかなんとも言えないけど、生年月日は昭和二年九月一日。で、早稲田大学政経学部を卒業したのは昭和二七年三月なんだ。戦争のドサクサのなかで、当時はストレートに学校に入り、学校を出るということは少ないよな。だから、大学を出たのが二五歳でも不思議はない。ただ、水戸では私立の旧制中学、茨城中学っていうらしいんだけど、そこを卒業しているというんだね。終戦の年、昭和二〇年には一八歳だよね。常識的には戦争中に卒業しているはずなんだが、茨城中学を卒業したあと、どういう学歴を経たのかわからない。普通なら旧制の高等学校に入ってそれから大学なんだろうけど、一〇年近く空白の期間がある。普通、社長を一〇年もやっているんだから、中学や高等学校時代の話が社内で話題になることだってあると思うが、とにかくよくわからないんだ。あまり勉強ができた学生でなかったようだから、それで秘密にしているだけかもしれないけどね」

「また調べてみるか」

「いいよ。もう必要なことは調べがついたから。これまでいろいろ協力してくれてありがとう」

「なんだい、そんなにあらたまって」

「決めたんだよ」

「何を？」

「今度の株主総会で鶴田卓彦社長の取締役解任を提案しようと思う。どう思う？」

「できるのかい？」

「商法『第232条ノ2』で三〇〇個の議決権があれば、総会に議題を提案できる。僕は三八〇〇個の議決権がある」

「いいんじゃないか。やれば。君の話を聞いていると、ひどいもんな。よくそれで、ジャーナリズムだなんて言っているって感じだ。株主提案権を使うのはいいね。日経新聞の日ごろの主張を逆手に取る手法だよな」

「そう、そうなんだ。うまくいくかな」

「うまくいくわけがない。新聞社なんて企業として最も遅れているからな。大騒ぎになる。猛反撃してくるだろうな」

「一年でなんとかなるかな」

「一年じゃ無理だよ。最低二年かかると思ったほうがいいね。新聞社の社員なんてみんな言っていることとやることが違うから、ほとんど付いてこないぞ」

「そんなものかな」

「それでいつやるんだ?」

「総会が開かれるのは三月末だ。株主提案は今年の商法改正で八週間前までに提案しないといけない。だから、来年一月下旬に提案しようと思っている」

「まだ二ヵ月くらいあるのか」

「そう、その間にいろいろ詰めたいと思う。誰か、相談に乗ってくれる弁護士を知らないか」

「弁護士ね……。考えておくよ。一週間以内に連絡する」

一一月一四日の昼、日比谷交差点裏手のビルにある弁護士事務所に向かった。

企業法務のスペシャリストとして高名な弁護士を紹介してもらったのだ。ビルの前で友人と待ち合わせた。忙しい弁護士で、話せたのは一五分ほどだった。鶴田社長の私物化の実情とTCW問題の状況について工事リストなどをもとに簡単に説明し、株主総会に鶴田社長の取締役解任を提案したうえ、TCWの問題では株主代表訴訟も考えていると打ち明けた。

弁護士は、

「取締役の解任提案はおもしろいが、会社側は海外、たとえばバーレーンあたりに転勤を命ずるのではないか。株主代表訴訟は損害が子会社で発生しているのがちょっと気になるが、子会社の損害について兼務役員が賠償を求められたケースもあり、勝訴の可能性が高い」

という見立てだった。しかし、今後弁護士として相談に乗り続けるのは勘弁してほしい、と言われてしまった。日経新聞社とことを構えるのは得策でないと判断したようだ。

事務所を出て、友人と二人でうどん屋に入った。

「やはり弁護士は無理かね」

「彼はだめだったけど、もう一人知っているのがいる。彼は刑事事件を主に手がけているからOKすると思うよ。とにかく、頼んでみてまた連絡するよ」

連絡が来たのは一二月初め。二人で、新橋の事務所を訪ねた。弁護士は話を聞いてうなった。

「ひどいね。でも、本気でやるのか」

「やるよな」

友人が私を見た。私がうなずくのを見て、弁護士は続けた。

「それじゃ、特捜部の検事を紹介しようか。そのＴＣＷの件は捜査しているんだろ。あなたからも説明しておいたほうがいいと思うよ」

私は友人をみた。

「頼んだほうがいいんじゃないか」

「それじゃ、お願いします」

「特捜部の検事はお願いするとして、株主提案についても相談に乗ってほしいんだよな。どうだろう？」

「いいよ。それはね」

「相手がどうでるか、わからないね。出方によっては訴訟になることだってある。その場合も応援してやってくれないか」

「ふうむ。それはまた、あとでだな。どんなことが起きるかわからないからね。とりあえず株主提案はみてやるよ」


弁護士から電話があったのは一二月二〇日だった。一二月二五日、水曜日午後四時に検察庁の九階に行くように、と指示された。

午後四時一〇分前、私は検察庁の受付で、面会票に自宅住所と名前を記入した。すぐに面会相手の検事と連絡が取れたらしく、九階に上がり、待合室で待つように言われた。

検察庁のビルに入ったのは初めてだった。「薄暗い建物だな」と感じた。待合室は細長い部屋で、壁に駅のホームにあるベンチのような椅子がずらっと、並んでいた。待合室にはほかに誰もおらず、私は部屋をぐるりと見て回った。そして、真ん中あたりに腰を下ろした。

「どれくらい待たされるのか……」

思ったより早く、事務官が迎えに来た。待ったのは一〇分足らずだろうか。

検事の部屋は九〇五号室だった。テレビドラマで見る検事の部屋と同じ作りで、鉤形に机が置かれていた。正面に検事が座り、向かって左サイドの机に事務官がいて、メモを取る態勢になっていた。担当検事は三〇代半ばくらいだろうか。色白で、少しふっくらした感じの顔つきだったが、目つきは厳しかった。

検事の真正面に座り、持ってきた資料を出した。

ＴＣＷ関係は工事リストなど一〇月に入手した一〇種類の文書すべてと、それをもとに私が作った「ＴＣＷ事件の概要」というペーパー、それに鶴田卓彦社長の愛人疑惑についての調査ペーパーだった。ＴＣＷ事件と愛人疑惑の関係についても捜査するように要請するためにつくった文書だ。

「今日は日経新聞社の経営健全化のために、捜査当局としてきちんと捜査していただきたくてやってきました。まず、ＴＣＷ事件のことを説明したいと思います」

持ってきた資料をすべて検事に渡し、「ＴＣＷ事件の概要」を見ながら説明した。

「まず、事件の経緯を私なりに分析しましたので、それを話します。不正の舞台は商環境事業部で、不正が始まったのは九六年だと思います。当初は決算の赤字を埋めるために、翌期に入札が予定されている工事を前倒しで受注したことにして売り上げに計上する方法でした。

九七年に入ってしばらくすると、以前に前倒しして計上した工事が受注できないという事態が発生しました。結果として架空工事になってしまったのです。年も後半になると、さらに赤字が大きくなり、決算をとりつくろうにはどうすればいいかが喫緊の課題になったんです。それで、石川善幸という大成設備工事部長に支援を要請したらしいんですね。この頃、石川部長は大成設備で架空工事を使った手形取引に手を染めていて、その輪のなかにＴＣＷを入れたんです。実需工事であれ、架空工事であれ、発注者の大成設備がＴＣＷを下請けにし、そこから孫受けのパワー建設に丸投げさせ、口銭を取れるように計らったんです。しかし、それだけでも赤字穴埋めに十分ではなく、やはり、翌期の受注見込みの工事を前倒し計上したんです」

一息入れたが、検事は黙ったままだった。

「そんなやりくりがその後も繰り返されましたが、どうも石川部長のやっていることが大成設備でばれたんですね。石川は九九年夏に懲戒解雇になったらしいんです。一方、TCWのほうは泥沼にはまっていきました。日経新聞社出身の嶋田宏一専務が社長に昇格した〇〇年春からは石川氏を取り込み、資金繰りのためパワー建設と組み架空工事をでっち上げ、手形を乱発するようになったんです。〇〇年一二月期の売り上げは前年の倍になる一〇〇億円に膨れています。〇〇年暮れが近づくにつれ資金繰りがさらに逼迫、小川豪夫専務が嶋田社長に『日経新聞の経理局に話して一〇億円の融資を要請してはどうか』と助言したというんですが、根回し不足で失敗してしまったようなんですね」

ここまで話して、創商建築のことに触れていないことに気づいた。

「あ、忘れていましたが、パワー建設の兄弟会社に創商建築という有限会社があるんです。両方とも斎藤和之という人物が社長です。架空工事の発注主は創商建築で、そこから受注したTCWがパワー建設に丸投げするという仕組みなんですね。こんな仲間内でぐるぐる回すだけなんです。〇一年になると、『やばい』と思ったのか、度々赤字工事を手掛けていた商環境事業部のN開発部長とM部長代理が一月にTCWを辞めてしまった。そして、TCWの手形が街金に出回り始めました。〇一年四月に石川氏がTCWに正式に入社、架空工事でっち上げを続けました。それは日経新聞社が嶋田社長を専務に降格する八月末まで続いています。秋には取引相手の倒産が三件あり、ついにTCWの資金繰りも破綻、日経新聞社から緊急融資を受けるに至ったんです。〇一年暮れには、日経新聞社がパワー建設・創商建築を潰さないためにその債務二〇億円を『年間二億円一〇年返済』にし、手形も三億~四億円ジャンプしたといいます。

両社が生き延びほっとしたのもつかの間、〇二年一月末から二月初めにかけパワー建設が二回の不渡りを出し倒産してしまったんです」

担当検事はやはり黙って聞くだけだった。

次にTCWが手を染めた問題取引を五種類に分類して解説した。

①赤字工事＝下請けと組んで工事をわざと赤字にし、そのなかから、一定額を掠《かす》め取る方法だが、その手口も総額も不明だ。赤字工事を使う手口は九五年ごろに手を染めたと見られるが、いつまで続いたかは不明。

②工事の前倒し計上＝翌期に入札に参加する予定の工事を前倒しして売り上げに計上する方法で、九六年後半から始まり九九年まで続いた。最も多かったのは九八年の一四億円。決算の赤字解消策として実施したが、結果として架空の計上になったケースがかなりあった。工事に入札しても受注できなかったことが大半だった。

③中間マージンを抜く方法＝大成設備が中心になった工事の輪に入り、マージンを抜く方法。九七年後半に始まり九九年まで続いた。M部長代理の依頼で、大成設備の石川善幸工事部長がセットした。たとえば、TCWが大成設備から一億円の発注を受けたと仮定すると、それをパワー建設に九〇〇〇万円で丸投げし、一〇〇〇万円を抜くというもので、うまみのある取引だった。石川部長が大成設備を懲戒解雇になったことを考えると、架空工事を前提にした融通手形取引のグループだった可能性がある。

④架空工事のでっち上げ＝九九年後半から始まり、〇〇年から〇一年八月の間に急増した。取引はTCWが兄弟会社のパワー建設（P）・創商建築（S）と共謀してでっち上げたケース

がほとんどだった。たとえば一億円の架空工事をでっち上げたとする。発注者はSで、TCWが元請け、Pが下請けとなる。発注を受けたTCWはSから一年後を期日にした二五〇〇万円の手形四枚を受け取る。そして、六％の手数料を取ることを前提に下請けのPに丸投げする。TCWはPに対しやはり一年後を期日にした二三五〇万円の手形を四枚振り出す。合計九四〇〇万円を支払う計算だ。六〇〇万円が手数料である。Sは五〇〇万円の割引料を払い、その手形を割り引き、八九〇〇万円の資金を手にする。架空工事なので、カネは一銭もかからない。兄弟会社のPとSは八九〇〇万円を自由に使えるし、TCWも手数料六〇〇万円を利益にできるうえ、Sの手形を裏書すれば、割り引くことができ、資金も調達できる。

取引の基本型は以上のようなものだが、発注者と下請けが逆になったりするなど、いくつかのバリエーションがあった。完全に架空の工事をでっち上げた案件だけでなく、実工事に架空の工事を上乗せした案件もあった。パワー建設・創商建築以外に関与した企業も十指を越して存在していた。ちなみに〇一年一～八月の間にTCWが振り出した手形は約一六〇枚にもなった。

⑤偽造手形＝日本電気リース向け手形。宛名を「日本電気」と書いた手形を日経新聞社経理局に持っていき、印鑑をもらい、後で「リース」と書き足す方法で偽造していたという。

この五種類の説明をしたうえで、損害がどれくらいになるのか推論を話した。

「TCWは元々イベントの企画運営会社です。日経新聞社からの発注がほとんどで、その売り上げは大きく変化せず、実需は安定していたんです。TCWの元社員B氏によると、日経新聞社からの売り上げは年間約二五億円だったといいます。それを上回る売り上げを計上したのは九六年一二月期以降です。売り上げから二五億円を差し引くと、九六年一二月期九億円、九七年一二月期一八億円、九八年一二月期二八億円、九九年一二月期二六億円、〇〇年一二月期八一億円で、五期合計一六二億円になります。そのすべてが架空工事なら、損失は一六〇億円を上回ることになる」

検事は、まったく口を利かない。

私は左側のサイドテーブルに座っている書記官をみたが、メモに目をやるばかりだった。

「経済を専門とする新聞社で、こんな不正が五年以上も放置されてきたのは前代未聞のことです。お願いしたいのは捜査当局として『赤字工事』と『工事の前倒し計上』のところを徹底的に調べてほしいんです。特に九六～九八年の三年間がブラックボックスです。『架空工事のでっち上げ』は〝敗戦処理〟のようなものだと考えられます。工事リストなど証拠も多数あり、立件はたやすいでしょう。でも、この事件の核心はなぜ『架空工事のでっち上げ』をせざるを得なかったのか、そこにあると思います。わざと赤字にしてその一部をかすめとる『赤字工事』の手法は〇〇年まで続いていたと推定しているんです」

「九七年から九九年までの三年間の前倒し物件」（一枚）と「九七年と九八年の前倒し物件に入れた赤字制作費」（二枚）を取り出し、担当検事を見つめ直した。

「この二つの資料をみてください。物件に『小樽ベイシティ』と『サティ』、クライアントに『ピーディーシー（ＰＤＣ）』という社名がたくさんあります。『小樽ベイシティ』と『サティ』は破綻した流通大手『マイカル』の店舗です。『ＰＤＣ』はやはり『マイカル』関係の会社で傘下に内装工事会社があるんです。いずれも、N開発部長が手掛けた案件です。B氏によれば、内装工事業界は受注した工事を赤字にして赤字分を業者間で山分けするようなことがよくあるといいます。つまり、工事を赤字にすれば簡単に裏金を作れるんです。〇一年初めに辞めた商環境事業部のN開発部長もM部長代理も頻繁に工事を赤字にしていたそうです。B氏は『なぜ、こんなに赤字工事ばかりになるのか、不思議だった』と証言しています。

赤字工事の原因を解明できれば、日経本体との関係も明らかになるはずです。日経新聞経営陣が嶋田、小川、石川の三名を刑事告発しただけで、N、Mの追及を避けているのは何か裏があるように思えるんです。B氏は『Mはよくこそこそ嶋田社長に報告しているようなところがあった。それに、日経新聞の佐久間俊治副社長の名前はMからよく聞いたと話しています」

私は、日経新聞経営陣が架空工事による手形乱発に関与していないかどうかについてもよく調べてほしいと強調した。参考に、四つの情報を伝えた。

ひとつは、手形を乱発した〇〇年の一年間、嶋田社長が頻繁（週二〜三回）に鶴田社長と佐久間副社長の部屋に出入りしていたとの情報である。

二つ目は、B氏が〇〇年暮れ、「佐久間氏が来年（〇一年）三月に日本経済社社長になれば資金支援が得られるらしい。ただ、役員会の全会一致でないと融資はできないので、佐久間氏が社長になってもすぐには無理かもしれない」という情報を耳にしたということだ。

三つ目はTCWの手形帳と社長印は日経新聞社経理局が保管して、すべて日経新聞社経理局で印鑑を押して振り出している事実だ。〇〇年一年間にTCWが振り出した手形の枚数は二二〇枚にのぼり、〇〇年暮れの段階で日経新聞社経営陣と経理局はTCWの経営状況を把握していた可能性が高い。にもかかわらず放置し、ＴＣＷは〇一年一～八月の間に一五九枚の手形を振り出している。〇三年夏には日経新聞社の経理担当を務めていた大輝精一専務の日経ＢＰ社の副社長転出を祝う宴席で、手形乱発について問われ、大輝氏が「自分にはどうにもならなかった。この会社はもう駄目だ」と発言し、上層部が手形振り出しに了承を与えていたことを示唆したという情報も紹介した。

四つ目は〇一年春には取引銀行から「街金に手形が出回っている」との通報があり、さらに同年五月上旬には日経大分支局から、破綻した老舗旅館・杉乃井ホテルとの不透明な取り引きについて情報が寄せられたことだ。それでも経営陣は放置し続け、ようやく調査に乗り出したのが七月で、ＴＣＷの経営陣を更迭したのは八月末だった。その間も手形取引は膨らみ続け、損害を拡大させた。

つまり、少なくとも〇一年に乱発した手形については日経新聞社経営陣も共犯とみるべきではないか。

担当検事は私の説明を終始黙って聞いているだけだった。説明が終わるとしばらく沈黙が支配したが、私が再び口を開いた。

「もう一つ、鶴田社長の愛人疑惑についてもペーパーを用意しています。これはすべて推測に基づくものです。愛人といわれている平川保子の店、クラブ『ひら川』に九月から一二月上旬までの約三ヵ月間にどれくらいの頻度で通ったかも調べました。最後の三ページにあります。尋常ではありません。参考にしてもらえれば、と思っています。鶴田社長の側近の一人、佐久間副社長も『ひら川』の常連なんです。佐久間氏は日経新聞社の広告局の〝ドン〟といわれている。TCWを事件にするなら、とにかく赤字工事のところを徹底的に調べてほしいのです。よろしくお願いします」

担当検事はようやく重い口を開いた。

「どうして、会いに来られたのですか」

「日経新聞社の経営陣がTCWの事件を隠蔽しているとしか思えないからです。その背景には、愛人疑惑を喧伝されている鶴田社長の経営私物化があり、腐敗しきっています。何としても経営を正常化させなければいけないと考えているからです」

「そうですか。わかりました。捜査は厳正に粛々とやっています。これからもその姿勢で取り組みます」

検察庁を出、腕時計をみると午後五時を回っていた。外は薄暗く、曇天で肌寒かった。

「もうやれることはない。検察を信頼して戦いに打って出よう」

年が明けて〇三年。身の引き締まる思いで正月を迎えた。新聞記者になって二八年。ついに〝ジャーナリスト〟として行動する。その日はもうすぐそこに来ていた。

第3部

決起

1　鶴田卓彦という男

鶴田卓彦——。

一九二七年（昭和二年）九月一日、茨城県水戸市生まれ。五二年早稲田大学政経学部卒。日経新聞社には五二年間在籍し、経済部長、編集局長などを務め、取締役在籍年数は二二年に及び、社長の座に一〇年間居座り続けた。経歴を見る限り、鶴田氏は日本を代表する言論人でなければならない。

鶴田氏が社長時代、社員向けの訓示や対外的な挨拶には必ず「クオリティーペーパー」「リーディングメディア」「メディアの責任重大」「誇りと責任を忘れるな」などの美辞麗句がちりばめられていた。

私はかなり以前から鶴田氏と面識があったが、直接の部下だったことはなく、会食に同席したこともない。だからその人物像を実体験として紹介するだけの材料は持ち合わせていないが、以前からひとつ不思議に思っていたことがある。

長年金融業界を担当し、三菱銀行の伊夫伎《いぶき》一雄氏、さくら銀行の末松謙一氏、日本興業銀行の黒沢洋氏ら数多くの大手銀行トップと親しく付き合ったが、それらトップの口から、鶴田氏の話題が出ることはほとんどなかった。

鶴田氏だけでなく、経済部長や編集局長の名前も出なかった。つまり日経新聞社の幹部は、誰も金融業界のトップと一対一の人間関係を作っていなかったのだ。

金融業界に限らず、大蔵省など官界でも同様だった。

〝サラリーマン記者〟にとって、自社のトップがどの企業と親しくしているのかという情報は大きな意味を持つ。もしその企業から悪印象を持たれれば、トップの耳に直接自分の悪評が届いてしまう。もちろん、その逆もある。

ところが鶴田社長の場合、交友関係は実にお寒い限りなのである。安田火災海上保険と日本長期信用銀行（九八年破綻）の首脳、あとは城南信用金庫、第百生命（〇〇年破綻）のトップが鶴田氏と親交があるくらいだった。金融機関以外で親しいのは準大手ゼネコンの戸田建設や中堅ゼネコンの冨士工（〇一年破綻）など建設業界だが、大手ゼネコントップと付き合っているという話は聞かなかった。

トヨタ自動車など日本を代表するような大企業とは広告やイベントなどコマーシャルベースの交流はあるが、〝人間対人間〟の付き合いは希薄だったとしか思えない。

二年間秘書室長として仕えた斎藤史郎氏（現編集局長）は、鶴田氏の人物像について聞かれると、

「その辺にいる田舎の親父だよ」

と答えているらしい。

千葉支局長時代に一度だけ、昼を挟んで二時間余り鶴田氏の周囲にいた経験がある。九九年二月四日、日経新聞社千葉支局の新社屋完成の披露パーティーが千葉駅近くのホテルで開催され、約三〇〇人が出席して盛況だった。事前の準備段階で、本社の事務方は「とにかく会場を人で埋め尽くさなければ……」と躍起になっていた。ホストとして出席する鶴田社長

が大盛況でないとご機嫌が悪くなるというのだ。私は無理に人を集めるようなことはしなかったが、運よく三〇〇人近くが集まった。居場所の目印になるぼんぼりの下で、本人は喜色満面だった。絨毯を背負うようにのけぞり、自分の名刺をホステスから受け取って、「う」「う」と招待客と名刺交換していた。パーティーがお開きになった後は料理をムシャムシャ食べ、終始上機嫌だった。同行してきた役員たちは口々に「今日のパーティーはよかった、よかった」と言って、帰って行った。

私は「周りからちやほやされるのがことのほか好きな人物だ」と観察した。

外国の元首と会うのも大好きだった。鶴田社長が会いたいと言い出したら、海外支局長はそれに応えるために裏表、あらゆる手段を使って実現する。それが支局長にとって最大の仕事だと聞いていたのだ。それができないと「無能な記者」の烙印を押されるらしい。

実際、日経新聞一面には鶴田氏が元首と喜色満面で握手している姿が何度も掲載された。

政府の主要な審議会のトップになることにもご執心だった。四代前の日経新聞社長・円城寺次郎氏のように、審議会をリードして日本経済の方向を示したかったのだ。

円城寺氏は五〇を超える審議会・調査会に名を連ね、六八年には税制調査会の一般税制部会長として「長期税制のあり方」の答申を取りまとめ、七三年の石油ショック時には石油審議会会長として混乱回避に注力、中曽根内閣の第二次臨時行政調査会では起草委員長として答申作成にあたった。七七年から八七年まで経済審議会会長を務め、経済政策の方向づけで中心的な役割を果たした。鶴田氏は「今度は自分が……」と考えたのだろう。

九三年三月に社長に就任すると、鶴田氏は「経済審議会会長になりたい」と言い出したらしく、ゴマすりと無縁の私にすら「何とか根回ししてほしい」という遠まわしの打診があった。周辺はしゃかりきになって動いたようだが、円城寺氏が亡くなる一ヵ月ほど前の九四年二月に経済審委員にはなれたものの、会長にはなれなかった。彼の頭のなかでは「新聞協会長」とか「勲一等瑞宝章」など、その先の栄誉がちらついていたのだろうが、結局、鶴田氏が得た審議会トップのポストは建築審議会会長のみで、新聞協会長の座も幻に終わった。

ブルドッグに似た風貌、茨城弁丸出しのしゃべり口……。確かに上っ面だけみれば斎藤史郎氏の言うような人物像も浮かび上がるのだろう。

鶴田氏の側近たちが審議会会長ポストを求めて動き回っている最中、私はある官界有力者にこう聞いたことがある。

「なぜ円城寺ならよくて、鶴田は駄目なんですか。役所の言いなりになりますよ」

「鶴田さんは人格識見が高いとはお世辞にも言えないだろ。胡散臭いじゃないか。君はそう思わないか」

答えはその一言だった。私はその通りだと思ったが、その時点では根拠のない直感にすぎなかった。

それを立証する事実は、クラブ「ひら川」との不透明な関係だけではない。

「鶴田社長は私たちに背広やワイシャツを買いにデパートに行ってこい、と言うんです。支払

いは、と聞くと、大量の商品券の束を渡された」（秘書室関係者）
「日経新聞社関係の建物は一応入札ということになっているが、ほとんど戸田建設が施工している。戸田建設が最も高い価格で応札しても、鶴田社長が〝鶴の一声〟で戸田建設に決めてしまうのだ。戸田建設は鶴田氏の出身地・茨城県と縁が深いので、それが理由といわれているが、本当かどうか」（総務局関係者）
「〇三年二月ですよ。自宅前で朝七時から一一時まで鶴田社長が出て来るのを待っていました。本人は出てこなかったが、三回宅配便が来たんですよ。某高級デパートの包み紙でした。夫人がそれをみな受け取るんですね。なにを貰っていたんですかね。取材先からの贈り物は受け取らないというのが日経新聞社の建前でしょ」（週刊誌記者）

一枚のメモがある。そこには「〇一年＝四五四八万三〇〇〇円、〇二年＝四六二六万三〇〇〇円、〇三年＝三九三五万円」と書かれている。
荻窪税務署が公示した鶴田氏の納税額である。類推される鶴田氏の年収は一億円をはるかに超え、一億五〇〇〇万円近い。それにもかかわらず、彼はクラブ「ひら川」に毎年、三〇〇〇万円を超す会社のカネを平気でつぎ込んでいた。一般の大企業のオーナー経営者だって、そんなことは許されない。公器である新聞を発行する言論報道機関の経営者としては何をか言わんや、である。

「倫理観のかけらもない、言論報道機関の経営者として不適格極まりない人物」――。それが彼の素顔を調べた私の結論である。

だから私は、〝鶴田追放〟が日経新聞社改革の出発点であり、そこを突破口にしようと判断したのだ。

その日、〇三年一月二五日土曜日は冬晴れで、北西の風が冷たかった。

東京地検特捜部の担当検事に会って、ちょうど一ヵ月が経っていた。

私は夕方、電子内容証明郵便で、日経新聞社代表取締役社長の鶴田卓彦宛に株主提案する議題を送付した。

株主提案権の行使に関する件

株式会社日本経済新聞社
代表取締役社長　鶴　田　卓　彦　殿

私は、株式会社日本経済新聞社の株主（議決権３８００口）として、商法２３２条の２に基づき、以下の議案を第１３１回定時株主総会（２００３年３月28日開催予定）の目的事項とすることを請求するとともに、議案とその提案理由の全文（要領ではなく）を同総会の招集通知に記載することを請求します。

２００３年１月25日

大　塚　将　司

記

議案　取締役鶴田卓彦解任の件

鶴田卓彦につき、取締役を解任する。

（提案理由１）

当社の１００％子会社の株式会社ティー・シー・ワークス（以下『ＴＣＷ』という）を舞台に起きた特別背任事件は、言論機関である新聞社においては絶対にあってはならないことである。同事件については、週刊朝日（'02年２月15日号、'02年12月20日号など）、サンデー毎日（'02年４月21日号など）、朝日新聞（'02年12月31日付朝刊）、サンケイ新聞（'03年１月14日付朝刊）などで大きく報道されている。その内容は、①ＴＣＷが架空工事をでっち上げて手形を乱発した、②ＴＣＷの社長印は日経新聞経理局で保管しており、振り出した手形はすべて日経新聞経理局で押印された、③ＴＣＷが振り出した手形数十億円を日経新聞が裏書している、④日経新聞はＴＣＷの元社長の嶋田宏一ら３名を特別背任で刑事告発した、というものである。

この報道内容について調査したところ、その結果の要旨は以下のとおりである。

架空工事のでっち上げによる手形の乱発は'99年秋から始まり、'00年から'01年８月までの間に急増しており、'99年10－12月に振り出された手形の枚数は約60枚、'00年は約２００枚、'01年１月から８月には約１５０枚にのぼる。上記手形が当社経理局に持ち込まれて押印されたものであることも確認されている。

このＴＣＷの架空工事による手形乱発に先立って、ＴＣＷでは不正経理が行われており、その不正の手口は二つあった。一つは、赤字工事による方法である。これは下請けと組んで工事をわざと赤字にし、その中から一定額を掠め取る方法だったと推定され、'96年前半に手を染め、'00年まで続いていたとみられる。他の一つは、売り上げの前倒し計上による決算の粉飾である。翌期に入札する予定の工事を前倒しして、売り上げに計上するもので、'96年後半から始まり、'99年まで続いており、最も多かったのは'98年の約14億円である。決算の赤字解消策として実施したが、翌期には受注できず、結局架空の売り上げ計上になったケースがかなりあった。それらの結果、上記した架空工事でっち上げによる手形乱発に走ったと思われる。なお、これらの点については、TCWの元社員からいくつかの証言も得られている。

上記の赤字工事の作成、売り上げの前倒し計上による決算の粉飾、ひいては架空工事のでっち上げにより捻出した資金の使途は不明であり、資金の一部が親会社である当社、または当社経営陣の裏金捻出のためであったとの噂もあるが、真相の解明には捜査機関の捜査を待たねばならない。

いずれにせよ、TCWについて、当社は適切な管理監督をすべき立場にあるが、このような不祥事を放置した当社、特に、当社代表取締役鶴田が重大な責任(善管注意義務違反等)を免れ得るものではなく、社会の公器とされる報道機関、とりわけクオリティーペーパーを標榜する当社の取締役として全く失格である。

(提案理由2)

雑誌「噂の真相」('02年7月号=60-65ページ)及び'02年7月発売の光文社新書「怪文書Ⅱ」(六角弘著=11-13ページ)において、「当社代表取締役社長鶴田卓彦が赤坂のクラブ『H』に頻繁に出入りし、母親の代から公私に渡り面倒を見ていた」「ある新聞社社長の愛人と噂される大女将が自殺した。その背景にはその社長と自分の娘との間に子供ができたことがあり、ショックを受けた大女将が自殺して抗議した」などのことが掲載された。この疑惑を調査したところ、その結果の要旨は以下のとおりである（なお、プライバシー保護の観点から個人名は伏せてある）。

クラブ「Ｈ」は、港区赤坂２丁目のビルの地下にあるが、当社代表取締役社長鶴田卓彦（以下「鶴田」という）が通った日数を'02年９月から12月にかけて調査したところ、週５日のうち４日のペースであり、頻繁なものであることが明らかになった。

同クラブは赤坂芸者だったＨ・Ｋ女が'88年４月ごろに娘Ｈ・Ｙ子と開いた会員制クラブであるが（経営主体は株式会社Ｈ、代表取締役Ｈ・Ｙ子）、開店から３年１ヵ月後の'93年５月、Ｈ・Ｙ子は長男Ｚ君を生み、母Ｈ・Ｋ女は'95年12月、株式会社Ｈの取締役を辞任、'98年１月31日、目黒区で死去した（享年61歳）。当時、赤坂の花柳界などでは「娘が自分の愛人の子供を生み、首吊り自殺した」との情報が流れ、近所に住む者からその旨の証言も得ている。

Ｈ・Ｋ子の生んだＺ君を認知したのは、中堅不動産会社Ｔに所属するＡ氏（一男一女の妻子持ち）である。Ａ氏に'02年11月に直接面会して、Ｚ君が鶴田とＨ・Ｙ子の間にできた子供なのかどうか、率直に確認したところ、Ａ氏は「プライバシーに関わるのでノーコメント」としたうえ、「この件を取り上げようと言うなら、おやりになったらよいと思います」との回答であり、鶴田の隠し子であることを否定しなかった。これ以上の調査は不可能であったが、上記記事の裏付けは一応取れた。

いずれにせよ、真相のいかんにかかわらず、こうした疑惑を持たれること自体が「自らを厳しく律し、品格を重んじなければならない」とする新聞倫理綱領や当社の就業規則第38条に違反するものといわざるを得ず、社会の公器とされる報道機関、とりわけクオリティーペーパーを標榜する当社の取締役として全く失格である。

（まとめ）

以上の二つの理由により、鶴田卓彦につき、当社取締役の解任を求める。

なお、提案理由1につき、TCWで手形が乱発された期間、当社取締役で、TCWの取締役もしくは監査役を兼務していた者4名についても、鶴田同様に重大な責任（善管注意義務違反等）がある。その4名は佐久間俊治、池田正義、富沢秀機、藺牟田忠男であるが、佐久間俊治、池田正義の2名はすでに当社の取締役を退任し、藺牟田忠男は第131回定時株主総会で任期を迎えるので、解任提案の対象になりえない。富沢秀機のみが取締役解任を求める対象となるが、当社経理局長の職にあってTCWの社長印を管理し、裏書するかどうかを決める責任者である藺牟田忠男が解任を求める対象にならない以上、富沢秀機についても解任を求めるのは適当でないと判断した。

以上

この提案文書を作成したのは四日前の一月二一日。午後三時過ぎ、新橋の事務所で、検事を紹介してくれた弁護士に添削してもらった。一月一六日に一度原案を見せたが、提案理由が簡単すぎると指摘を受け、手直ししてもう一度見てもらった。

このとき、私は一つの誤解をしていた。商法改正によって、株主による議案の提案は総会の六週間前でなく、八週間前になったと認識していた。日経新聞社の総会は三月二八日に予定されていたので、その八週間前は一月三一日金曜。ギリギリに郵送するのでは何かの原因で期限を過ぎてはまずいと考え、その週の初め、つまり二七日月曜日に到着するように発送するつもりだった。

実際には、改正商法が適用になるのは〇三年三月期決算会社からで、一二月期決算の日経新聞社の場合は六週間前でよかったのだが、八週間前を前提に段取りを考えていた。

発送するのは二五日土曜日でいいと思っていたので、その間に私はいくつかのことをやろうと思っていた。

一つは尊敬する経済界の人たちに報告することだった。学生時代からの友人には平川母娘などの調査から弁護士の紹介まで世話になっていたので、打ち合わせをしながら進めてきたが、都銀の元企画部幹部には詳細は説明していなかった。二一日昼に昼食を共にして、彼に報告した。

「普通の企業のサラリーマンなら止めるけど、君はそうじゃない。ジャーナリストだ。やる意味はあると思う。長丁場になるぞ。次の一手も考えておいたほうがいいよ。抜かりはないだろうが……」

私は、「次の一手」として株主代表訴訟の提起、そして、帳簿閲覧権の行使を考えていると初めて明かした。

「株主代表訴訟は当然として、帳簿閲覧権の行使は決め手になるかもしれないね。実現できれば画期的だ」

「頑張るよ」

二三日には東京三菱銀行特別顧問の伊夫伎一雄氏、二四日には元大蔵次官の吉野良彦氏に会った。二人には折に触れ調査結果を報告していたが、それを元にどう行動するかは説明していなかった。説明を聞いて二人とも「本当にやるのか」という顔つきをしていたが、「絶対にやめろ」とは言わなかったので、「理解を得られた」と思った。

次に、ベンチャー市場部の部下たちに説明した。株主提案が送付されれば日経新聞社社内は蜂の巣をつついたようになる。キャップ、デスククラスを個別に呼び、これまでの調査の概要を説明したうえで、株主として鶴田社長の取締役解任を提案する決意を伝えた。

もう一つは日経新聞社で世話になった先輩に手紙を書くことと、株主提案を送付した後、部長クラス以上の株主に自分の提案に賛成するように呼びかけることである。

二つの手紙は二三日から二四日にかけて一気に書き上げた。

一つは「社員株主（OBを含む）の皆様へ」と題した手紙である。日付は'03年1月23日とし、A4用紙二枚に収めた。

「私は、この度、日本経済新聞社の株主（議決権3800口）として、商法232条の2に基づき、第131回定時株主総会の議案として『代表取締役社長、鶴田卓彦氏の取締役解任』を提案します。その背景と、決断に至った経緯について社員株主の皆様に説明したいと思います。／新聞社＝報道機関は、社会の木鐸と言われることからも明らかなように、その経営者は一般の企業経営者よりも厳しい倫理観と品格を要請されています。クオリティーペーパーを自認する当社にあってはなおさらです。しかし、昨年（'02年）来、日本経済新聞社では、１００％子会社であるティー・シー・ワークス（ＴＣＷ）での不正疑惑が明るみに出る一方、それに関連したと思われる怪文書や鶴田社長の愛人疑惑を伝える報道などが乱れ飛びました。国家的見地から情報を発信し、未来に向かって日本や世界のあるべき姿を提示する新聞社にとって、こうした怪文書などが乱れ飛ぶこと自体、好ましいことではありませんし、もしその中身が真実だったら、報道機関として存亡の危機に直面するのは間違いありません。／そこで、私は、昨年夏からＴＣＷでの不正疑惑と、鶴田社長の愛人疑惑について、独自に調査を始め、昨年末に調査を終えました。その結果の要約は、株主提案書にある通りですが、前者のＴＣＷの不正疑惑については、特別背任事件として東京地検特捜部が立件する見通しで、その捜査対象に日本経済新聞社本体が含まれ、当社幹部の逮捕も取り沙汰されています。後者の愛人疑惑についても、否定する材料は一切なく、事実である可能性が極めて高いことが判明しました。／新聞社にあっては、特別背任事件のような犯罪が起きること自体が絶対に許されないことであります。それが起きてしまった以上、その責任は万死に値するものです。また、愛人問題についても、その疑惑を取り沙汰されるだけでも、許されざる重大問題です。まして、その疑惑が真実である可能性が極めて高いとすれば、言語道断です。／国民の知る権利を錦の御旗に、当社も含めた報道機関は、政治家、官僚、企業経営者などに対し、情報公開、説明責任を強く求めています。しかるに、当社のＴＣＷ特別背任事件に対する対応はどうでしょうか。この事件は、昨年春の『週刊朝日』の報道によって明るみに出ましたが、それから1年。当社は、対内的にも対外的にも、説明責任を全くと言ってよいほど果たしていません。報道機関ならまず自ら事件を徹底的に調査して情報公開する道を選ぶべきなのに、嶋田宏一・元社長らTCW幹部3名を刑事告発し、それを盾に説明責任を拒む道を選びました。当社の経営陣が自らの保身のために、その道を選んだとしか思えません。／刑事告発したことだけでも、当社の日頃の主張からして相当なイメージダウンですが、もし、東京地検特捜部の捜査が日経新聞社本体に及び、当社の経営陣から逮捕者が出るような事態になったら、前代未聞のことであり、当社の受ける打撃は計り知れないでしょう。私としては、東京地検特捜部の捜査が入る前に、社員株主が一丸となって、積年の膿を出し切るべく立ち上がるほかに日本経済新聞社が生き残る道はないと最終判断し、今回の行動に出る決意をしました。／これからの10年、新聞業界は、厳しい生き残り競争の時代を迎えます。この競争を生き残るには、腐敗を根絶し、当社の組織を正常化させることがまず必要です。そのためには、編集局の改革も不可欠です。経営陣の腐敗や公私混同を知る立場にありながら、自らの利益のために諫言せず、傍観し続けた幹部が少なからず存在するからです。内に向かっては何も言わずに傍観し、外に向かっては、正論やきれい事を主張するなどという、二枚舌は許されないのです。そのまやかしはいずれ読者にわかります。編集局も自己批判し、事実関係の徹底究明と責任の明確化をしなければ、当社の再生はありえないでしょう。／日本経済新聞社は、社員とOBが全株式を所有する、極めて民主的な会社である、とされてきましたが、それが今回の事件では裏目に出た、とみることもできます。一人一人の社員にしてみれば、株主と言っても微々たるもので、株主という自覚がほとんどないからです。それをいいことに、当社の経営陣が新聞社の経営者としての自覚を忘れ、前代未聞の事件を引き起こすことになった面があることは否定できません。私自身、昨年夏以降、調査を進める過程で、幾つもの驚愕するような事実を知り、『なぜ、もっと早く……』という悔恨の念に囚われれました。／私は、当社にあって、長年、金融分野の取材に携わりました。今、日本経済はかつてない苦境にあり、その最大の原因は金融セクターにあります。何もなしえなかった自分には大きな責任があると痛感しております。私には日本の将来に向かって発信する資格はなく、沈黙を守ることで、自分としての責任を明確にしようと密かに思っておりました。しかし、当社の真実を知れば知るほど、日本経済新聞の読者である多くのサラリーマンが苦しみもがいている最中に、私が沈黙を守るという、自己満足にすぎない責任の取り方で、安穏な日々を送ることが許されるのだろうかと自問自答するようになりました。／戦後の日本経済は、清貧のうちに国家の将来を考える官僚が主導し、発展してきました。しかし、この10年、官僚に対する国民の信頼は、失墜しました。清貧であるべき官僚が奢り、過剰接待など、社会通念からかけ離れた放恣な行動を取る者が目につくようになり、マスコミがそれを厳しく批判したからです。翻って、当社を含むマスコミに奢りが見えるようなとき、それを正すのは誰でしょう。私たち自身でなければなりません。／今回の行動に出るに当たって、私は、誰とも相談していません。相談すれば、当社内の徒党を組んだ派閥抗争と受け取られかねないからです。利害関係者から私に対する誹謗中傷や攻撃があるのはもちろん、予期せぬ被害を被るやも知れぬことも覚悟のうえです。そして、社員株主の皆さんが『今のままでどこが悪いのか、このままでいいじゃないか』と結論を出すなら、民主的な会社である当社にあっては、それはそれで仕方ありません。しかし、真実を知った以上、私が手を拱《こまね》き、沈黙し続けることは許されません。たった一人でも立ち上がる以外に過去20年に対する私の責任を取る道はありません。／社員株主の皆様におかれては、私の提示した事実をもとに、今後の日本経済新聞社がどうあるべきか、結論を出してください。私は詳細な調査資料も作成しています。ご連絡頂ければ、それも提供致します。定時株主総会まで、まだ2ヵ月ほどあります。当社の将来を見据えて、社員株主一人一人がじっくり考えて自分の判断で結論を出してくださることを願ってやみません」

もう一つは世話になった先輩向けに限った手紙で、次のような内容だった。

「前略　突然ですが、お便りを差し上げます。私の日本経済新聞社での人生のなかで、大変お世話になった方々には、事前にお知らせするのが礼儀だと判断したからです。／実は、私は、この度、日本経済新聞社代表取締役社長、鶴田卓彦氏の取締役解任を次期定時株主総会に株主として提案することを決意、提案書を内容証明郵便で来週月曜日、1月27日に到着すべく発送しました。／これだけ申し上げれば、先輩諸氏もご推察されるだろうと思いますが、解任を求める理由は、ティー・シー・ワークス（ＴＣＷ）の特別背任事件と愛人疑惑の経営責任を明確にしなければ、日本経済新聞社は生き残れないだろうと判断したからです。／同封した社員株主への呼び掛けと提案書をお読み頂ければ、私の真意はご理解頂けるだろうと思いますが、一つだけ、先輩諸氏に申し上げたいことがあります。／それは、今回のＴＣＷ特別背任事件と愛人疑惑がかつてのリクルートの未公開株取得事件と決定的に違うということです。リクルートの未公開株取得事件は、元社長の森田康氏、個人の問題で、日本経済新聞社の組織の問題ではありませんでした。森田氏が引責辞任すれば済みました。しかし、今回の事件は、日本経済新聞社の組織の問題です。東京地検特捜部が本格的に動き出す前に、社員株主が一体となって、組織の膿を出さねばならないと思います。そうすれば、東京地検特捜部も政治判断してくれる可能性があります。それに期待して、今回、行動を起こす決意をした次第です。／先輩諸氏がどういう判断をされるかは、私にどうこうできるものではありませんが、私は、社員株主の力で改革できなければ、日本経済新聞は日本のクオリティーペーパーを標榜できなくなると信じています。私は、3月28日に予定されている株主総会を待たずに、改革が実現することを期待していますが、総会前に決着しないときは、総会の場で、二つの提案理由を詳述するつもりです。すでに、提案理由1、提案理由2について、詳細な資料を作成していますが、提案理由1については、まだ未定稿の段階ですので、ほぼ完成した提案理由2の資料を同封しておきます。お読み頂ければと思います。日本経済新聞社の将来を見据えた勇気ある決断を期待して、筆を置きます。／敬具

２００３年1月24日　　大塚　将司」

株主提案する議題を送付し終えたのは、二五日の午後六時過ぎだった。

「賽は投げられた。これからは相手の出方を見ながら戦うことにならざるを得ない。来週からはぶっつけ本番の毎日になる。細心の注意を払いつつ臨機応変に対応しよう」

私は、自分の頰を両手で叩いた。すぐに外出して東京駅前の中央郵便局に行った。

実は先輩向けの手紙は前日の二四日午後三時ごろ、議題などと一緒に速達で出していた。し

かし、一人出し忘れた人がいて、その人向けに日曜配達郵便で同様の文書を送った。加えて専務以上の役員全員に議題を送付する必要があった。二七日の月曜日に確実に届くようにするには自宅近所のポストより中央郵便局に投函するほうが望ましいと考えたのだ。

専務以上の役員向けの封筒には社員株主向けの手紙と議題だけを入れた。先輩向けの宛先は自宅宛の私信にしたが、役員向けは日経新聞社宛にし、肩書きもつけた。万が一、側近たちの間で議題提案を握りつぶそうとするような動きが出ても、役員に同じ議題を送付していれば未然に防げるという計算があった。

二六日、日曜日。午前中は晴れ間が覗いたが午後は曇りで、静かな一日だった。手紙はすでに世話になった先輩たちには着いているはずだったが、一本の電話もなかった。

週明けの月曜日、二七日は予想通り社内は蜂の巣をつついたような騒ぎになったようだが、私は、台風の目のなかにいるような感じで、まったく平静なままだった。

2　懲戒解雇

一月二七日は最高気温が五度程度、時々、小雨の降る本当に肌寒い一日だった。

早朝に目覚めたが、自分から進んで出社する気にはならなかった。通常通り、午前一〇時半頃に出社するつもりで、自宅の書斎でインターネットのニュースをみていた。

午前九時半頃だったと思う。ベンチャー市場部のデスクから、携帯に電話が入った。

「編集局長が部屋に来てほしいと言っています」

デスクは私が何をしたのか知っているので、それ以上は言わなかった。

「わかった。午前一〇時半には行くから、いつも通り出社すると言っておけばいい。それでも何か言うようならまた携帯に電話して」

すぐに自宅を出て本社に向かった。午前一一時前、三階の編集局に着くとすぐに編集局長室に行った。平田保雄編集局長は、事前に私信を送った「世話になった先輩」の一人である。手紙は遅くとも二六日の日曜日には自宅に着いて、とっくに読んでいるはずなのだが、昨日までは何も言って来なかった。

一〇畳ほどの広さの編集局長室に入ると、平田局長は努めて冷静を装う感じで自席に座っていた。私が応接用のソファーに腰掛けると、局長は立ち上がり、正面のソファーに向かい合った。

「君の提案はみた。君から来た私信は会社に提出したよ」

「私の提案は株主としてしたことなので、社員として私が答える必要はないと考えています」

「私信は何人に送ったのか」

「これも答える必要はありませんが、五～六人ですよ。私信はあくまでも私信です。あなたもジャーナリストなんですから、私信はどう扱うべきか、心得ていなければならないでしょう」

「一部に間違いがあるらしい」

「そんなことはどうでもいいです。私信ですから」

「君の提案についてはどうやって株主の賛同を集めるつもりなんだ?」

「メールで部長以上に呼びかけようと思っています」

平田局長は頷いて、「君にはいろいろ助けてもらったことがあるので、会社を離れてはこの問題を抜きにして付き合おう」というような意味のことを言った。

しかし、私にはそんな気はまったくなかった。過去はもう関係のないことだったし、私信を私信として扱わないような人間とは、これ以上付き合う気はなかった。

平田局長と小一時間話して自席に戻った。パソコンを起動させ、株主への呼びかけ文と提案文を添付ファイルにして社内メールとして編集局の部長以上に送信した。しばらく自席でボーッとして午後一時を回ったところで、食事に出た。

外出してすぐに携帯がなった。出ると、斎藤史郎総務だった。

「社内の業務用のメールを使うのは駄目じゃないか」

斎藤総務は株主総会をとり仕切る秘書室長経験者である。そんなこともあるだろうと用意していた答を話した。

「何を言っているんですか。会社も株主総会の案内などをメールで送ってくる。証拠もありますよ。株主である私は会社と同等の立場ですよ。株主総会に関係する事案である以上、社内のメール網を使うのは当然の権利だ。平田編集局長には部長以上にメールで支持を呼びかけると言ってあるし、そのとき、彼は何も言わなかった」

斎藤総務はそれでも納得せず、「絶対駄目だ」と言い放った。

食事を終え、本社に戻ると、普段とまったく変わらずに自席でインターネットのニュースなどをみていた。午後四時半過ぎ、平田局長が私の席にやってきた。

「社内メール網への君のアクセス権を剝奪することにした」

そう言い置いて立ち去ったが、事前にメールを送ろうと思っていた部長以上にはすでに送付済みで、もう社内メールを使うつもりはなかったので、痛痒を感じなかった。普段通り午後五時からの部長会に出て、席に戻ったのが午後五時半過ぎ。デスクたちに部長会の説明をして、しばらく自席で夕刊を読んだりしていたが、周囲は平穏そのものだった。

午後六時四五分ごろ、部長席にある私の電話が鳴った。取ると、週刊文春の女性記者だった。

「株主提案をしたんですか。今、ここにそのペーパーがあるんです。これは本物ですか」

「現物を見ないと、答えられないですね」

「じゃあ、これからファックスします」

「ファックスされても困るので、広報担当がいるはずですから、そちらを通じてやってください」

「でも、私、持っているんです。一つは『社員株主の皆様へ』となっています。もう一つは、『株主提案権の行使に関する件』です。読み上げますから確認してください」

「どっちにしても、その件については広報担当に聞いてほしい」

「私、さっきまで、日経新聞社の広報担当部長の秋山（光人）さんと会っていたんですよ」

「なおさらいいじゃないですか。秋山に話してくださいよ」

ビックリ仰天した。社内メールを送ったのは午後〇時半過ぎである。文書が週刊文春の女性記者に渡ったのはどんなに遅くみても午後五時頃であろう。

手紙には株主以外に情報を漏らさないように釘を刺していたが、一週間とか二週間経てば漏れるのはやむをえないだろうとは思っていた。まさかわずか四時間で週刊誌に漏れるとは想像だにしていなかった。しかも、常日頃、週刊誌などの取材に対する防波堤を任じている広報担当部長に会っていた人間が持っているというのだ。

「文書はすでにマスコミに出回っている。これは大変なことになるな」

自分の目的を達成するにはマスコミとの連携が必要だとは思っていたが、端《はな》から連携すれば相手に付け入る隙を与える。「大塚は株主として行動したというのに、外のマスコミを使うのは卑怯だし、就業規則違反だ」などと言われかねない。こうしたリスクを避けるため、しばらくは情報を社員・OBの株主に限り、対外的には「株主としての行動であり、株主以外にはコメントできない」という回答で通すつもりでいた。しかし、予想以上に早く情報が漏れた以上、マスコミの取材攻勢にあう可能性が濃厚だった。

このとき、私は基本戦略のグランドデザインを持っていた。総会の決議をみて、次の手は代表訴訟だ。その次が帳簿閲覧権の行使だ。

相手（会社側）がこちらの要求を無視し、ゼロ回答できたときはこの順に粛々と進める。しかし、もし動いてきたら、相手の出方をみながら対応策をぶっつけ本番で考えていこうというつもりだった。

ところが、日経新聞の経営陣が動く前に、部長以上の社員の誰かが週刊誌にそれをリークするという予想外の反応が起きてしまった。単なる野次馬的な思惑なのか、それとも、私の立場を不利にしたいという会社側の戦略なのか、どういう意図かわからない。いずれにせよ、最初からシナリオが狂ったのは間違いない。少し気分が重くなったが、日経新聞社が抱えている問題を白日の下に晒すというプラス面もあり、一喜一憂する必要はないと思い直した。そして、当初考えた通りマスコミには「ノーコメント」で通そうと腹を括った。マスコミに不快感を与えるかもしれないが、積極的に取材に応じれば、敵に塩を送るようなものだ。

その日、私は午後一〇時半に帰宅した。

幸い、記者とは出会わなかったが、少し前に週刊現代の記者が取材に来て帰ったと知らされた。

翌一月二八日、私は朝刊の局番補佐だった。台風の目のなかにいるような状況は相変わらずで、通常通りの局番補佐の仕事をした。

鶴田社長以下の経営陣が大騒ぎをしていることは間違いなかった。

この日夕方、突然トップの交代が発表された。三月の株主総会後に鶴田氏が会長に就任、社長に杉田亮毅副社長が昇格する。秘書室から一面に記事が出稿され、一面ベタで載ることになった。一一版の大刷りが出来上がったのは午後八時半過ぎ。紙面を見て、担当の局次長がつぶやいた。

「会長の写真を載せるのはおかしいんじゃないか。他の会社なら社長だけだろう」

「秘書室から、そうしろという指示です。触らないほうがいいんじゃないですか」

私とともに局番補佐する整理部長が答えた。

「でも、おかしいよな」

会長になる鶴田の写真まで載せてしまう。編集局長が体を張ってでも阻止すべきことなのに、長いものには巻かれろとばかりに何もしない。しかし、私は何も言わなかった。私がこの件について発言するのはよくないと思っていたのだ。

当番局次長はぶつぶつ言っていたが、そのままになった。

一月二九日、午後六時から斎藤史郎編集局総務、秋吉穫法務室長に呼ばれた。二人は「会社としてもはや労務の提供を受ける意思がないので自分の意思で部長の仕事を返上すると言ってほしい」と要請してきたのだ。しかし、私はこう答えた。

「私のやったことは株主としてのものです。社員としての行動ではありません。もし部長としての仕事をしないでほしいと言うなら、人事異動をすればいいでしょう」

翌三〇日も、二人から同様の要請を受けた。

「部長職の仕事は続けますが、たとえば、局番補佐とか金融新聞担当の仕事は局長が勝手に決めていることですから、外せばいいじゃないですか。どうせ三月一日に人事異動があるわけだから、それまではその方向でやったほうがいいでしょう」

二人は渋々納得し、その後一〇日ほどは会社側の動きはなかった。


社内の静けさとは裏腹にマスコミの取材攻勢は予想通り激しかった。朝日新聞、サンケイ新聞、週刊誌は週刊現代、週刊ポスト、週刊朝日、サンデー毎日、ヨミウリウィークリー、週刊新潮、週刊文春の揃い踏みだった。取材に来る記者は例外なく私の書いた『社員株主の皆様へ』と『株主提案権の行使に関する件』の二つの文書を持っているようだった。私は逃げ隠れせず直接話すようにして不信感を持たれないよう配慮はしたものの、判で押したように「株主以外への発言はできないので、申し訳ないが、社長室広報に聞いてほしい」と回答した。

事態が動いたのは二月三日、月曜日である。『週刊現代』（二月一五日号）がトップ記事で報じてからだ。『週刊ポスト』（二月一四日号）、『サンデー毎日』（二月一六日号）、『ヨミウリウィークリー』（二月一六日号）も記事を載せていたが、その衝撃度は『週刊現代』が一番だった。

「スクープ　新聞協会賞受賞のエリート部長が叛乱／ドキュメント　日経新聞『社長解任』クーデター／証拠文書を公開！」

日経新聞社は日経新聞三日付朝刊一五面の『週刊現代』の広告のうち、この記事の見出しを黒塗りにしてしまったのである。

新聞社の経営陣というのは他人の批判はやっても、自分が批判の矢面になることはなく、「自分たちが批判されるようなことはありえない」と思い込んでいる。

マスコミの関心の高さにうろたえたのか、突然私を懲戒解雇する方向で動き始めたのである。その根拠にしたのが鶴田氏への「名誉毀損」である。株主として議題を提案したこと自体では処分できないので、思いついたのが名誉毀損だったのだろう。

二月一三日、木曜日は人事異動の内示の前日だった。午後四時から秋吉法務室長、本橋洋一総務局次長らが私に「懲戒事由に関する弁明」を聞くための会が開かれ、それに出席すると、四〇歳くらいの色黒でがっしりした体型の男がいた。なぜこの男がここにいるのか疑問に思ったが、本人がすぐに自己紹介し、日経新聞社顧問の尾崎行正弁護士とわかった。

「あなたの提案理由のうちの女性問題の部分は名誉毀損になります。だから、総会の招集通知には記載しませんよ。もし、ＴＣＷ問題だけで、提案してきたら面白い案件になったと思うが、女の問題を取り上げたので台無しになった」

「取り上げた『噂の真相』、『怪文書Ⅱ』は名誉毀損にあたるんですよ。『噂の真相』などを名誉毀損で訴えないのは地位のある鶴田氏のほうが損をするから訴えていない。当たり前でしょう」

「鶴田氏がクラブ『ひら川』に毎日行こうが、そんなこと、どこが悪いんですか。よくある話じゃないですか」

「あなたは歴史に残るかもしれないが、革命家は生きている間は、いいことはあまりないんだ」

反論しても勝ち誇ったように繰り返すのである。議論は平行線のまま二時間半に及んだ。

私に対するこの強行突破戦略は、誰が主導したのかわからない。しかしその後、私が裁判の証拠として入手したDNA鑑定書によれば、DNA鑑定を依頼したのも、それに必要な鶴田氏の口腔細胞サンプル採取に立ち会ったのも尾崎弁護士である。鶴田氏と平川保子の息子の親子関係の有無を確認して「名誉毀損」を武器に私を追放しようと動き出したのである。

「名誉毀損」は「言論・表現の自由」と対立する。その線引きは司法の場でも難しい問題だ。「言論・表現の自由」を担う言論報道機関は本来「名誉毀損」をかざすべきではないし、社会の公器である新聞を発行する言論報道機関のトップは政治家や官僚同様に〝公人〟である。新聞の記事についての信用性にかかわることならともかく、経営者の資質については名誉毀損など本来成立しない。だから、新聞倫理綱領で「自らを厳しく律し、品格を重んじなければならない」としている。〝隠し子〟がいるのかいないのかが問題ではなく、疑惑を持たれること自体が問題なのである。

名誉毀損で訴えることは日経新聞社の体面を汚す以外の何物でもないが、杉田社長ら経営陣を含め周囲が鶴田氏の暴走を誰も止めなかったばかりか、それを助長した可能性すらあった。

二月一四日の人事異動の内示で、「三月一日付で編集局長付とする」との辞令が出た。DNA鑑定によって平川保子の息子は鶴田氏の〝隠し子〟でないとする結果が出て、攻勢に転じてきたのである。

三月六日、鶴田氏個人の代理人である岡崎洋弁護士が司法記者クラブで資料まで配布し、「鶴田氏が大塚氏を名誉毀損で東京地検特捜部に刑事告発した」と発表。三月二〇日の取締役会で、懲戒解雇を決めたのである。総会の前にほかの社員株主に対し「同じことをすればこうなる」と〝恐喝〟するのが最大の狙いだったのだろう。

この間、日経新聞社の現役社員たちは私の部下たちを除くと、完全に音なしの構えだった。「TCWのことや女性問題のことを内密に詳しく聞きたい」と言ってきたのは、私の二～三年先輩の記者が二人だけだったが、OB株主のほうは少し違っていた。

元論説委員の和佐隆弘氏からは、『週刊現代』が出て二日後の二月五日に電話をもらった。

「俺のやりたいことをよくぞやってくれた」

以来二人三脚で、日経新聞社の改革に取り込むことになった。

和佐氏は毎日、片っ端からOB株主に電話して支援を呼び掛けてくれた。OB株主は日経新聞社の現状についてよくわかっていない人が多かったが、和佐氏の呼びかけで理解する人たちが徐々に増え、大きな力になった。

もう一人、元編集委員の阿部重夫氏が『選択』編集長として〝日経新聞プロブレム〟に参戦してきてくれた。「ザ・サンクチュアリ　シリーズ」で日経新聞を取り上げ、三月一日発売の三月号に「上」を掲載したのである。鶴田氏がクラブ「ひら川」の前でパパラッチに撮られた話、店には囲碁を打つ特別室がある話、米州総局長にバイアグラを買わせた話……。私の知らなかったことばかりだ。それを読み、本当に心強く思った。即座に阿部氏に電話し、電話しながら何度も頭を下げた。このとき阿部氏は総会にも一緒に出席し、質問すると約束してくれた。

『選択』は四月号では部長クラスが「異議なし」を連呼する日経新聞社の株主総会を活写、五月号では破綻した流通大手のマイカルグループとの不透明な内装工事などを取り上げ、TCW事件の闇に迫った。

少しずつだが追い風を感じながらも、一つだけ未解決の問題があった。法廷闘争への突入が不可避の情勢になるなかで、訴訟の代理人となってくれる弁護士が明確に決まっていなかったのだ。マスコミとことを構えるとなると、大半の弁護士は尻込みする。相手に訴訟を仕掛けられ、それに被告として防戦するケースなら、弁護士を代理人とせず戦うこともできるだろうとは思っていたが、今度は私が訴訟に持ち込むことになる。やはり弁護士の助けが必要だった。

「大塚さん、前に頼まれた話だけどさ、弁護士の件ね。小山がやってもいいって言ってきたんだ」

「え、本当ですか。それじゃ、お願いします」

三月三日、元大蔵次官の吉野良彦氏から電話があった。実は一月二四日に決起を伝えた際、「もし訴訟に発展したら小山昭蔵氏に弁護を依頼してもらえないだろうか」と頼んでいたのだ。小山氏は昭和二八年入省の吉野氏と同期で、大蔵省印刷局長を務めて退官。学生時代に司法試験に合格しており、七〇歳を過ぎて司法修習をやり、数ヵ月前から弁護士を始めていたのだ。私は引き受けてくれる人がみつかったことを率直に喜んだ。

三月七日には小山弁護士にこれまでの経過を説明、対策を検討した。その結果、早急に株主代表訴訟を提起しようということになった。私が手元にあるＴＣＷの内部資料などをもとに提起のためのたたき台を作成、共同原告として和佐氏に参加してくれるように依頼して了解を取り付けた。三月一六日には日経新聞社の監査役会にＴＣＷの不正経理による損害を経営陣に賠償させるように提起する内容証明郵便を出した。懲戒解雇の四日前である。

商法では株主代表訴訟を起こすにはその前に監査役会にまず調査してもらい、監査役会が二ヵ月経っても何もしないとき、株主は代表訴訟を起こせることになっている。監査役会は日本企業ではほとんどその役割を果たしていない。株主から提起されても何もしないのだが、そういう決まりになっている。私だけで、株主代表訴訟を提起するのではリスクがある。懲戒解雇してくれれば、実際に提起するとき、株主であるかどうかが争点になる可能性があるが、和佐氏が共同原告として名前を連ねたことでその心配はなくなった。

それから二週間余りのちには、ある人の紹介で、ロス疑惑の三浦和義氏の弁護人として有名な喜田村洋一弁護士も応援してくれることになり、法廷闘争に臨む態勢が整った。

ある意味で、懲戒解雇してくれたことが追い風になった。

毎月の給料が入らないのは金銭的にはかなりのマイナスだが、戦いに専念できる環境ができた。もし毎日、外を歩き回らないといけないポストや東京から離れた遠隔地のポストに異動させられていたら動きようがなかったが、懲戒解雇なら会社の制約を受けず自由に動け、戦いやすい。

このころから、マスコミの取材にすべて応じることにし、マスコミを通じて発信し続けようと考えた。多くの週刊誌がインタビューを掲載してくれた。特に週刊現代と週刊文春は〝日経新聞プロブレム〟を執拗に取り上げてくれた。三月二八日の株主総会では会社サイドの〝恐喝〟が奏功し、鶴田解任の提案は賛成が三％で否決されたが、マスコミの関心を沈静化させることはできず、むしろ、エスカレートするばかりだった。

『週刊文春』四月一〇日号に衝撃記事が載った。大物総会屋、小川薫氏が撮らせた鶴田氏とクラブ「ひら川」のママ、平川保子とのツーショット写真をスクープしたのだ。しかも、記事では〇一年七月に島田昌幸取締役社長室長、野田幸雄法務室長、秋吉穫法務室次長が写真を持ってきた小川薫氏に面会、TCWについての情報を提供すると持ちかけられていた事実も明らかにされた。

四月七日には『週刊現代』（四月一九日号）で高杉良氏の「乱気流小説　巨大経済新聞」の連載が始まった。さらに、『フライデー』にクラブ「ひら川」に二月以降も鶴田氏が通い続け、小孫茂秘書室長がガードマンのように外に立っている姿を写されたりもした。

〝日経新聞プロブレム〟の報道は国内に止まらず、海外にも発信された。四月一〇日付『フィナンシャルタイムズ』がインサイドトラック（内幕）という欄で大々的に報じたのである。その見出しは〈自社のスキャンダルと格闘する日経新聞〉。記事は〈このドラマには皮肉にも、大新聞がこれまで熱心に取材し批判してきた企業不祥事のすべての要素が揃っている。連日、和服姿のホステスが働くナイトクラブで囲碁を打つことを偏愛する横暴な最高経営責任者、不正経理、そして疑惑を暴露して懲戒処分となった内部告発者……〉（翻訳は『週刊文春』）と、極めて辛辣だった。

こうした記事が載る度に、日経新聞社は日経新聞紙面上に「事実無根だ」とか「名誉毀損だ」と抗議記事を掲載し、顰蹙《ひんしゆく》をかった。

四月下旬にはトヨタ自動車首脳が日経新聞社に苦言を呈する事態にまでなった。さすがに、論説委員会がこうした世間知らずの経営陣に危機感を懐くようになり、若手記者の間でも「このままでは企業取材ができない」などと「鶴田会長の辞任」を求めるムードが強まった。

ゴールデンウィーク前後から論説主幹の小島明専務がこうした社内の空気の変化を代弁する形で、遠まわしに鶴田会長に辞任を迫った。

鶴田氏がどう考えたのかはわからない。

五月一六日、監査役会がＴＣＷ不正経理による損害の賠償について「取締役に責任なし」との結論を出した。同日の臨時取締役会で、鶴田会長は「日経ブランドを守る」という意味不明の理由で、ついに会長辞任を申し出た。

3　後に続いた現役記者、ＯＢ

鶴田卓彦会長は相談役に退いたが、日経新聞社五階の役員室にある会長室に居座り続けた。変わったのは肩書きだけで、実態は何も変わらなかった。

次の一手をどうするか。

まずは、法廷闘争である。日経新聞社経営陣に対するTCWの不正経理による損害賠償の請求について、監査役会が「責任なし」との結論を出すのは予想通りだったが、正式に代表訴訟を起こすには、損害額や、賠償を求める役員の確定など詰めねばならないことがあった。

小山弁護士らと、提訴に向けてTCWの内部資料をもとに作業を進め、損害額を九四億二〇〇〇万円、賠償を求める役員を鶴田氏ら一〇人にすることを決めた。

六月四日、私自身の従業員としての地位確認の訴訟とあわせて株主代表訴訟を正式に提訴、午後三時半から司法記者クラブで記者会見した。東京地裁で法廷闘争が始まることになったわけだが、法廷闘争には時間がかかり、時の経過とともに忘れられていく。法廷闘争は法廷闘争として進めるが、別の方途で鶴田氏追放を実現する必要があった。

そのためには〝日経新聞プロブレム〟に対する社会的関心を持続させることがまず大事だった。私は最低月一回、メディアに何らかの形で登場することで、社会的関心を維持しようと思った。幸い、七月は『アエラ』(〇三年七月二八日号＝「元部長が独白　日経不信となった根源」)が私を取り上げてくれ、八月には『世界』(〇三年九月号＝「新聞社経営に求められる責務とは何か」)に私自身が論文を掲載した。

九月一八日には『選択』編集長の阿部重夫氏や朝日新聞OBの阿部和義氏らと友人がプレスセンターで私を励ます会を開いてくれた。集まった二〇〇人近い人たちのなかにはマスコミ関係者に混じって、東京三菱銀行の伊夫伎一雄特別顧問、五味康昌副頭取、みずほフィナンシャルグループの西村正雄元会長、吉野良彦元大蔵次官、梅沢節男元公取委員長らの名前があった。もちろん、調査の過程で世話になった元都銀企画部幹部らも顔を出してくれた。経済界や官界には「〝第四の権力〟、日経新聞社とことを構えたくない」というムードが強いだけに、本当に励まされた。

九月末からは『週刊現代』で「宴の光芒——大銀行トップ　野望と挫折」というタイトルのノンフィクションの連載を始めた。一九八〇年代半ばの大銀行のトップたち、磯田一郎住友銀行会長、伊夫伎一雄三菱銀行副頭取、末松謙一三井銀行副社長の三人に焦点を当てたもので、四ヵ月間、断続的に一四回連載した。一二月四日にはTBSが「ニュース23」で内部告発者シリーズの一回として一〇分ほど、私を取り上げてくれた。〝日経新聞プロブレム〟に対する社会的関心を持続させるのに役立った。

もう一つ、取り組んだのは帳簿閲覧権の行使で経営陣に揺さぶりをかけることだった。そのためには〝日経新聞プロブレム〟に対する社会的関心を持続させることが必要で、二つの戦略は不即不離の関係にあった。

帳簿閲覧権は商法第293条ノ6で総株主の議決権の三％以上を保有する株主に認められた権利である。正当な理由があれば、総勘定元帳、仕訳帳、請求書といった伝票類など、会社の会計帳簿すべてをみることができる。私と和佐氏は株主代表訴訟を起こしており、その訴訟の証拠として利用すると要求するつもりだった。認められれば、日経新聞社に乗り込んで隅から隅まで会計帳簿をみることができ、交際費の詳細、たとえばクラブ「ひら川」への支払い明細などもわかる。

それを実行するには三％以上の株主の賛同を集める必要があった。最初、資本金二〇億円（株数二〇〇〇万株）を前提に考えていたので、六〇万株の賛同を集めればよく、それなら実現の可能性はかなりあると思っていた。しかし、三月二八日の株主総会で会社側が五億円の増資を提案、それが認められた結果、帳簿閲覧権の行使に必要な株数が一五万株増えて七五万株になってしまった。増資でハードルが高くなってしまったのである。

私は和佐氏と相談し、七月から賛同してくれそうなＯＢ株主に手紙を出し、帳簿閲覧権行使に関する委任状を集めることにした。

手紙を出すには株主名簿などの資料が必要になるが、すでに株主としての権利を行使して株主名簿などのコピーを入手していた。株主名簿をみると、ＯＢ株主は約一〇〇〇人で、全員に手紙を出すとなると、返信用も含めれば切手代だけで一六万円かかる。支援者からのカンパが三〇万円以上あったが、カンパを有効に使うにはもっと効率的にやったほうがいいということになり、ＯＢ株主を絞り込むことにした。

まず対象にしたのが三月二八日の総会で私の提案した鶴田氏の取締役解任の議題に賛成した株主だ。商法２３９条は株主が総会に出席せず書面で議決権を行使した投票用紙をすべて閲覧・コピーできると定めていることに着目して、投票用紙をすべてコピーし、一枚一枚チェックして賛成者を抜き出した。それから、会社側の提案した議題にはすべて賛否を明記しているのに、私の提案だけを白票にしている人も〝隠れシンパ〟と判断してやはり抜き出した。会社側提案も含めすべての議題に白票なら単に無関心なだけの可能性が高いが、私の提案だけを白票にした人はそれなりの心理的な葛藤の結果だろうと推理したのだ。

その合計は約二〇〇人で、株数は約八〇万株。全員から委任状をもらえれば、三％を超える。とりあえず、この二〇〇人に手紙を送ることにし、七月上旬に発送した。反応は鈍く、秋にかけ和佐氏らと何度も戦略会議を開き、呼びかけるOBの範囲を広げるとともに、電話による働きかけも執拗に続けた。しかし、集まった委任状はようやく五〇万株だった。

一一月二三日、東京地検特捜部がようやくTCWの不正経理事件の捜査に着手、嶋田宏一元社長、小川豪夫元専務、石川善幸元部長の三名を特別背任と業務上横領の容疑で逮捕した。

特捜部が立件したのは〇一年二月から八月までの六ヵ月間の不正経理で、その総額は三五億一五〇〇万円だった。嶋田元社長らは共謀し、斎藤和之氏が経営する「創商建築」と「パワー建設」（いずれも〇二年五月破産）に支払い能力がないのを知りながら、「創商建築」から工事の受注を仮装して不正な取引を実行したという容疑である。具体的には①〇一年五〜八月頃、こうした架空工事の下請け代金支払い名目で約束手形一二一通（額面計約一〇億四六〇〇万円）を「パワー建設」などに振り出した②〇一年二〜七月ごろ、架空工事などの代金立て替え払い名目でリース会社などから「パワー建設」などに提供させた約二一億三四〇〇万円の債務を負担して、TCWに損害を与えた③〇一年二月と六月の二回にわたり、TCW所有の受取手形二七通（額面計三億三五〇〇万円）をパワー建設などに不正に提供する目的で着服した、という三点が立件の対象になった。

がっかりした。担当検事には不正経理のきっかけになった九六〜九八年頃の「赤字工事」や「前倒し工事」の実態を解明して事件化してほしいと依頼したのだが、その問題は取り上げられなかったからだ。

〇一年の不正はTCWが資金繰りに行き詰まって止むに止まれず手を染めたものだ。民事なら私の持っている資料だけでもほぼ立証できるような不正で、立件は容易だろうと思っていた。特捜部なら、九六年ごろに不正経理を始めた動機は何だったのか、赤字工事に不正はなかったのか、そして、〇〇年までにどれくらいのカネが消えてしまったのかといった点も解明してくれるだろうと期待していたが、その期待は裏切られた。TCWは帳簿もろくに保存していないと言われていたので、特捜部も解明できなかったのだろうが、残念でならなかった。

しかし、特捜部の捜査着手は、帳簿閲覧権の行使という観点からは風向きを変える契機となった。『日経新聞』は二四日の紙面で一ページを費やし、「日経新聞社の経営陣に責任はない」という言い訳を羅列する記事を掲載したが、多くのOB株主たちがこれに反発した。委任状を送ってくれるOB株主が増え、年内に六〇万株を上回り、帳簿閲覧権を行使できるまであと一〇万株まできた。

目標に近づけば近づくほど、難しい。「胸突き八丁」とは、よく言ったものだ。

年が明けて〇四年一月中旬。三月の株主総会に向けどんな株主提案をするかを検討するため、和佐氏らグループが西大井に集まった。鶴田相談役の退職慰労金贈呈を見送らせる提案をすることはコンセンサスがあった。しかし、それだけではパンチ力が不足する。他に提案することはないか検討したのだ。すぐに決まったのは島田昌幸常務と木下進監査役の解任を提案することだった。島田氏はTCW不正経理事件で隠蔽した責任が重大であり、木下氏は子会社の日経広告で半年に三〇億円近い損失を出し、破綻寸前にした人物であり、監査役失格がはっきりしていた。

議論が分かれたのは、定款にある相談役制度の廃止を提案すべきかどうかだった。制度を廃止すれば自動的に鶴田氏を相談役から追放できるが、もう一人の相談役、新井明氏（鶴田氏の前任社長）も辞任に追い込まれる。新井氏は政治部ＯＢで、政治部出身の株主の支持を得られなくなるとの指摘があり、制度の廃止ではなく、鶴田氏の相談役解任を提案することになった。相談役の選任は総会で決めることではなく、議題にならないのははっきりしていたが、経営陣に対する圧力になると考えたのだ。

次に問題になったのが共栄会の保有している株式の扱いだった。共栄会というのは日経新聞社の株式の流通を担う社団ということになっているが、日経新聞社株を三八三万株（持ち株比率一五％）も保有している。共栄会の意思決定は日経新聞社の経営陣が事実上決める仕組みで、自社株保有に等しいのである。商法では、自社株保有の場合は議決権を行使できないことになっており、共栄会の保有株も同じ扱いにするように提案したいという意見があった。これも総会で決議する事項ではなく、議題にされない可能性が高かったが、日経新聞社の抱える矛盾の原点であり、それをアピールする意味で提案することになった。

議題の提案者は和佐氏ら五人が分担することにし、私は提案者にならないことになった。実は日経新聞社は三ヵ月前の〇三年一〇月に私の保有していた株式を勝手に共栄会で引き取り、その代金を法務局に供託するという挙に出ていた。私が提案者になると、入り口（議題提案の資格）から紛争になる。

株主総会への対応策は決まったが、帳簿閲覧権行使への賛同者集めは先が見えなかった。あと一〇万株、それが難関なのである。出来ることはほぼやり尽しており、手詰まりだった。

二月二日、月曜日の昼過ぎ、電話の向こうで和佐氏が興奮して息を弾ませている様子がうかがえた。

「おい、経済部次長の土屋（直也）君が株主提案したぞ。相談役制度の廃止だよ」

「えっ、本当ですか。今度の総会は盛り上がりますね。どうしてわかったんですか」

「うん。彼から提案の文書がファックスされてきたんだ。君にも送ろうか」

「お願いします」

ファックスをみて、「鶴田氏を相談役退任に追い込める可能性がでてきた」と思った。週刊文春がこのニュースをキャッチし、二月四日発売の二月一二日号で「日経現役エース記者が株主総会に鶴田相談役退陣要求」と報じた。土屋氏の決起は想定外の援軍だったが、土屋氏を支える記者たちがどれくらいいるのかというと、やはり少数派だった。

山を動かすほどの力はないのである。

「何としても総会前に帳簿閲覧権を行使できるようにしなければ……」

いい知恵がないか、考え続けたが、執拗にOB株主に働きかけを繰り返す以外に妙手はない。あと半年余裕があれば目標を達成できる自信があるが、総会前に達成するとなると、情勢は厳しい。

事態が動いたのは、二月半ばである。元専務の山崎武敏氏が委任状を出してくれるという情報が飛び込んできた。山崎氏の持ち株は三万株で、急転直下、七五万株の達成が現実味を帯びてきた。山崎氏は編集局の工業部（現在の産業部）出身だが、役員になってからは広告や販売を長年担当し、広告や販売出身のOBに強い影響力を持っていた。山崎氏は委任状を出すだけでなく、「七五万株じゃ、切り崩しにあったら危ない。一〇〇万株を集める」と宣言し自ら虱潰しに電話を始めたというのである。その結果、二月末には七五万株をあっさり超え、三月中旬には一〇〇万株を上回る賛同が得られることになった。

その直後の二月二五日に、クラブ「ひら川」の利用リストが手に入ったのである。

鶴田氏を相談役辞任に追い込む決定的な資料だった。

リストは『週刊現代』に続いて『週刊ポスト』も報道し、世間の顰蹙をかった。相前後して、五月に鶴田会長に辞任を求めた小島明専務に対して杉田亮毅社長が辞表を出すよう求め、それに小島氏が抵抗しているとの情報も明るみに出て、俄然、株主総会が注目を集めることになったのだ。


〇四年三月三〇日、日経新聞社の第一三二回株主総会が午前一一時から八階の日経ホールで開かれた。三一七人に及ぶ社員・ＯＢ株主が出席し、六時間弱におよぶ盛り上がりをみせた。株主提案で議題になったのは①鶴田氏への退職慰労金見送り②相談役制度の廃止③島田常務の解任④木下監査役の解任――の四つだった。会社側の発表によれば、最も支持を集めたのが現役の土屋氏が提案した相談役制度の廃止で一三％の賛成票があった。残りの三議案の賛成票は「島田常務の解任」が九％、「木下監査役の解任」八％、「鶴田氏への退職慰労金の見送り」七％だった。

日経新聞社の株式は経営陣サイドが株式の過半数を抑えている。しかも、株数ベースで約二五％が棄権だ。次長クラス以下の社員やＯＢ株主に限れば株数ベースの支持率も三～四割はあったとみられる。総会終了後、杉田社長は「鶴田氏が相談役を辞任すると申し出ている」ことを明らかにするとともに、記者会見で「鶴田氏への退職慰労金の支払いも当面、留保する」と表明した。四月上旬、鶴田氏は五階役員室の会長室も出た。

それから半年後、九月初旬、私のところに、

「クラブ『ひら川』が店を再開した。また、鶴田氏とその取り巻きが通っている。場所は銀座らしい」

という情報が寄せられた。鶴田氏の相談役辞任の直前の三月に、クラブ「ひら川」は閉店していたが、やはり新たに開店したというのだ。場所を調べようと各方面に取材して回ったが、なかなか特定できなかった。一一月一五日、週刊文春の記者から電話が入った。

「例のクラブ『ひら川』ですが、赤坂の別の場所で再開していました。店の名前は変えています」

「え、本当ですか。噂は聞いていましたけど、銀座じゃないんですか」

「ええ、赤坂です。赤坂見附駅の近所です。写真も撮りました」

「そうですか。懲りないですね。まさに開いた口が塞がりませんね」

記事が載ったのは『週刊文春』〇四年一一月二五日号である。

「日経鶴田前会長　懲りずに『赤坂クラブ通い』をスクープ撮」

記事は最後に自宅で直撃を受けた鶴田氏が「行っていない」ととぼけているコメントが載っていた。グラビアは見開き二ページで、「日経の『夜の会長室』　鶴田前会長行きつけの高級クラブが新規開店！」という見出しがついていた。新しく開いた店の名前は「レンゲ草」。写真

の一枚は鶴田氏が新規開店の店から出てきて車に向かうところを写しており、背景には店の前で見送るママの姿があった。この証拠写真が見開きで、もう一枚はその六分の一ほどの大きさで、ママが傘をさして歩いているところを写したものだった。まぎれもなく、平川保子ママだ。

記事の出る数日前、日経新聞社経営陣は留保していたはずの鶴田氏への退職慰労金を支払ってしまった。取締役会でも一人の反対も出なかったという。これだけ公私混同をほしいままにして会社を私物化した人物にほとぼりが冷めれば退職慰労金を払い、それに反対する役員が一人もいない。保守的な業界とみられていた電力業界でも、七月末、中部電力が役員会の自浄作用で中国の古美術品の収集に多額の社費をつぎ込んだ太田宏次会長を追放した事件があってまだ三ヵ月余りしか経っていない。日経新聞社の経営陣の能天気ぶり、言論報道機関としての自覚の欠如はあきれるほかなかった。

それだけではない。「レンゲ草」に足繁く通う鶴田氏の足は秘書役の宍戸氏がハイヤーを手配していたばかりか、秘書室長の長谷部剛氏、常務の島田昌幸氏や竹谷俊雄氏も秘書室の交際費で通うようになっていたという。この話を聞いたとき、もう一度「開いた口が塞がらない」という言葉が口をついて出た。

4　運命共同体

「鶴田は〝ヒトラー〟だ。なぜ大塚を止めなかったのか」

和佐隆弘氏がある有力OBに電話して支援を求めたとき、こう言われたという。その際、そのOBは「鶴田氏が経済部デスク時代、出世競争している同僚デスクと親しい記者の出す原稿はすべて没にし、『自分の子分にならなければいくら取材しても記事は載せない』と恫喝して、その記者を潰してしまった」ことを引き合いに出し、和佐氏を諌めた。

斎藤史郎氏の言うような〝田舎の親父〟でないと同時に、〝ヒトラー〟でもないと私は思う。仮に〝ヒトラー〟なら会長も相談役も辞任せず、マスコミの前に堂々と出て私を誹謗中傷するなど、あらゆる手練手管を弄し、血みどろの戦いを続けているだろう。しかし、彼は言論人として当然すべき記者会見を拒み続ける一方で、会長だけでなく相談役まで辞任、後退りしている。

鶴田という人物は、ガキ大将のようなクソ度胸があるに過ぎないのではないか。それでも、ひ弱なインテリ〝サラリーマン記者〟は怯んでしまう。そうした構図のなかで鶴田氏の権力は増殖し、〝鶴田王国〟は揺るぎないものになった。

では、なぜ鶴田氏が相談役を去ったにもかかわらず、その取り巻きたちはその桎梏《しっこく》から逃れられないのか。取り巻きが販売、広告、経理などの編集局以外の出身者ならまだわかる。しかし、取り巻きはすべて〝サラリーマン記者〟出身である。一人くらい、〝ジャーナリスト〟に覚醒する人間がでてもおかしくはないのに、それがでてこないのはなぜなのか。

もちろん、トラウマなどではない。運命共同体だからである。

日経新聞社に入社して執行役員を経て取締役にまでなれば、従業員・執行役員・取締役、その後に天下りする関係会社役員の退職金の合計は一億円程度になる。常務、専務、副社長となればさらに上積みされる。鶴田氏の作り上げた運命共同体に入っているか、これから入るのが確実であるならばそれを壊したくないのは当然だろう。つまるところ、カネなのである。

〝サラリーマン記者〟に〝悪魔に魂を売るな〟というのは酷なのだろうか。

しかし、ジャーナリストなら〝武士は食わねど高楊枝〟であるべきだ、と私は思う。


『週刊文春』が発売になった直後、久しぶりに友人から電話があった。一杯やろうというのである。一一月二二日六時半に、指定された神保町の一杯飲み屋に着くと、もう友人は隅の席に腰を下ろし、ビールを飲んでいた。

「おう、先にやっていたぞ。どうしているんだ？　完勝に近い結果だな。あとは懲戒解雇を撤回させるだけだな。そうすれば完勝だ」

席に着いた私にビールを注ぎながら、そう言って乾杯する仕草をした。

「なにを言っているんだよ。まだまだ。ようやく、三合目か四合目くらいのところじゃないか」

「え、どういうことだよ。だって鶴田の御大は相談役も辞めたんだろ？」

「そりゃ、そうだけど、知らないの？」

「何を？」

「先週出た『週刊文春』、みてない？」

「あ、見ていない」

「例の店が名前を変えて、別の場所で再開しているんだ。赤坂は赤坂だけどね。そこに御大、また通い詰めていて、文春に撮られたんだよ」

「おいおい、本当かい？　懲りない爺さんだね」

「それだけじゃない。どうも日経が鶴田にハイヤーを使わせているらしいし、側近たちもその店、『レンゲ草』っていうんだけど、そこに社費で通っているっていうんだからな」

「切るのは簡単じゃないだろうね」

「諸悪の根源の一人は追放できたけど、側近たちはそのまま、残っているってことだよ」

「でもな、君。御大一人を追放できれば、よしとすべきではないか。そりゃ、本当に改革するには側近たちも一掃しなきゃ駄目だよな。公的資金の注入を受けた大手銀行なんか、かなりそうなっているわけだけど、日経新聞社は業績がまあまあなんだろ。それだと、難しいさ。それにな、側近たちは御大に比べれば極悪人というほどでもないだろ。まあ、単にサラリーマンだって言うだけだろ。そんなのやっつけたってしょうがねえだろう」

「それはそうだ。でもね、仮にも日経は言論報道機関なんだ。それも、この二〇年間、米国流の経営手法や経済システムの導入を訴え続けている」

「君な、新聞社なんて、最も遅れているんだ。組織の内部は一九七〇年代くらいの日本企業並みじゃないか。いや、六〇年代かもしれないぞ。まあ、つい最近まで大手銀行だってそうだったけど、この金融危機で相当変わっている。まだソニーみたいなわけにはいかないが、徐々に変わってきている。新聞社だって変わらないと、生まれ変わった日本の経済社会についていけない。そんな遠くない将来、そういう時がやってくる。その突破口を開いたのは君だろう。それでいいじゃないか」

「そうかね。紙面で主張している建前との乖離はひどすぎる。若手記者との懇談会で役員報酬の個別開示について質問が出たらしいんだけど、そのときの杉田亮毅社長の答がふるっているんだ。『日本の上場企業の動静をみてそれが大勢になるなら日経新聞社でも考えたい』と言ったらしい。ではなぜ、日経新聞は紙面で米国型の経営手法を求めているのか。自分の会社は日本的なままで、他の日本企業は米国型になれ、そんなことは通用しない。なぜ、米国型を批判し、日本型がいいと言わないのか。なぜか。経営者も記者も紙面と会社は別だと思っているんだ」

「君ね、日経新聞社のこと、言論報道機関だなんて思っている人は大企業にはほとんどいないよ。単なる情報サービス会社なんだよ。そりゃ、面と向かっては誰も言わんさ。第四の権力だから、反撃が怖い。でも、内心はそう思っている。日経新聞には本当のジャーナリストなんていないんだ。それにだぞ、会社組織は三〇年前のままなんだろ。君を懲戒解雇したことがその証拠だろう。遺物のなかでぬくぬくとしているのがいる、それはけしからんよ。大企業だって器は変わってきているけど、なかにいる人間はほとんど昔のままだ。もし、米国型というなら君のような奴が増えてこないと駄目だけど、君はやっぱり異端だよ。まして、新聞社は器も遺物じゃないか。それと戦うのは君一人で日本社会全体を相手にするということだぞ」

「だからと言って、このままでいいのかい。日本の新聞業界は規制のなかで守られている最後の聖域だぜ。昭和二六年制定の日刊新聞法により保護され、定款で定めれば株式に譲渡制限を設けることができるんだ。新聞社はみなこの譲渡制限を設けている。新規参入が事実上閉ざされているなか、買収される心配もないんだ。さらに、新聞は独禁法の適用除外の再販制度で価格を維持し、安定収益を得られる。極端に言えば誰が経営者になっても赤字にならない仕組みなんだ。〝新聞〟が売れれば過剰な利益が生まれ、道楽に近い新規事業につぎ込むのはもちろん、その利益を自分たちの懐に入れられるし、私的に流用することができる。鶴田のような人物が社長になればやりたい放題できるんだよ」

「いいわけないさ。まあ、今、堤義明氏のコクド・西武鉄道グループが崩壊の危機に瀕しているけど、あそこが壊れれば残るのは新聞業界だけだろ。待っていれば何か起きる。君の掲げた旗は〝鶴田追放〟だろ。側近まで一掃というのは無理だよ。別の旗を立てなければな」

「別の旗ね。なかなかないんだ。日経新聞社では鶴田が一〇年も社長の座にあった。もともと〝経済部〟帝国主義などと揶揄される会社組織だけに、その経営陣は金太郎飴のような〝サラリーマン記者〟の集団になっている。お互いに失敗の傷を舐めあい、隠蔽する秘密の運命共同体が確立しちゃっている。やはり遅すぎたかね。イトマン事件の『一〇〇〇万円疑惑』で動けなかったとしても、少なくともあと五年早く決断していれば。コスモ信用組合の『高利預金疑惑』など材料があったから……後悔先に立たず、かね」

「死んだ子の年を数えても仕方ないだろう。要するに、君はジャーナリストなんだろ。書くことで戦えばいいじゃないの？　それで日経新聞社がすぐに変わるとは思えないよ。レベルの低い連中しか残っていないんだから。だけど、そんな連中とことを構えるのは男が廃《すた》るぞ。書けば、日経新聞社が前近代的な遺物だってみんなわかるようになるさ。若い連中には希望の持てるのがいるんだろ。自然体でいいんだ」

「わかったよ……」

「もう一つ、言っておくよ。懲戒解雇を撤回させたら、完勝だ。一般の企業のサラリーマンは、そうみているよ。君の耳に入るのは日経関係者とかジャーナリズム関係者の話だろ。ずっと紛争が続いているほうがいいと思っている奴だっている。彼らはそれぞれの思惑がある。そういう人たちとは一般の企業の人は違うんだ。君は大義で動いたんだろ。邪念はないんだろ。それなら、惑わされるな。でもな、完勝すると雰囲気は変わるよ。一般の企業の人は心のどこかで君に負けてほしいという気持ちがあるんだ。判官贔屓したいという気持ちだな。何とかっていう弁護士が言ってたんだろ」

「尾崎行正弁護士ね」

「そうそう、革命家は生きている間はいいことがない、って言ったんだろ。だから、完膚なきまでに勝っちゃうと嫉妬心を生むんだ。それは忘れるな」


友人と別れたのは午後九時半過ぎだった。竹橋方面に歩き出し、皇居のお堀端を通って東京駅に向かった。頭の中を様々な思いが駆け巡った。

「一体、俺は何をやろうとしたのか」「これから俺はなにをやりたいのか」……。

私の脳裏にあの日のことが浮かんだ。

ルビコン川を渡った日、〇三年一月二五日である。電子内容証明郵便で鶴田解任の株主提案を送る直前、日経新聞の〝サラリーマン記者〟としてもらった賞状を破り捨てた。厚くて上質な賞状の紙は、破るのが難しい。鋏を使えば切り刻むのは簡単だが、手で破るのは少々手間取る。

その日、自室の本棚の上に放置していた九本の筒を背伸びして取った。長年、同じ場所に放置されていたから筒は埃まみれで、少し動かしただけで、埃が飛び散った。私は咳き込んだ。一本ずつ慎重に本棚の上から取り、机の上に置いた。また、咳き込んではかなわない。

全部下ろすと、窓を開け、やはり一本ずつ外に出してはたきで埃を落とした。筒を開け、なかに入っている賞状を取り出して筒はすべてスーパーのポリ袋に入れた。ゴミとして捨てるためだ。

机の上の九枚の賞状を前にして、少したためらった。貰ったときに一度見ただけで、ずっと本棚の上に放置していた。私はこういうものにまったく関心がなく、元々すべていらないものだが、そんなことを言っては変人扱いされるので、一応自宅には持ち帰り本棚の上に放置してきた。すべてを破り捨てるつもりだったが、見ていてためらいが生じてきた。

賞状は、最初がリッカーの倒産報道でもらった八四年の社長賞、最後が九五年の三菱銀行・東京銀行の合併報道による社長賞、残りはその間の編集局長賞の七枚である。賞状には授与者の社長か編集局長の名前が記載されている。私は授与者が鶴田氏のだけ破り捨てようかと思ったが、すぐに思い直した。

賞状をすべて破り捨てようと思ったのは鶴田氏の追放に動くことがきっかけだったが、私が独りよがりに続けてきたスクープ取材と決別する決意の証しでもあったからだ。

結局すべてを破ることにし、一枚目を手に取った。そして、真ん中に折り目を入れて力を入れたとき、その紙の強さを感じた。二枚、三枚重ねて破るのは難しい。まず半分に破り、それをまた半分に破るという具合に細切れにして、スーパーのポリ袋に投げ込んだ。

小説なら「多摩川の川原に行って、灯油缶か何かに切り刻んだ賞状の紙を入れ、火を付ける」、なんて書きたくなる。そして、「多摩川の向こうの富士山に夕日が沈む中、賞状の切れ端がめらめらと燃え上がるのを見つめていた」などと続けるところだ。

しかし、現実はそんなにかっこよくないのだし、そんなことをして、枯れ草に燃え移ってもまずい。私は筒の入ったポリ袋と、破り捨てた賞状の入ったポリ袋を、マンションの地下一階にあるゴミ捨て場に持っていった。

九五年度の新聞協会賞にも賞状とメダルがあった。しかし、賞状とメダルは日経新聞社が保管していて、私の手元にあるのはメダルのレプリカだけである。そのレプリカも捨てようと思ったが、どこにしまったか思い出せず、結局、私の部屋のどこかに埋もれたままとなった。

「そうだ、あのレプリカはどこにあるのだろう？」

ぼんやりとそう考えながら、私は歩いた。

「お前はもう〝サラリーマン記者〟じゃない。ジャーナリストとして発信し続ければいい。結果はそれについてくるはずだ」

私のなかに、新たな闘争心の芽が膨らんできた。

あとがき

私がルビコン川を渡ったのは二〇〇三年一月二五日である。日経新聞社を言論報道機関として再生させようと、頽廃の元凶である鶴田卓彦社長（当時）の取締役解任を株主総会に提案した。そして、一年余りの時を経てなんとか鶴田氏を相談役からも退任に追い込んだ。

しかし、守旧派の牙城は堅牢で、〝鶴田氏追放〟は改革へのほんの第一歩に過ぎなかった。思案を巡らし、次の一手として「日経新聞の黒い霧」というタイトルでノンフィクションを書こうと思い立った。二〇〇四年春のことだ。

改革をもう一歩進めるには私自身の〝サラリーマン記者〟としての三〇年について反省を込めて総括し、世に問うことが役に立つだろうと判断したのだ。すぐに執筆に着手、草稿は〇四年一二月初めにほぼ完成した。物語が九〇年に始まり、結末が〇四年一一月になっているのはそのためだ。しかし、出版するにあたって、迷った。草稿がほぼ完成して二週間ほど経った一二月二〇日、私は日経新聞社との間で繰り広げていた裁判闘争を終結させたからだ。草稿にその経緯を盛り込むべきかどうか、考えたのだ。

結局、和解交渉についての執筆は別の機会に譲り、ここでは盛り込まないことにした。本書の狙いは私の〝サラリーマン記者〟との決別の書であると同時に、この十数年の体験を綴ることで大手新聞社の内側の真実を明らかにすることにあり、和解交渉はそれと直接関係しないと判断した。しかし、私がどういう考えで和解したのか、本書の読者に伝える義務もあるので、ここで和解の経緯と内容を簡単に触れておく。

実はこのノンフィクションを書こうと決意した頃、私は第三者を介して日経新聞社の杉田亮毅社長から「言論は自由であるというのが自分の基本的考えだ。和解したいので交渉に応じてほしい」との打診を受けた。裁判闘争を最高裁まで争えば少なく見積もってまだ三年以上の年月を要するのが確実で、その間に私の問題提起が風化するのも間違いなかった。私は①懲戒解雇を撤回する②TCW不正経理事件に対する日経新聞社経営陣の責任を何らかの形で認める――の二点を受け入れるなら、和解交渉に応じてもよいと回答、初夏から弁護士同士の交渉が始まった。そして、東京地裁から和解勧告が出て決着したのが一二月二〇日である。

和解の内容は①日経新聞社が懲戒解雇を撤回する②TCW不正経理事件に伴う損失の賠償を求めた株主代表訴訟は被告である当時の日経新聞社経営陣が二〇〇〇万円拠出し、再発防止へコンプライアンス（法令順守）などの体制整備を検討する第三者機関として「二〇〇五年会議」を発足させる③DNA鑑定の結果を受け私が鶴田氏に隠し子がいるという疑惑が事実でなかったことを認め、謝罪する意向を表明、鶴田氏も私に対する刑事告訴を取り下げる――というものだ。

このとき、私は支援者の一部から「DNA鑑定が本当に信用できるのか。鶴田氏に謝罪するとは何事だ」との批判を頂戴した。確かにDNA鑑定は私がやったものでないので、百パーセント信用できるとは言えない。しかし、「日経新聞の黒い霧」の草稿が完成していたし、出版も決まっていたので、「謝罪」を拒否して和解交渉を長引かせるのは得策でないと判断した。出版和解が成立しない状況で、出版すれば交渉上不利になる可能性があり、出版を先送りせざるを得なくなる。それは改革を進めるのにマイナスにしかならない。元々、私は鶴田氏の隠し子が事実かどうかなど、問題にしていなかった。そうした疑惑を招く行動が許されないという認識で、事実関係を徹底的に争う理由はなかった。このため、そうした批判を受けるのは覚悟のうえで、和解を優先することにした。和解成立後に出版されるこの本を読んでもらえれば、私の真意は理解してもらえるだろうと考えたのだ。

「日経新聞社の改革はまだ五合目くらいだ。これからは現役の社員たちが動いて前進させることが大事だ」

和解が成立した一二月二〇日、私は支援者とともに司法記者クラブで記者会見し、こう述べた。それから四ヵ月余り経過したが、どうも私の認識は甘かったようである。

日本経済新聞社という会社は〝言論報道機関〟という仮面を被った〝情報サービス会社〟である。仮面を脱ぎ捨てて、〝情報サービス会社〟という素顔で発展していきたい、というなら、私は文句を言う気はない。しかし、仮面を被り読者を欺き続けることは許されない。

私の行動の原点はそこにあり、日経新聞社をかつての〝言論報道機関〟に戻そうという試みだった。しかしそれは、お世辞にも成功したとは言えない。しかし、日経新聞社を含め日本の大手マスコミに内在する病巣を白日の下に晒すきっかけになり、ＮＨＫなど他のマスコミが改革に動き出す遠因になった面はあったかもしれない。それが唯一の成果だという指摘を受けるなら甘受するほかない。日経新聞社を〝言論報道機関〟に戻すという目標はほとんど達成できていない。それを痛感するような出来事があった。

〇五年二月一〇日、日経新聞朝刊は一面ぶち抜きトップに〈三井住友・大和証券、統合へ——

持ち株会社合併交渉　銀行・証券　大手初の融合〉という見出しの記事を掲載した。

記事には〈三井住友フィナンシャルグループと大和証券グループが経営統合に向けて本格交渉に入り、〇五年度中に持ち株会社同士を合併させる案を軸に来月（三月）にも骨格をまとめる見通し〉〈三井住友と大和の首脳は近く会談し、統合時期などを詰める。統合の方針はすでに金融当局にも説明したもようだ〉〈統合は〇六年春までに実施する方向。統合比率や新グループの首脳人事、グループ名なども今後詰める〉などとあった。

この記事を読んだとき、私はちょっとびっくりした。その内容が衝撃的だったからではない。銀行・証券の垣根がなくなる以上、そう遠くない将来に欧米並みの金融コングロマリット（複合企業体）が誕生するのは間違いない。その最短距離にあるのがすでに大和証券ＳＭＢＣを合弁で設立、投資銀行部門で提携関係にある三井住友と大和証券であることは金融業界に少し精通していればわかることで、それほどのサプライズはない。それなのに、一〇年に一度あるかないかの〝大スクープ〟を想像させる扱いにびっくりしたのである。

二月一〇日はＮＨＫニュースが朝から大々的に報道、『朝日新聞』など一般紙も夕刊で追随したが、私は「裏があるのでは」と疑念を懐いた。そうしたら、やはり図星らしい情報が入ってきた。この〝大スクープ〟、「三井住友の西川善文社長周辺がネタ元で、大和証券の鈴木茂晴社長は激怒している」というのである。

当時、三井住友の西川社長は切羽詰まった状況に追い込まれていた。三井住友はＵＦＪホールディングスと三菱東京フィナンシャル・グループの経営統合に割って入る形で、ＵＦＪに統合を申し入れ、三菱東京との争奪戦を仕掛けたが、三菱東京とＵＦＪの統合の準備が着々と進み、三井住友の敗北は決定的で、戦略的に行き詰まっていた。そんな中、〇四年秋から続いていた金融庁の検査で三井住友は多額の不良債権処理の上積みを求められ、〇五年三月期決算で赤字転落を余儀なくされる可能性が高くなった。当然、西川社長の責任問題が浮上、二月四日付『読売新聞』が一面トップで〈三井住友西川社長辞任へ／連結赤字の公算／UFJ統合も断念〉と報じた。こうした窮地を乗り切るために西川社長が起死回生の挽回策として、大和証券との経営統合を持ち出そうとしたとしても不思議ではない。UFJの争奪戦からの撤退の理由になるし、失敗からも目をそらさせることができる。

〝大スクープ〟にはそんな背景があったのだろうが、もし、記事に書いたようにことが進まなければ、それは〝大誤報〟である。報道した新聞社は欠陥商品を読者に売ったことになるので、最低限、訂正を求められる。

実際、三井住友と大和証券のトップ会談は行われることなく、四月になって両首脳が公式の席でスクープ自体を否定した。大和の鈴木茂晴社長は八日の部店長会議で「経営統合の予定はない。交渉を始める予定もない」と明言した。三井住友の西川社長もやはり同日の部店長会議で「統合交渉の事実はない」と述べ、一四日の全銀協会長としての記者会見でも「現状ではまったくそういう具体的な話はない」と否定した。

銀行・証券の垣根がなくなる以上、三井住友と大和がいずれは経営統合する可能性は少なくないだろう。だが、仮に二年後に実現してもそれは結果論であり、スクープとは言わない。少なくとも、〇六年春に統合するなどということはありえず、まぎれもない〝大誤報〟である。

言論報道機関が〝大誤報〟をしたらどうするのか。訂正するのは当然として、その原因を明らかにする検証記事を掲載することが求められる。日経新聞は内外で「クオリティーペーパー」と公言しているからなおさらである。しかし、鈴木社長と西川社長の否定発言を報道して自らの〝大誤報〟を認めたのは私の知る限り朝日、読売、毎日の三紙だけで、火元の日経新聞は両首脳の否定発言を完全に無視、ほっかむりしている。

日経新聞が〝情報サービス会社〟であるなら、この〝大誤報〟にもまったく火種がなかったこともないのだろうから容認できる。〝情報サービス会社〟は情報を垂れ流しするのがその役割だからだ。しかし、〝言論報道機関〟を標榜するなら、ほっかむりは許されない。〝大誤報〟に社長賞を授与してしまうという前代未聞の失態を演じてしまったことも要因にあるのだろうが、誤りを率直に認める勇気を持つことが言論報道機関の必要条件である。〝鶴田氏の追放〟という象徴的な形で行った問題提起は日経新聞社の現経営陣と編集局幹部にまだ届いていないということを実感させられた次第である。

日経新聞はいつから〝情報サービス会社〟になってしまったのだろうか。そのヒントは日経新聞の連載小説にある。

〇四年一一月から日経新聞朝刊に直木賞作家、渡辺淳一氏の小説「愛の流刑地」が連載されている。「愛ルケ」という流行語まで生まれ、話題を呼んでいる。

日経新聞が渡辺氏の性愛小説を連載するのは三回目である。最初は八四年四月一日から八五年一一月一日までの「化身」、二回目は九五年九月一日から九六年一〇月九日までの「失楽園」である。両作とも銀座などのクラブやバーで大いに話題となり、単行本はベストセラーになった。渡辺氏の性愛小説が読者のニーズに合致していることは間違いない。それを否定するつもりはないし、読売新聞などの一般紙の連載ならそれほど違和感を持たない。

しかし、日経新聞が本当に「クオリティーペーパー」をめざしているなら、その連載は疑問だ。エンターテイメントや歴史小説などの読み物を掲載することに異論はないが、経済を中心とした「クオリティーペーパー」に性愛小説は相応しくないというのが私の考えだ。

かつて、夕刊ではあるが、芥川賞作家、庄野潤三氏が一九六四年九月から六五年一月まで連載小説を書いた。読売文学賞を受賞した名作「夕べの雲」である。私が読んだのは新聞連載中ではなく、講談社から単行本（六五年三月刊）として出てからだった。多分、高校二年か三年の頃だ。ご多分に漏れず、当時の私は「マルクスだ」「エンゲルスだ」とかぶれていたが、明治以来の純文学にものめり込んでいた。すでに庄野氏の芥川賞受賞作「プールサイド小景」や「愛撫」などは読んでいて、その世界にある種の共感を覚え、「夕べの雲」を手に取った。

「プールサイド小景」など初期の作品は、流れていく日常のなかに喜びを感じ、「生活らしい生活」を堅持するのが人生ではないか、しかし、多くの者はそれに納得できずもがき苦しむ、その葛藤を描いている。筆者の人生観が諦念なのか、憂愁なのか、それとも強い意志なのか、私にはわからなかったが、「夕べの雲」はその視点を一歩進め、葛藤が描かれることはなく、宅地として開発の始まった丘の上の新しい家で、家族との日常や豊かな自然との交流を風景画のように淡々と綴り、行間に天変地異や突然の事故などいつ何が起きるかわからない、「生活らしい生活」の基盤のもろさを浮かび上がらせた。

「夕べの雲」が連載されたのは戦後の高度成長期の真っ只中で、「会社人間」「企業戦士」「猛烈社員」と形容される貪欲なサラリーマン層を生み出した時代だ。それを主導した日経新聞には似つかわしくない新聞小説だったに違いない。しかし、あえて時代のアンチテーゼとなる純文学の小説を連載した当時の日経新聞社の経営陣と編集局幹部は新聞人としての矜持を保っていたと思う。

かつての日経新聞はまぎれもなく〝言論報道機関〟であった。しかし、現在はその資格を喪失している。〝情報サービス会社〟へ堕落する転機はいつだったのか。それは一九八五年のプラザ合意だったような気がする。それは渡辺淳一氏の最初の連載小説「化身」が掲載されていた時期と重なる。

日本経済はプラザ合意をきっかけにバブル経済に突入、日経新聞社はその恩恵をフルに受け、〝情報サービス会社〟的な事業に積極的に参入し、経営基盤を強固なものにした。言論報道機関であるという理由で保護されている新聞業界は九〇年以降のバブル崩壊の打撃が軽微だったうえ、日経新聞社は言論報道機関には不適格な人物、鶴田氏を一〇年の長きにわたってトップに頂き、堕落の道を邁進《まいしん》した。ぬるま湯に漬かっていれば気持ちいい。誰も出たくないのは当然かもしれない。しかし、ぬるま湯もいずれ冷たい水になる。

「夕べの雲」が連載された当時は学生運動が全盛のときでもあった。若者たちに「生活らしい生活」などという視点はかけらもなかったろう。そうした若者たちも「会社人間」を卒業する時期を迎え、「生活らしい生活」を真剣に考え始めているのではないだろうか。ひねくれ者の私が日経新聞社で〝サラリーマン記者〟を目指したとき、頭の片隅に庄野氏の世界があった。しかし、今、私は〝サラリーマン記者〟と決別、日経新聞改革という先の見えない荒海に飛び込んだ。皮肉なめぐり合わせである。

本書の出版は講談社学芸図書出版部の浅川継人氏の存在抜きではありえなかった。浅川氏は前職が「週刊現代」編集部員で、三年余り前にルビコン川を渡った私の前に現れた。そして、〇三年秋から週刊現代に連載した「宴の光芒―大銀行トップ　野望と挫折」というタイトルのノンフィクション（〇四年四月に「大銀行　黄金の世紀　男たちの闘い」という表題で講談社から刊行）の担当編集者を務めてくれた。

本書の草稿が四分の三ほど完成した〇四年一一月初めだったと思う。浅川氏と会食する機会があった。その際、私が書き進めている本書のことを話すと、「是非、自分にやらせてほしい」と言って、一二月初めには企画を通してくれた。しかし、和解成立で私が日本経済研究センター主任研究員として復職したので、夜帰宅してから草稿の手直しをすることになり、浅川氏に草稿に目を通してもらったのが一月下旬になってしまった。それから、浅川氏と議論しながら、草稿の補強を進め、ようやく最終稿を完成することができた。あらためて御礼申し上げる。

最後になるが、本書の出版という「日経新聞改革」の第二ステップに進むことができたのは、第一ステップの〝鶴田氏追放〟という旗のもとに結集していただいた日経新聞社内外の支援者の御尽力の賜物である。大手マスコミに内在する病巣は日経新聞社に限ったことではなく、「日経新聞改革」はマスコミ全体の再生にもつながる、私はそう信じている。しかし、改革への道は険しく長い。ここに支援者の方々への謝辞を記し、今後ともご指導、ご鞭撻をお願いするとともに、日経新聞社の将来を憂いつつ亡くなられた日経新聞社元常務の小針寛司（〇四年一一月一〇日死去）、武山泰雄（〇五年四月二〇日死去）両氏の御霊前に本書をささげたい。両氏は私と面識すらないにもかかわらず、病と闘いながら、「日経新聞改革」のため立ち上がった私を物心両面から支援してくださった。感謝の気持ちは筆舌につくしがたい。

二〇〇五年五月

大塚将司

本書はノンフィクション作品ですが、一部の人名、会社名についてプライバシー保護の観点から仮名を使っています。同様の理由で第二部では地名、店名、年月日の一部に変更を加えています。

大塚将司（おおつか しょうじ）
1950年、神奈川県生まれ。早稲田大学大学院政治学研究科修了。1975年日経新聞入社。証券部、経済部で証券業界、銀行、大蔵省、通産省などを担当。「三菱銀行と東京銀行の合併」で1995年度新聞協会賞受賞。鶴田社長（当時）の疑惑を追及したことなどにより2003年日経新聞社を懲戒解雇されたが、法廷闘争の末2004年12月に復職。
著書に『スクープ』（文春新書）、『大銀行　黄金の世紀　男たちの闘い』（講談社）、『謀略銀行』（ダイヤモンド社）など。

日経新聞《につけいしんぶん》の黒《くろ》い霧《きり》

2005年6月25日　第１刷発行

著者——大塚将司《おおつかしょうじ》

発行者——野間佐和子
発行所——株式会社講談社
東京都文京区音羽2-12-21　郵便番号112-8001
☎ 東京 03-5395-3522（出版部）
03-5395-3622（販売部）
03-5395-3615（業務部）
印刷所——大日本印刷株式会社
製本所——黒柳製本株式会社
本文データ制作——講談社プリプレス制作部

定価はカバーに表示してあります。

ISBN4-06-212855-1　　N. D. C. 070.16　351p　20cm